朱熹佚詩佚文全考

上册

束景南 ◎ 考訂

上海古籍出版社

圖書在版編目(CIP)數據

朱熹佚詩佚文全考 / 束景南考訂. -- 上海 : 上海古籍出版社, 2024. 11. -- ISBN 978-7-5732-1294-8

Ⅰ. I206.44

中國國家版本館 CIP 數據核字第 2024ER9474 號

朱熹佚詩佚文全考(全二册)

束景南 考訂

上海古籍出版社 出版發行

(上海市閔行區號景路 159 弄 1-5 號 A 座 5F 郵政編碼 201101)

(1) 網址：www.guji.com.cn

(2) E-mail：guji1@guji.com.cn

(3) 易文網網址：www.ewen.co

上海展强印刷有限公司印刷

開本 890×1240 1/32 印張 28.75 插頁 10 字數 524,000

2024 年 11 月第 1 版 2024 年 11 月第 1 次印刷

印數：1—1,300

ISBN 978-7-5732-1294-8

B·1412 定價：169.00 圓

如有質量問題，請與承印公司聯繫

電話：021-66366565

出版説明

《朱熹佚詩佚文全考》作爲《朱子全書》的輯佚部分，先後附入二〇〇二版、二〇一〇版、二〇二二版《朱子全書》中，各版次均有增補。

此次爲《朱熹佚詩佚文全考》首次單獨印行。對二〇二二版《朱子全書》中《訓蒙絶句》《婺源茶院朱氏世譜》《語録抄存》等部分篇章，據底本核録一過，訂正譌脱，餘一仍其舊。

上海古籍出版社

二〇二四年九月

類目

訓蒙絶句

輯録説明

朱熹作訓蒙絶句九十八首，多被後世竄亂，甚至改名性理吟，與僞作同刻并行。宋徐經孫黄季清注朱文公訓蒙詩跋云：「右訓蒙絶句五卷，晦庵先生朱文公之所作也。謹按先生自序，謂『病中默誦四書，隨所思記以絶句，後以代訓蒙者五言七言之讀。』……其目雖不出於四書之間，而先生之性與天道可得而聞者，具於此矣。其曰『訓蒙』，乃先生謙抑，不敢自謂盡道之辭云耳……絶句凡九十八首，始於天，而以事天終焉。」至元時，訓蒙絶句已增爲百首，改名性理絶句，程端禮程氏家塾讀書分年日程卷一云：「日讀字訓綱三五段，此乃朱子以孫芝老能言，作性理絶句百首教之之意。」今訓蒙絶句傳世有二種不同版本：一爲朱玉輯入朱子文集大全類編（簡稱朱本），共百首，起於天，終於聞知；一爲鄭端編入朱子學歸（簡稱鄭本），共九十九首，起於天，終於事天。鄭本有體認、仁之三、辭達而已矣之二、大而化之之二共四首爲朱本所無。按仁之三即朱文公文集卷六送林熙之詩五首之第三首，作於乾道四年，顯非訓蒙絶句原有之詩。朱培文公大全集補遺、朱啟昆朱子大全集補遺均輯録訓蒙絶句，只九十四首，起於天而終于事天，同於鄭本，而缺仁之三、曾點、克己一、困心衡慮、困學五首。今以朱本爲底本，參以鄭本、朱培本、朱啟昆本，異文校録於下，異詩亦附其後，以備參考。訓蒙絶句原本九十八首，今朱本爲百首，疑其中先天圖二首爲僞。又朱本有困學、困心衡慮、曾點、克己一共四首同見於朱文公文集卷二。今一仍其舊不删，姑存原貌。

東景南

目録

序

病中默誦四書，隨所思記以絶句，後以代訓蒙者五言七言之讀。

（一）天

氣體蒼蒼故曰天，其中有理是爲乾。渾然氣理流行際，萬物同根此一源。

〔注〕鄭本「蒼蒼」作「蒼然」。鄭本亦爲第一首。

（二）太極圖

性蔽其源學失真，異端投隙害彌深。推原氣稟由無極，只此一圖傳聖心。

〔注〕鄭本爲第十一首。

（三）先天圖一

不待安排自整齊，只緣太極本如斯。試將萬事依圖看，先後乘除可理推。

〔注〕鄭本爲第十二首。

（四）先天圖二

乾坤復姤互推移，動静之端起至微。終日斂襟看不足，其中圖處是真機。

〔注〕鄭本「圖」作「圓」。鄭本爲第十三首。

（五）小學

灑掃庭堂職足供，步趨唯諾飾儀容。是中有理今休問，教謹端詳體立功。

〔注〕鄭本「足」作「是」，「教」作「敬」。鄭本爲第四十首。

（六）西銘

人因形異種私根，不道其初同一源。直自源頭明説下，盡將父母屬乾坤。

〔注〕鄭本爲第十八首。

（七）喚醒一

爲學常思喚此心，喚之難熟物難昏。纔昏自覺中如失，猛省猛求則明存。

〔注〕鄭本「難熟」作「能熟」，「則明」作「明則」。鄭本爲第三十五首。

（八）喚醒二

二字親聞十九冬，向來已愧緩無功。從今何以驗勤怠，不出此心生熟中。

〔注〕鄭本無此詩。

（九）學

軻死如何道乏人，緣知學字未分明。先除功利虛無習，盡把聖言身上尋。

〔注〕鄭本「未」作「不」，朱培本、朱啟昆本「尋」作「行」。鄭本爲第十四首。

（一〇）心

性外初非更有心，只於理内别虛靈。虛靈妙用由斯出，故主吾心統性情。

〔注〕鄭本「吾心」作「吾身」。鄭本爲第六首。

（一一）意

意乃精專所生時，志之所向定於斯。要須總驗心情意，一發而俱性在兹。

〔注〕鄭本「精專」作「情專」。朱培本「生」作「主」。鄭本爲第八首。

（一二）致知

此心原自有知存，氣蔽其明物有昏。漸漸剔開昏與蔽，一時通透理窮源。

〔注〕鄭本「有」作「又」，「通」作「俱」。鄭本爲第二十六首。

（一三）中庸

過兼不及總非中，離却平常不是庸。二字莫將容易看，只斯爲道用無窮。

〔注〕朱培本「二」作「庸」。鄭本爲第十首。

（一四）人心道心一

自從載籍流傳後，此是論心第一條。剖析精明爲訓切，如何心學尚寥寥。

〔注〕朱培本「是」作「日」。鄭本爲第四十六首。

（一五）人心道心二

因形與理別言心，其實隨形有理存。纔與理違形獨用，便爲物欲理皆昏。

〔注〕鄭本爲第四十七首。

（一六）人心道心三

莫道惟危便爲惡，只緣衆欲起於形。嘗許急把理來救，亦要少從危處行。

〔注〕鄭本「嘗」作「常」。鄭本爲第四十八首。

（一七）命一

妙合之機不暫停，自然氣化與形生。原於妙合名爲命，即此而思得性真。

〔注〕鄭本「形生」作「流形」，「真」作「靈」。鄭本爲第三首。

（一八）命二

靜思二五生人物，新者如源舊者流。流之東之源不息，始知聚散返而求。

〔注〕鄭本「流之」作「流自」，「始知聚散返而求」作「始終聚散即斯求」。鄭本爲第四首。

（一九）性

謂之性者無他義，只是蒼天命理名。論性不當唯論理，談空求理又非真。

〔注〕鄭本「不」作「固」。鄭本爲第五首。

（二〇）道

如何率性名爲道，隨事如緣大路行。欲說道中條理具，又將理字别其名。

〔注〕鄭本「緣」作「由」。鄭本爲第九首。

（二一）情

謂之情者莫他思，只是吾心初動機。又把動時分析出，人當隨發察其幾。

〔注〕鄭本「莫」作「無」。鄭本爲第七首，其第二十一首爲仁之三：「天理生生本不窮，要從知覺驗流通。若知體用元無間，始笑前來説異同。」朱本無此詩。按：此詩即朱文公文集卷六送林熙之詩五首之三，作於乾道四年，顯非訓蒙絶句中詩。

（二二）戒慎恐懼

防欲當施禦寇功，及其未知立崇墉。常求四者無他法，依舊同歸主敬中。

〔注〕鄭本「及其未知」作「及於未至」。鄭本爲第三十首。

（二三）謹獨

爲學無功由間斷，其如間斷費關防。方知謹獨功誠切，多是此時心曷亡。

〔注〕|鄭本「曷亡」作「易忘」。|鄭本爲第六十一首。

（二四）静一

心惟動與静相乘，當静之時乃動源。所以功夫先要静，動而無静體難存。

〔注〕|鄭本「存」作「全」。|鄭本爲第二十四首。

（二五）静二

莫將靠静偏於静，須是深知格物功。事到理明隨理去，動常有静在其中。

〔注〕|鄭本「知」作「加」。|鄭本爲第二十五首。

（二六）體用

體用如何是一源，用猶枝葉體猶根。當於發處原其本，體立於斯用乃存。

〔注〕鄭本爲第十七首。

（二七）鬼神

鬼神即物以爲名，屈則無形伸有形。一屈一伸端莫測，可窺二五運無停。

〔注〕鄭本爲第二首。

（二八）鳶飛魚躍

此理充盈宇宙間，下窮魚躍上飛鳶。飛斯在上躍斯下，神化誰知本自然。

〔注〕鄭本「誰知」作「孰尸」。鄭本爲第六十二首。

（二九）鳶飛魚躍二

神化誰知本自然，盍將此意返而觀。試當事上深加察，纔著些私便不安。

〔注〕鄭本「誰知」作「孰尸」，「當」作「將」。鄭本爲第六十三首。

（三〇）仁一

義兼禮智由仁出，接物當先主以仁。方有三端隨用發，譬之四序始於春。

〔注〕鄭本「以」作「在」，「三」作「四」。鄭本爲第二十首。

（三一）仁二

心無私滓與天同，物我乾坤一本中。隨分而施無不愛，方知仁體蓋言公。

〔注〕鄭本「蓋」作「合」。鄭本爲第十九首。

（三二）三省一

曾子尚憂三者失，自言日致省身功。如何後學不深察，便欲傳心一唯中。

〔注〕鄭本爲第三十七首。

（三三）三省二

用功事上實根源，三省真傳入道門。理即是心隨事顯，事能盡理始心存。

〔注〕鄭本爲第三十八首。

（三四）就有道而正焉

差以毫釐大辭正，苟羞就正墮終身。不惟枉費窮年力，反作滔天禍世人。

〔注〕鄭本爲第七十八首，其第三十四首爲體認：「雖云道本無形象，形象原因體認生。試驗操存

功熟後，隱然常覺在中明。」——朱本無此詩。

（三五）十五志學

功夫一進十年期，斷自聖言當致思。豈不欲人躋聖速，只緣科級蓋如斯。

〔注〕——鄭本爲第三十九首。

（三六）知天命

假借立言雖似是，知非枉出我勞功。苟從志立循而得，方信真知味不同。

〔注〕——鄭本「枉出我」作「我出枉」。——鄭本爲第四十九首。

（三七）安仁利仁

語利猶能安則難，且從利做莫分看。懸知等級無他事，去盡私心只一般。

〔注〕鄭本「分看」作「空安」，「事」作「義」。鄭本爲第八十五首。

（三八）君子去仁

誰云貧賤人難處，只爲重輕權倒持。釣渭耕莘皆往轍，聖賢不法我何歸？

〔注〕鄭本爲第七十七首。

（三九）一貫

一貫明言忠與恕，教人之意已昭然。當於用處求其一，謹勿懸空想聖賢。

〔注〕鄭本「謹」作「慎」。鄭本爲第八十六首。

（四〇）必有鄰

德者人心之所同，苟能有德類斯從。不須閉户嗟寥落，但立誠心自用功。

〔注〕鄭本爲第八十首。

（四一）斐然成章

學雖隨器有成形，方可裁中設準繩。假借變形無定止，縱逢大匠亦何成。

〔注〕鄭本「雖」作「須」，「借」作「借」，「變形」作「變移」。鄭本爲第八十四首。

（四二）言志

莫道車裘事亦輕，仲由勇義乃能行。欲知共敝爲難易，試把車裘驗我心。

〔注〕鄭本「我心」作「世情」。鄭本爲第八十三首。

（四三）居敬一

但得心存斯敬立，莫於存外更加功。殷勤夫子明斯意，約禮之時已在中。

〔注〕鄭本「敬立」作「是敬」。鄭本爲第二十三首。

（四四）居敬二

大哉程子明居敬，千聖同符入德門。試把功夫横竪看，總來不出敬斯存。

〔注〕鄭本「敬斯存」作「欲斯存」。鄭本爲第二十二首。

（四五）汶上

仕非其地寧無仕，此事還他德行人。彼以勢邀吾自逝，丈夫無欲氣常伸。

〔注〕鄭本爲第五十二首。

（四六）不改其樂

己私既克本性情，到處逢源與理行。不待有心求樂道，此心之樂自然生。

〔注〕|鄭本「性情」作「心存」。|鄭本爲第六十六首。

（四七）先難

爲學須教效自行，但專一意使功深。哀哉狹隘頻斯效，仰止仁人後獲心。

〔注〕|鄭本「行」作「形」，「斯」作「求」。|鄭本爲第六十首。

（四八）樂亦在其中

夫子亦將貧對樂，只因人苦處貧難。苟非天理能持敬，只向私心重處安。

〔注〕|鄭本題無「亦」字，「持敬」作「攘敵」。|鄭本爲第六十五首。

（四九）吾無隱乎爾

聖道雖云妙莫窺，初非恍惚與希夷。分明說在吾行處，後學無於行外思。

〔注〕鄭本爲第九十四首。

（五〇）吾知勉夫

常懷四體昊天恩，自是淵冰恐懼深。一息尚存憂未免，死而後已即斯心。

〔注〕鄭本爲第九十七首。

（五一）任重

氣無强弱志爲先，努力便行休放肩。捱得一番難境界，便添脊骨一番堅。

〔注〕鄭本爲第七十首。

（五二）絶四

在人四者要皆無，絶盡聖心天與俱。敢以單題希聖術，力除私欲是功夫。

〔注〕鄭本「敢以單題」作「敢爾單提」。鄭本爲第八十九首。

（五三）博約

事來心向理中行，事過將心去學文。局定更無他罅隙，得斯二者老吾身。

〔注〕鄭本「心向」作「身向」。朱培本「理」作「禮」。鄭本爲第九十八首。

（五四）卓爾

顏淵不日趨於聖，此境寧容末學知。細誦師言强思索，獨於博約語無疑。

〔注〕鄭本「聖」作「化」。鄭本爲第八十七首。

（五五）逝者如斯一

如何物却能形道，只爲皆存理一端。偶感斯川存動理，故言逝者可同觀。

〔注〕鄭本爲第六十七首。

（五六）逝者如斯二

淵流萬古只如斯，東江曾無間斷時。後學不應川上嘆，安行體用亦難窺。

〔注〕鄭本「淵流」作「岷源」，「江」作「注」。按「江」字平仄不調，作「注」是。鄭本爲第六十八首。

（五七）四十五十無聞

聖人接物本於仁，罕以深言拒絶人。何足畏辭嚴且截，急將此意省吾身。

〔注〕鄭本「何」作「不」。鄭本爲第七十三首。

（五八）曾點

春服初成麗景遲，步隨流水玩晴漪。微吟緩節歸來玩，一任清風拂面吹。

〔注〕鄭本「晴」作「清」。按「清」字與「清風」重。鄭本爲第八十一首。按：此詩又見朱文公文集卷二。

（五九）浴沂

只就吾身分上思，相呼童子浴沂歸。更無一點閑思想，正是助忘俱勿時。

〔注〕鄭本爲第八十二首。

（六〇）克己一

寶鑑當年照膽寒，向來埋没太無端。衹今垢盡明全見，還得當年寶鑑看。

〔注〕鄭本爲第二十九首。按：此詩又見朱文公文集卷二。

（六一）克己二

本體元來只是公，毋將私意混其中。顏淵造聖無他事，惟在能加克己功。

〔注〕鄭本「毋」作「自」。朱培本「顔淵」作「雖顔」。鄭本爲第二十七首。

（六二）克己三

莫道公私未判然，自憂一日用功難。便隨明處猛分擺，志在希顔即是顔。

〔注〕鄭本爲第二十八首。

（六三）出門如見大賓

竦然敬立體斯存，容貌常如見大賓。此是聖門持守法，必須心在可爲仁。

〔注〕鄭本爲第七十九首。

（六四）爲己爲人一

藥病還須考自知，和根斬斷爲人機。心隨身上門常閉，課罷苔封候夕暉。

〔注〕此首鄭本無。

（六五）爲己爲人二

辛勤爲作求人計，沽得過情聲譽來。自外而觀爲可喜，此心已失實堪哀。

〔注〕鄭本題作「爲人」，「爲作」作「盡作」，「人」作「聞」。鄭本爲第三十六首。

（六六）莫我知也乎一

心即是天天即理，無形不與理相隨。故言唯有天知我，天豈真知人有知。

〔注〕鄭本「形」作「行」，「真知」作「真如」。鄭本爲第九十首。

（六七）莫我知也乎二

聖心端似涉修蹊，俯首無言但疾馳。學者常修存此意，自能遏絶爲人私。

〔注〕鄭本「常修」作「須常」。按首句有「修蹊」，兩「修」義雖别而字重，以鄭本爲佳。鄭本爲第九十二首。

（六八）莫我知也乎三

天怨人尤兩不形，斂然下學是功程。了無可使人知處，盡日相酬理與心。

〔注〕鄭本「斂」作「歛」。鄭本爲第九十一首。

（六九）下學上達

學在事時斯是理，盍於事上每深思。但令下學功夫到，上達之機便自知。

〔注〕鄭本「深」作「尋」。朱培本「便」作「修」。鄭本爲第三十二首。

（七〇）固窮

不是書生不阨窮，道窮何所愧於中。貪求貪欲販夫事，於此不安須彼從。

〔注〕此首鄭本無。

（七一）參前倚衡

理隨心見不曾離，苟有斯心便在兹。果似有形君信否，用心熟後自能知。

〔注〕鄭本爲第五十一首。

（七二）辭達而已矣

方識聖門辭達旨，作文之法在其中。但將正意由辭出，此外徒勞善用功。

〔注〕鄭本「善」作「苦」。鄭本爲第七十五首。

（七三）困心衡慮

舊喜安心苦覓心，捐書絶學費追尋。困衡此日安無地，始覺從前枉寸陰。

〔注〕鄭本題作困學之一。鄭本爲第十五首。

（七四）困學

困學功夫豈易成，斯名獨恐是虛稱。傍人莫笑標題誤，庸行庸言實未能。

〔注〕鄭本爲第十六首。按：以上二詩又見朱文公文集卷二，題作困學二首。

（七五）九思

人之進學在於思，思到能知是與非。但得用心纔熟後，自然後處有思隨。

〔注〕鄭本「纔」作「純」，「後處」作「發處」。鄭本爲第七十四首。

（七六）予欲無言

妙道皆形日用間，即斯可見不須言。時將天象明人事，希聖功夫萬古存。

〔注〕鄭本「時」作「試」。鄭本爲第九十三首，其第七十六首爲辭達而已矣之二：「因辭可以驗人心，心底開明辭必明。試把正人文字看，何嘗巧滯與艱深。」朱本無此詩。

（七七）難言

難言非謂不容言，欲狀其中體段難。須是養成天地塞，却將剛大反而觀。

〔注〕鄭本「剛大」作「正直」。鄭本爲第七十二首。

（七八）勿忘勿助長

忘則無功助則私，不忘不助正斯時。是中體段須當察，便見鳶飛魚躍機。

〔注〕鄭本「見」作「是」。鄭本爲第六十四首。

（七九）仰思一

公德明光萬世師，從容酬酢更何疑。當年不合知何事，清夜端居獨仰思。

（八〇）仰思二

聖賢事業理難同，僭作新題欲自攻。王事兼施吾豈敢，儻容思勉議成功。

〔注〕以上二詩鄭本無。朱文公文集卷二有此二詩。

（八一）古者以利爲本

論性無非日用間，何須虛誕與深艱。昭昭萬古皆其際，不待追求便自然。

〔注〕鄭本「萬古皆其際」作「萬事皆其理」，「不待追求便自然」作「只是功夫欲順難」。鄭本爲第五十首。

（八二）芻豢悦口

食中有味知斯悦，只是能加咀嚼功。行處心安思處得，餘甘常溢齒牙中。

〔注〕鄭本爲第五十九首。

〔八三〕牛山

此心此理自天根，不待栽培觸處生。只要關防人欲伐，更須著著察兹萌。

〔注〕鄭本「著著」作「著意」。鄭本爲第六十九首。

〔八四〕夜氣

理則無形氣是乘，氣隨夜息理斯存。息時所感尤當驗，晝不能清夜亦昏。

〔注〕鄭本「所」作「無」，「尤」作「猶」。鄭本爲第三十三首。

〔八五〕莫知其鄉一

心此活物原無定，或出他鄉入此鄉。猛省不知誰是主，只因操舍有存亡。

〔注〕鄭本「物」作「動」。鄭本爲第四十四首。

（八六）莫知其鄉二

存以公兮亡以私，存亡倏忽動時機。莫教事過方纔省，辨析精須念慮微。

〔注〕鄭本「精須」作「須嚴」。鄭本爲第四十五首。

（八七）求放心

不察予心重似鷄，更兼放處只緣私。纔知用理維持定，正如有本出無稽。

〔注〕鄭本「定」作「際」，「正如有本出無稽」作「不待追求便在兹」。按鄭本符合絶句格律。鄭本爲第三十一首。

（八八）心之官則思

一身胡屬此心微？只謂能思擇所爲。底事虚靈來暗塞，獨於利欲用其思！

〔注〕鄭本「謂」作「爲」，句内兩「爲」字雖音義別而字重；又「來」作「成」，「利」作「物」。鄭本爲第四十三首。

（八九）動心忍性一

困窮拂亂雖天意，如舜何須增不能。上智惟明事之理，也須到底事中行。

〔注〕鄭本「亂」作「動」，「惟」作「雖」，「到底」作「親到」。鄭本爲第五十八首。

（九〇）動心忍性二

不當拂處常逢拂，不應空時亦至空。處順不如常處逆，動心忍性始成功。

〔注〕鄭本「應」作「合」。按「應」若讀平聲則平仄不調，若讀去聲則於義未洽，鄭本爲佳。鄭本爲第五十七首。

（九一）存心

功夫但欲存心爾，底事存心條緒多？直使聖賢更剖析，只緣私欲費推磨。

〔注〕鄭本「私欲」作「私意」，「推」作「消」。——鄭本爲第四十一首。

（九二）養性

此心不假增加力，養字元非别用功。只要關防并省察，莫教私欲害其中。

〔注〕鄭本「此心」作「性初」，「教」作「要」，「欲」作「意」。按「要」字與上句字重，且平仄不調，作「教」讀平聲是。——鄭本爲第四十二首。

（九三）事天

皇天命理以爲人，理有存亡繫我心。存養須還天所付，終身履薄以臨冰。

〔注〕鄭本「須」作「上」，「付」作「賦」，「冰」作「深」。鄭本爲第九十九首。

（九四）萬物皆備

萬物當須以理觀，不離太極是其源。故雖萬物我皆具，只爲中心太極行。

〔注〕鄭本題作萬物皆備於我，「雖」作「須」，「萬物我皆具」作「萬類皆我具」，「行」作「存」。按「萬類皆我具」平仄不調，非是。鄭本爲第七十一首。

（九五）良知

孩提自然良知發，此亦心蒙尚未開。既壯蒙開超萬欲，良心反喪亦哀哉。

〔注〕鄭本「然」作「幼」，「亦」作「日」，「超萬欲」作「超物欲」。鄭本爲第五十六首，其第九十五首爲大而化之之一：「春冰融盡絶澌微，徹底冰壺燭萬幾。静對春風感形化，聖心體段蓋如斯。」朱本無此詩。

（九六）觀瀾

眇焉方寸神明舍，天下經綸此處看。嘗向狂瀾觀至理，只是功夫欲順難。

〔注〕鄭本「焉」作「然」，「此處看」作「具此中」，「嘗」作「每」，「至理」作「不足」，「只是功夫欲順難」作「正如有本出無窮」。按：「只是功夫欲順難」不合絶句格律。八瓊室金石補正卷八十三録朱熹手書石刻觀瀾詩作：「眇愁方寸神明舍，天下經綸具此中。每向狂瀾觀不足，正如有本出無窮。」鄭本爲第五十五首。

（九七）不能使人巧

學求入處雖師授，此外難爲盡靠師。但向行時無恃處，進前曲折自能知。

〔注〕鄭本「雖」作「須」，「恃」作「息」。鄭本爲第五十四首。

（九八）山徑之蹊

苟能用力可充微，一或昏忘功便虧。老矣方知深自儆，幾番茅塞徑之蹊。

〔注〕朱培本「或」作「息」。鄭本爲第五十三首。

（九九）大而化之

從心所欲皆天理，具體如顔化未能。所謂不思并不勉，舜由仁義即非行。

〔注〕鄭本爲大而化之之二，「如顔化未能」作「顔淵罷不能」。鄭本爲第九十六首。

（一〇〇）聞知

見固能知聞亦知，雖聞如與見同時。只緣一本元無二，千聖已亡心在兹。

〔注〕鄭本爲第八十八首。

婺源茶院朱氏世譜

輯録説明

朱熹作婺源茶院朱氏世譜，向以爲亡佚，實保存在民國重修新安月潭朱氏族譜中。據新安月潭朱氏族譜前許承堯序稱：「譜凡三修：一舉於宋，再舉於明，三舉於清康熙中。迄今又二百餘年矣。」是此譜乃由宋譜不斷續修而來，而其中卷一却一本朱熹婺源茶院朱氏世譜未變，相沿至今。按新安月潭朱氏族譜卷一，詳譜茶院一世至十世世譜，注云：「一世至十世，熹公編。」又婺源始祖世系圖之下，有朱汝賢按語云：「六世從祖紫陽夫子所編家譜，斷自茶院府君爲始祖，傳五世蘆村府君，生四子：中立，絢，發，舉。絢，即夫子之大父也。然婺、建二派甚繁，於吾固有疏遠，不敢泛載，惟夫子一枝爲最密，故茶院已下六世，一以夫子定本爲正。」可見新安月潭朱氏族譜卷一，實即全本朱熹之婺源茶院朱氏世譜。而此一卷婺源茶院朱氏世譜所本，又可上溯至南宋末年，新安月潭朱氏族譜前有茶院第十二世孫朱冲序云：「右茶院朱氏世譜，有刊本，見大全後集第十一卷。譜内已身以上稱公，已身以下稱郎，蓋因舊譜所定凡例如此。」可見新安月潭朱氏族譜第一卷朱熹所編一世至十世世譜，乃來自朱熹大全後集第十一卷中之婺源茶院朱氏世譜。考宋史藝文志著録朱熹前集四十卷、後集九十一卷，此後集應即朱冲所云大全後集，其卷數（合之前集）甚多於今本朱熹文集者，即因收入婺源茶院朱氏世譜等作之故。朱冲爲南宋末年人，是婺源茶院朱氏世譜爲宋末人編入朱熹後集第十一卷，今則編入新安月潭朱氏族譜第一卷。兹就新安月潭朱氏族譜卷一，輯出婺源茶院朱氏世譜。朱冲所云「己身以上稱公，己身以下稱郎」，今新安月潭朱氏族譜卷一已非如此，當爲後人所改。又其中言十世而下有及淳熙十年以後事，亦應爲後來續修族譜者所增。今照本輯録，不作删改。

東景南

目録

婺源茶院朱氏世譜序

熹聞之先君子太史吏部府君曰：「吾家先世居歙州歙縣之黃墩。舊譜云：「長春鄉呈坎人。」相傳望出吴郡。秋祭率用魚鼈。舊譜云：「有諱戒者，世數不可考矣。」又按奉使公聘遊集自云：「系出金陵，蓋唐孝友先生之後。」考之唐書，孝友先生諱仁軌，自爲丹陽朱氏而居亳州永城，以孝义世被旌賞，一門六閲相望，初非吴郡之族。奉使公作送先吏部詩又云：「迢迢建鄴水，高臺下鳳凰。鼻祖有故廬，於今草樹荒。」不知何所指。唐天祐中，陶雅爲歙州刺史，初克婺源，乃命吾祖領兵三千戍之，是爲制置茶院府君。卒葬連同，子孫因家焉。生三子，仕南唐，補常侍丞之號。族譜不見。其後多有散居他鄉者。以上并見先吏部録蘆村府君作歙縣府君詩序。熹謹按：今連同別有朱氏，舊不通譜，近年乃有自言爲茶院昆弟之後者，猶有南唐譜牒，亦當時鎮戍將校也，蓋其是非不可考矣。先吏部於茶院爲八世孫，宣和中始官建之政和，而葬承事府君於其邑，遂爲建人。於今六十年，而熹抱孫焉，則居閩五世矣。淳熙丙申，熹還故里，將展連同之墓，則與方夫人、十五公、馮夫人之墓皆已失之。因亟詢訪，得連同兆域所在，乃率族人言於有司，而後得之。其文據藏於家，副在族弟，然而三墓者則遂不可復見。癸卯五月辛卯，因閱舊譜，感世次之易遠，骨肉之易疏，而墳墓之不易保也，乃更爲序次，定爲婺源茶院朱氏世譜，而并書其後如此。仍别録一通，以示。族十一世以下，來者未艾，徽、建二族，自今每歲當以新收名數更相告語而附益之，庶千里之外，兩書如一，傳之永遠，有以不忘宗族之義。至於廬村府君，其墓益遠，居故里者，尤當以時相率展省。更力訪求三墓所在而表識之，以塞子孫之責。而熹之曾大父王橋府君無他子，其墓在故里者，恃有薄田於其下，得以奉守不廢，當質諸有司，以爲祭田，使後世子孫雖貧無得鬻云。九世孫宣教郎、直徽猷閣、主管台州崇道觀熹序。

按：新安月潭朱氏族譜載此序，末署「茶院府君九世孫、華文閣待制熹叙」。朱熹生前並無除華文閣待制淳熙十年癸卯朱熹正以宣教郎直徽猷閣主管台州崇道觀。兹據弘治徽州府志、歙州志、安徽通志、新安文獻志等所録序改。

婺源始祖世系圖

婺源始祖世系圖

```
【一世】 茶院府君 瓌 二十一公
           │
【二世】 廷儁 八公
           │
【三世】 昭元 十五公
           │
      ┌────┴────┐
    歙溪府君    惟則
【四世】惟甫 三公   二公
      │         │
  ┌───┼───┐   ┌─┴─┐
 蘆村  郢  迪  雍   綸
 府君 二十四公 二十一公 二十七公 二十六公
【五世】二十五公
  │    │    │         │      │
  振   格   漢唐仲簡嘉  格應昌  四四三邦
       恬   英英雍言言  言言言  十十十直
       悦          永           七六九
                  言           公公公
  │
  舉發絢中立
```
【六世】

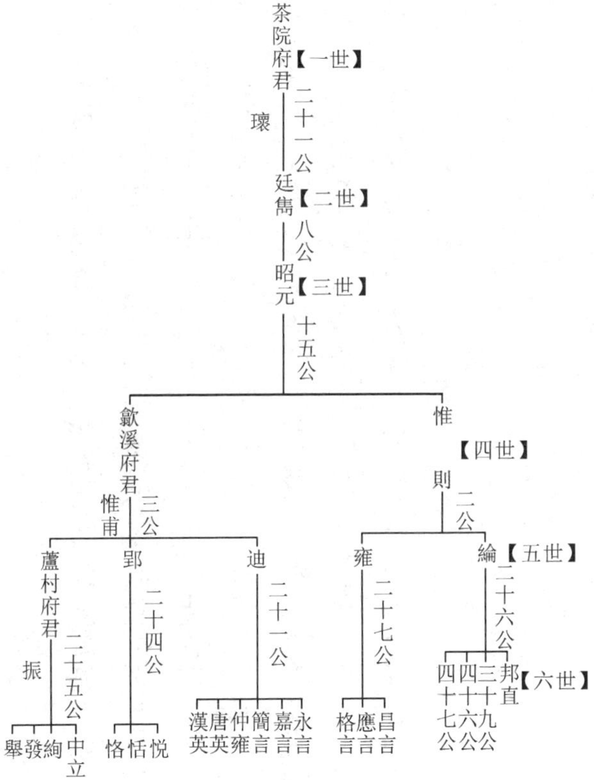

【一世】

茶院府君，諱瓌，又名古僚，字舜臣，行二十一。唐廣明間，因巢亂避地歙之黄墩。天祐中，以刺史陶雅之命，領兵三千戍婺源，民賴以安，因家焉。官制置。茶院是爲始遷婺源之祖。娶杜夫人四娘，合葬萬安鄉千秋里，地名連同。坐丑面未。生子廷雋。

按：祖塋誌載云：「東西南北各止朱念八公園地。淳熙三年丙申二月，文公自閩歸婺源省宗族，拜丘墓，尋訪始祖兆域，得之連同。告於有司，給到公據及執照狀，連同四去各六尺五寸，後之孫得以祭拜。嘉定八年乙亥十二月二十二日，朱寺正在收贖得朱思遠所賣二十八公祖墳禁步邊地一片，系自茶院冢心北量，止思遠正屋外小屋滴水，計三丈五尺；又東北量計五丈；又西北量計一十丈。

【二世】

廷雋公，字文智，又字文和，行八。瓌公子。生後梁太祖乾化二年壬申，殁宋太宗淳化五年甲午，壽八十三。葬來蘇鄉安豐里湯村下園。坎山辛向。方氏十三娘，贈恭人，葬萬安鄉松巖里塘村社屋之南。未山壬子向。生子昭元。

【三世】

昭元公，字致堯，小字曾老，行十五。廷雋公子。生後周世宗顯德元年甲寅，殁宋咸平二年己亥，壽四十六。葬湯村廷雋公墓西。坎山加乾落甲向，水南流復爲坤。娶德興馮氏十三恭人，生後晉出帝開運三年丙午，殁宋太宗雍熙元年甲申三月一日，葬千秋里丁家橋。生子二：惟則，惟甫。再娶夫人金氏，葬官坑嶺下。

【四世】

惟則公，行二。昭元公長子。生子二：綸，雍。

歙溪府君，諱惟甫，字文秀，又字專美按年譜作全美，小字道真，行三。昭元公次子。生宋太宗太平興國四年己卯十月三十日辰時，殁仁宗至和元年甲午二月九日，壽七十六。葬松巖里之歙溪，今名三公塢。乾亥山丙向。娶程恭人二娘，小名豆蔻。生太平興國己卯三月九日子時，殁嘉祐己亥七月三十日，葬官坑嶺下。庚申山坎向，金斗形梁上穴。按：公夫婦葬地，年譜誤夾注在振公下。今以朱子源流爲正。生子三：迪，郢，振。

【五世】

綸公，行二十六。惟則公長子。生四子：邦直，三十九公，四十六公，四十七公。

雍公，行二十七。惟則公次子。生三子：昌言，應言，格言。

迪公，字順卿，行二十一。惟甫公長子。生六子：永言，嘉言，簡言，仲雍，唐英，漢英。

郢公，字公楚，行二十四。惟甫公次子。生三子：悦，恬，恪。

蘆村府君，諱振按年譜作振之。字文舉，行二十五。惟甫公三子。娶汪氏三娘，贈恭人，葬湯村。再娶汪氏九娘，與公合葬松巖里蘆村鎮莊。背艮山坤向，巽水歸乾山來龍。生四子：中立，絢，發，舉。

【六世】

邦直公，行三十五。綸公長子，葬松巖里。娶張氏，贈恭人。墓在緋衣堂。生七子：曰剛。曰伯篪，任通直郎、河北應撥軍馬使司參議官，建炎己酉十二月八日殁於王事。曰弁，字少章，生神宗熙寧十年丁巳十月十日寅時。建炎間居邑之西園。中太學内舍生，補修武郎，轉右武大夫、吉州團練使，充大金軍前通問使，留雲中一十七年。還朝，改宣教郎、直秘閣、主管佑神觀，轉奉議郎。殁紹興十四年壬戌四月十六日，葬錢塘縣積慶峰下。先娶晁文莊公女，再娶王文正公女，生子曰林。曰宏。曰國通，補忠訓郎。曰彦正。曰申德，奉使出疆，補保義郎。

蘆村府君長房中立公支圖

蘆村府君長房中立公支圖

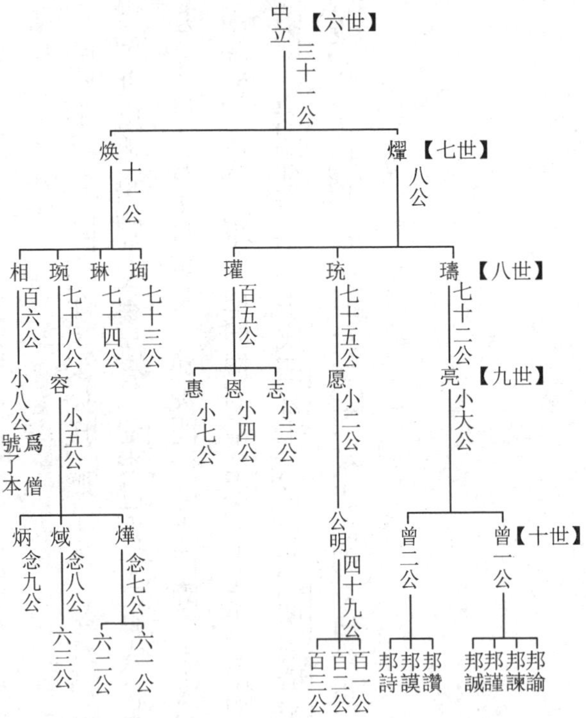

【六世】

中立公，字藏之，行三十一。振公長子。生二子：燀，焕。

【七世】

燀公，字光庭，行八。中立公長子。生三子：璹，琉，瓘。

焕公，字彦章，行十一。中立公次子。生四子：珣，琳，琬，相。

【八世】

璹公，字子珪，行七十二。燀公長子。生一子：亮。

琉公，字子□，行七十五。燀公次子。生一子：愿。

瓘公，字□□，行百五。燀公季子。生三子：志，恩，惠。

珣公，字子美，行七十三。煥公長子。
琳公，字子琳，行七十四。煥公次子。
琬公，字季真，行七十八。煥公三子。生子一：容。
相公，字季質，行百六。煥公四子。生小八公，爲僧。

【九世】

亮公，行小大。璹公子。生二子：曾一，曾二。
愿公，行小二。玩公子。生一子：公明。
志公，行小三。瓘公長子。
恩公，行小四。瓘公次子。
惠公，行小七。瓘公季子。
容公，行小五。琬公子。生三子：燁，烒，炳。
小八公，相公子。爲僧，號了本，後還俗。

【十世】

曾一公，亮公長子。生四子：邦諭，邦諫，邦謹，邦誠。

曾二公，亮公次子。生三子：邦讚，邦謨，邦詩。

公明公，一名士朋。字道夫，行四十九。愿公子。生三子：百一，百二，百三。

燁公：行念七。容公長子。生二子：六一，六二。

烒公，行念八。容公次子。生子一：六三。

炳公，行念九。容公季子。

蘆村府君二房絢公支圖

蘆村府君二房絢公支圖

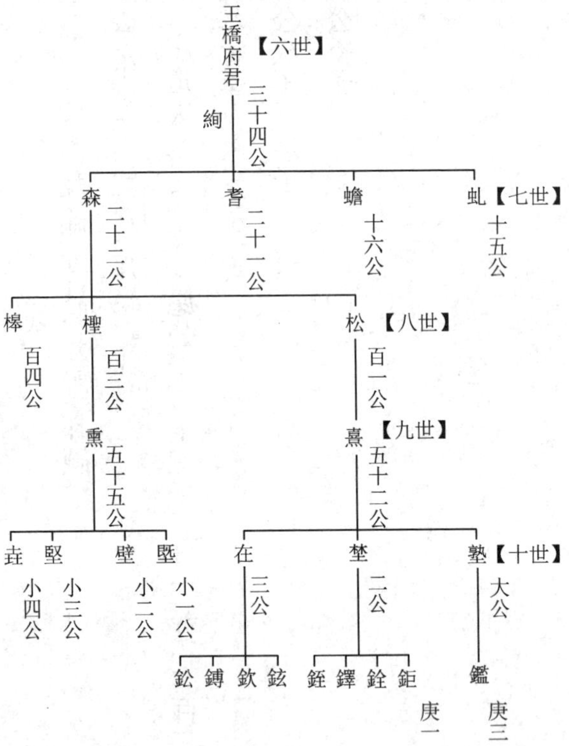

【六世】

王橋府君，諱絇，字義之。年譜作義夫。振公二子。夫人汪氏，合葬大王橋塢。生四子：虯，蟾，耆，森。

【七世】

虯公，行十五。絇公長子。

蟾公，行十六。絇公次子。

耆公，行二十一。絇公三子。

森公，字良材，行二十二。絇公四子。少務學不事進取，每舉先訓戒飭諸子，諄諄以忠孝和友爲本，且曰：「吾家業儒，積德五世矣，後必有顯者，當勉勵謹飭，以無墜先世之業。」卒贈承事郎，葬建寧政和縣護國寺西偏。夫人程氏五娘，葬政和縣將溪事實詳載韋齋行狀。生三子：松，檉，棹。

【八世】

松公，字喬年，號韋齋。行百一。森公長子。生有俊才，自爲兒童，出語已驚人。未冠，由郡學貢京師。政和八年同上舍出身，授迪功郎、建州政和縣尉。丁承事憂。服除，更調南劍州尤溪縣尉，監泉州石井鎮。紹興四年，召試館職，除秘書省正字，循左從政郎。丁母程氏憂。服除，召對，改左宣教郎，除秘書省校書郎，遷著作佐郎，尚書度支員外郎，兼史館校勘。歷司勳吏部員外郎，兼領史職如故，與修哲宗實録。書成，轉奉議郎，年勞轉承議郎。出知饒州，未上，請祠，主管台州崇道觀。秩滿，再請，命下而卒。吏部之少也，以詩文名，初不事雕飾，而天然秀發，格力閒暇，超然有出塵之趣。其爲文汪洋放肆，不見涯涘，遠近傳誦，至聞京師。一日，喟然嘆曰：「文則昌矣，如去道遠何！」則又發憤折節，益取六經百氏之書伏而讀之，以求天下國家興亡理亂之變，與夫一時君子所以應時合變先後本末之序，期於有用，若賈長沙、陸宣公之爲者。既又得浦城蕭顗子莊、劍浦羅從彦仲素，而與之遊，則又聞龜山楊氏所傳河洛之學，獨得古聖賢不傳之遺意。於是益自刻勵，痛刮浮華，以趨本實，日誦大學、中庸之書，以用力於致知誠意之地。自謂辨急害道，因取古人佩韋之義名其齋，以自警飭焉。所爲文有韋齋集十二卷，行於世，外集十卷，藏於家。歿紹興十三年癸亥三月辛亥日，卒於建安之水南。紹興之十四年甲子，葬白塔山五夫里，後改葬上梅里。生子熹。

按：「生有俊才」以下，多截取朱熹所作行狀而成，似爲後來修譜者所增。

櫰公，字大年，行百三。森公次子。爲承信郎。生子熏。

槔公，字逢年，行百四。森公三子。負軼才，不肯俯仰於世。有詩數十篇，高遠近道，號玉瀾集。爲建州貢元。

【九世】

熹公，字元晦，號晦庵。行五十二。松公子。生高宗建炎四年庚戌九月十五日甲寅，生於南劍州尤溪縣之寓舍。登紹興戊辰第，賜同進士出身。歷仕累官至朝奉大夫、華文閣待制。卒寧宗慶元六年庚申三月乙丑，壽七十一。葬建陽唐石里大林谷。理宗寶慶丁亥贈太師、信國公。紹定改封徽國公。娶白水劉致中女，生三子：塾，埜，在。

按：「歷仕累官」以下至「改封徽國公」，應爲後來修譜者所增，「華文閣待制」亦誤。

熏公，字仲修，行五十五。樫公子。生四子：塈，壁，堅，垚。

【十世】

埶公，字受之，行大。熹公長子。從東萊吕先生學。生紹興癸酉七月，歿紹熙辛亥正月二十四日。夫人潘氏。生子鑑，官知巢縣，知漳州、無爲軍，監進奏院，知興國軍，淮西運使，湖南總領。生子浚，字深遠，官至運使，生二子：林，彬。

埜公，字文之，行二。熹公次子。生紹興甲戌七月，奏補將仕郎，贈朝奉大夫。夫人劉氏。生四子：鉅，銓，鐸，銍。鉅，任知縣，生四子：長淵，授將仕；次洽，授通奉；三潛，授登仕；四濟，授迪功。

在公，字敬之，行三。熹公三子。生乾道己丑正月初一日寅時。娶吕氏、趙氏。歷仕承務郎，舒州山口鎮二令，監作丞，簿、承司農，泉州倅，大理寺丞，知南康軍，改衡州，宫觀信州不赴，浙西提舉，嘉興守，司農卿，焕章、樞密院承旨，兩浙漕，司農大卿，工部侍郎，寶謨閣、知平江，改袁州不赴，知隆興玉霄宫、洞霄宫。生四子：鉉，欽，鏄，鈆。鉉字子玉，生嘉泰壬戌，任總領司幹，光澤丞，鎮江大軍倉使。夫人王氏。生子涇，授縣丞。欽，生子沅，授將仕。

鏄，仕承務郎，福州海口鎮，生三子：長溱，授將仕；次沅，授將仕；三洛，授將仕。鈆，生子潭，授司法。

按：以上譜序十世，已多有後來修譜者所增内容。

蘆村府君三房發公支圖

蘆村府君三房發公支圖

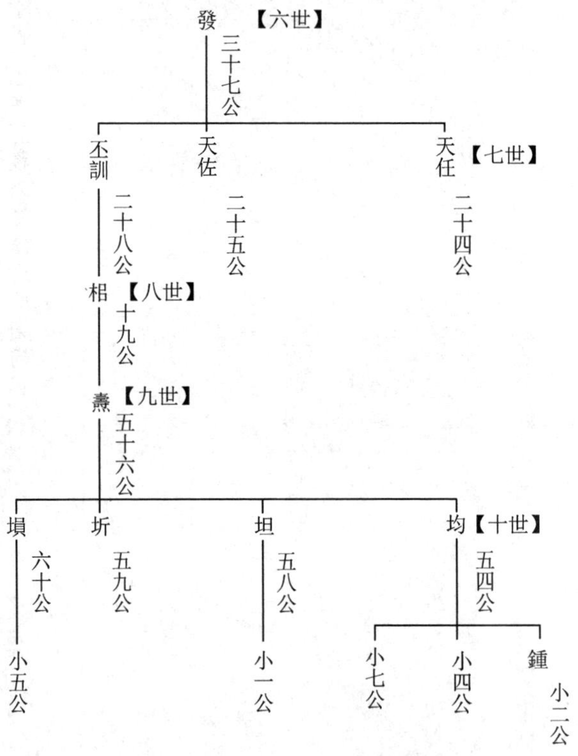

【六世】

發公，字得之，行三十七。振公三子。生子三：天任，天佐，丕訓。

【七世】

天任公，行二十四。發公長子。

天佐公，行二十五。發公次子。

丕訓公，字應之，行二十六。發公三子，生子相。

【八世】

相公，行十九。丕訓公子。生子燾。

【九世】

燾公，字仲堪，行三十六。相公子。生子四：均，坦，圻，塤。

【十世】

均公，字康國，行五四。燾公長子。生三子：鍾公，小四公，小七公。

坦公，字履道，行五八。燾公次子。生一子：小一。

圻公，字重父，行五九。燾公三子。

塤公，字和父，行六十。燾公四子。生一子：小五。

蘆村府君四房臨溪府君支圖

蘆村府君四房臨溪府君支圖

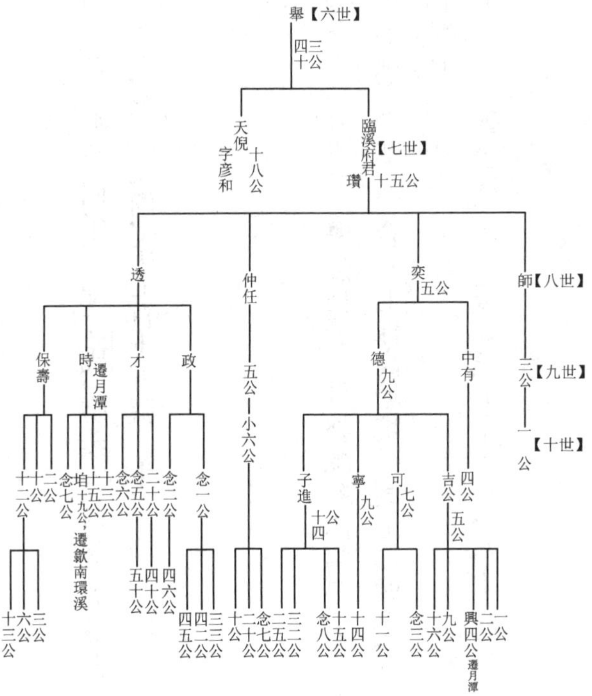

【六世】

舉公，字服之，行四十三。振公四子。配汪氏，贈恭人，合葬婺源縣東萬安鄉千秋里四都，土名茶坑。溪東程家洲，係新丈尚，字七百十五號。生子二：曰瓚，曰天倪。

【七世】

臨溪府君，諱瓚，字彦圭，行十五。舉公長子。自婺源遷休寧二十六都八保臨溪，是爲始遷臨溪之祖。配周氏十七娘，贈恭人，合葬七保高塘坑。倒地幞頭形，坤申行龍，離山癸向。生子四：曰師，曰奕，曰仲任，曰透。

天倪公，字彦和，行十八。舉公次子。生子二：七十六公，八十二公。

【八世】

師公，瓚公長子。生一子：三公。傳一世止。

奕公，字子大，行五。瓚公二子。配程氏，贈恭人，合葬高塘坑。生子二：曰中有，曰德。

中有生四公。

仲任公，行六。瓚公三子。生五公。

透公，行七。瓚公四子。生子四：曰政，曰才，曰時，曰保壽。

【九世】

中有公，奕公長子。生四公止。

德公，行九。奕公次子。卒葬臨溪查木塢。配項氏，卒葬臨溪水碓坑口，甲山庚向。生四子：吉，可，寧，子進。

五公，仲任公子。生小六公。小六公生三子止。

政公，透公長子。生二子：念一，念二。念一生三子：長三三公，次四二公，季四五公。念二生一子：四六公。

才公，透公二子。生三子：長二十，次念五，季念六。

時公，透公三子。遷月潭。生四子：長十三絶；次十五公絶；三埫，遷環溪；四曰念七公無傳。

保壽公，透公四子。生三子：長二公，次十公，季十二公。十二公生三子：長三公，次六公，季十三公。

【十世】

吉公，行五。德公長子。卒葬二十六都八保瓦瑶基墓林，兑山卯向。娶洪氏九娘，卒葬同處，兑山卯向。生子五：長一公，次二公，三興公，四曰九公，五曰十六公。興公遷月潭。

可公，行七。德公次子。生二子：念三公，十一公。

寧公，行九。德公三子。生一子：十四公。

子進公，行十四。德公四子。生四子：十五公，念八公，三二公，三五公。

垍公，行十九。時公第三子。遷歙南二十七都環溪居焉。生子鍮。今子孫蕃衍，是爲環溪派。

孟子要略

輯録説明

紹熙三年，朱熹約取孟子集注之要而成孟子要略一書（又名孟子要旨）。真德秀有孟子要略序云：「先生之于孟子發明之也至矣，其全在集注，而其要在此編……學者于集注求其全體，而又于此玩味其要指焉，則七篇之義無復餘藴矣。」是書後佚。清劉茮雲傳瑩曾從金履祥孟子集注考證中輯出孟子要略，已非完書。兹仍從孟子集注考證中輯録出孟子要略。

東景南

目録

卷一

滕文公爲世子，將之楚，過宋而見孟子。孟子道性善，言必稱堯舜。世子自楚返，復見孟子。孟子曰：「世子疑吾言乎？夫道一而已矣。成覸謂齊景公曰：『彼，丈夫也；我，丈夫也；吾何畏彼哉？』顏淵曰：『舜何？人也。予何？人也。有爲者亦若是。』公明儀曰：『文王，我師也；周公豈欺我哉？』今滕，絶長補短，將五十里也，猶可以爲善國。書曰：『若藥不瞑眩，厥疾不瘳。』」

公都子曰：「告子曰：『性無善無不善也。』或曰：『性可以爲善，可以爲不善；是故文武興，則民好善；幽厲興，則民好暴。』或曰：『有性善，有性不善；是故以堯爲君而有象，以瞽瞍爲父而有舜；以紂爲兄之子，且以爲君，而有微子啟、王子比干。』今曰『性善』，然則彼皆非與？」孟子曰：「乃若其情，則可以爲善矣，乃所謂善也。若夫爲不善，非才之罪也。惻隱之心，人皆有之；羞惡之心，人皆有之；恭敬之心，人皆有之；是非之心，人皆有之。惻隱之心，仁也；羞惡之心，義也；恭敬之心，禮也；是非之心，智也。仁義禮智，非由外鑠我也，我固有之也，弗思耳矣。故曰：『求則得之，舍則失之。』或相倍蓰而無算者，不能盡其才者也。詩曰：『天生蒸民，有物有則。民之秉彝，好是懿德。』孔子曰：『爲此詩者，其知道乎！故有物必有則，民之秉彝也，故好是懿德。』」孟子曰：「人之所以異於禽獸者幾希，庶民去之，君子存之。舜明於庶物，察於人倫，由仁義行，非行仁義也。」

曹交問曰：「人皆可以爲堯舜，有諸？」孟子曰：「然。」「交聞文王十尺，湯九尺，今交九尺四寸以長，食粟而已，如何則可？」曰：「奚有於是？亦爲之而已。有人於此，力不能勝一匹雛，則爲無力人矣；今曰舉百鈞，則爲有力人矣。然則舉烏獲之任，是亦爲烏獲而已矣。夫人豈以不勝爲患哉？弗爲耳。徐行後長者謂之弟，疾行先長者謂之不弟。夫徐行者，豈人所不能哉？所不爲也。堯舜之道，孝弟而已矣。子服堯之服，誦堯之言，行堯之行，是堯而已矣。子服桀之服，誦桀之言，行桀之行，是桀而已矣。」曰：「交得見於鄒君，可以假館，願留而受業於門。」曰：「夫道若大路然，豈難知哉？人病不求耳。子歸而求之，有餘師。」

告子曰：「性猶湍水也，決諸東方則東流，決諸西方則西流。人性之無分於善不善也，猶水之無分於東西也。」孟子曰：「水信無分於東西，無分於上下乎？人性之善也，猶水之就下也。人無有不善，水無有不下。今夫水，搏而躍之，可使過顙；激而行之，可使在山。是豈水之性哉？其勢則然也。人之可使爲不善，其性亦猶是也。」

孟子曰：「人皆有不忍人之心。先王有不忍人之心，斯有不忍人之政矣。以不忍人之心，行不忍人之政，治天下可運之掌上。所以謂人皆有不忍人之心者，今人乍見孺子將入於井，皆有怵惕惻隱之心，非所以内交於孺子之父母也，非所以要譽於鄉黨朋友也，非惡其聲而然也。由是觀之，無惻隱之心，非人也；無羞惡之心，非人也；無辭讓之心，非人也；無是非之心，非人也。惻隱之心，仁之端也；羞惡之心，義之端也；辭讓之心，禮之端也；是非之心，智之端也。人之有是四端也，猶其有四體也。有是四端而自謂不能者，自賊者也；謂其君不能者，賊其君者也。凡有四端於我者，知皆擴而充之矣，若火之始然，泉之始達。苟能充之，足以保四海；苟不充之，不足以事父母。」

孟子曰：「人皆有所不忍，達之於其所忍，仁也；人皆有所不爲，達之於其所爲，義也。人能充無欲害人之心，而仁不可勝用也；人能充無穿踰之心，而義不可勝用也；人能充無受爾汝之實，無所往而不爲義也。士未可以言而言，是以言餂之也；可以言而不言，是以不言餂之也，是皆穿踰之類也。」

告子曰：「食色，性也。仁，内也，非外也；義，外也，非内也。」孟子曰：「何以謂仁内義外也？」曰：「彼長而我長之，非有長於我也；猶彼白而我白之，從其白於外也，故謂之外也。」曰：「異於白馬之白也，無以異於白人之白也；不識長馬之長也，無以異於長人之長與？且謂長者義乎？長之者義乎？」曰：「吾弟則愛之，秦人之弟則不愛也，是以我爲悦者也，故謂之内。長楚人之長，亦長吾之長，是以長爲悦者也，故謂之外也。」曰：「耆秦人之炙，無以異於耆吾炙，夫物則亦有然者也，然則耆炙亦有外歟？」

孟子曰：「富歲，子弟多賴；凶歲，子弟多暴，非天之降才爾殊也，其所以陷溺其心者然也。今夫麰麥，播種而耰之，其地同，樹之時又同，浡然而生，至於日至之時，皆熟矣。雖有不同，則地有肥磽，雨露之養、人事之不齊也。故凡同類者，舉相似也，何獨至於人而疑之？聖人，與我同類者。故龍子曰：『不知足而爲屨，我知其不爲蕢也。』屨之相似，天下之足同也。口之於味，有同耆也；易牙先得我口之所耆者也。如使口之於味也，其性與人殊，若犬馬之與我不同類也，則天下何耆皆從易牙之於味也？至於味，天下期於易牙，是天下之口相似也。惟耳亦然。至於聲，天下期於師曠，是天下之耳相似也。惟目亦然。至於子都，天下莫不知其姣也。不知子都之姣者，無目者也。故曰：口之於味也，有同耆焉；耳之於聲也，有同聽焉；目之於色也，有同美焉。至於心，獨無所同然乎？心之所同然者何也？謂理也，義也。聖人先得我心之所同然耳。故理義之悦我心，猶芻豢之悦我口。」

孟子曰：「牛山之木嘗美矣，以其郊於大國也，斧斤伐之，可以爲美乎？是其日夜之所息，雨露之所潤，非無萌蘖之生焉，牛羊又從而牧之，是以若彼濯濯也。人見其濯濯也，以爲未嘗有材焉，此豈山之性也哉？雖存乎人者，豈無仁義之心哉？其所以放其良心者，亦猶斧斤之於木也，旦旦而伐之，可以爲美乎？其日夜之所息，平旦之氣，其好惡與人相近也者幾希。則其旦晝之所爲，有梏亡之矣。梏之反覆，則其夜氣不足以存；夜氣不足以存，則其違禽獸不遠矣。人見其禽獸也，而以爲未嘗有才焉者，是豈人之情也哉？故苟得其養，無物不長；苟失其養，無物不消。孔子曰：『操則存，舍則亡；出入無時，莫知其鄉。』惟心之謂與？」

孟子曰：「欲貴者，人之同心也。人人有貴於己者，弗思耳矣。人之所貴者，非良貴也。趙孟之所貴，趙孟能賤之。詩云：『既醉以酒，既飽以德。』言飽乎仁義也，所以不願人之膏粱之味也；令聞廣譽施於身，所以不願人之文繡也。」

孟子曰：「今有無名之指，屈而不信，非疾痛害事也，如有能信之者，則不遠秦楚之路，爲指之不若人也。指不若人，則知惡之；心不若人，則不知惡，此之謂不知類也。」

孟子曰：「拱把之桐梓，人苟欲生之，皆知所以養之者。至於身，而不知養之者，豈愛身不若桐梓哉？弗思甚也。」

孟子曰：「人之於身也，兼所愛。兼所愛，則兼所養也。無尺寸之膚不愛焉，則無尺寸之膚不養也。所以考其善不善者，豈有他哉？於己取之而已矣。體有貴賤，有小大。無以賤害貴。養其小者爲小人，養其大者爲大人。今有場師，舍其梧檟，養其樲棘，則爲賤場師焉。養其一指而失其肩背，而不知也，則爲狼疾人也。飲食之人，則人賤之矣，爲其養小以失大也。飲食之人無有失也，則口腹豈適爲尺寸之膚哉？」

公都子問曰：「鈞是人也，或爲大人，或爲小人，何也？」孟子曰：「從其大體爲大人，從其小體爲小人。」曰：「鈞是人也，或從其大體，或從其小體，何也？」曰：「耳目之官不思，而蔽於物。物交物，則引之而已矣。心之官則思，思則得之，不思則不得也。此天之所與我者。先立乎其大者，則其小者不能奪也。此爲大人而已矣。」

孟子曰：「仁，人心也；義，人路也。舍其路而弗由，放其心而不知求，哀哉！人有鷄犬放，則知求之；有放心而不知求。學問之道無他，求其放心而已矣。」

孟子曰：「養心莫善於寡欲。其爲人也寡欲，雖有不存焉者寡矣；其爲人也多欲，雖有存焉者寡矣。」

孟子曰：「大人者，不失其赤子之心者也。」

孟子曰：「形色，天性也。惟聖人然後可以踐形。」

孟子曰：「萬物皆備於我矣。反身而誠，樂莫大焉。彊恕而行，求仁莫近焉。」

孟子曰：「盡其心者，知其性也；知其性，則知天矣。存其心，養其性，所以事天也。殀壽不貳，修身以俟之，所以立命也。」

孟子曰：「君子深造之以道，欲其自得之也。自得之，則居之安；居之安，則資之深；資之深，則取之左右逢其原。故君子欲其自得之也。」

王子墊問曰：「士何事？」孟子曰：「尚志。」曰：「何謂尚志？」曰：「仁義而已矣。殺一無罪非仁也，非其有而取之非義也。居惡在？仁是也；路惡在？義是也。居仁由義，大人之事備矣。」

孟子曰：「矢人豈不仁於函人哉？矢人唯恐不傷人，函人唯恐傷人。巫匠亦然。故術不可不慎也。孔子曰：『里仁爲美。擇不處仁，焉得智？』夫仁，天之尊爵也，人之安宅也。莫之禦而不仁，是不智也。不仁、不智，無禮、無義，人役也。人役而恥爲役，由弓人而恥爲弓，矢人而恥爲矢也。如恥之，莫如爲仁。仁者如射，射者正己而後發；發而不中，不怨勝己者，反求諸己而已矣。」

孟子曰：「君子所以異於人者，以其存心也。君子以仁存心，以禮存心。仁者愛人，有禮者敬人。愛人者，人恒愛之；敬人者，人恒敬之。有人於此，其待我以横逆，則君子必自反也：我必不仁也，必無禮也，此物奚宜至哉？其自反而仁矣，自反而有禮矣，其横逆由是也，君子必自反也：我必不忠。自反而忠矣，其横逆由是也，君子曰：『此亦妄人也已矣。如此，則與禽獸奚擇哉？於禽獸又何難焉？』是故君子有終身之憂，無一朝之患也。乃若所憂則有之：舜，人也；我，亦人也。舜爲法於天下，可傳於後世，我由未免爲鄉人也，是則可憂也。

憂之如何？如舜而已矣。若夫君子所患則亡矣。非仁無爲也，非禮無行也。如有一朝之患，則君子不患矣。」

孟子曰：「愛人不親，反其仁；治人不治，反其智；禮人不答，反其敬。行有不得者，皆反求諸己，其身正而天下歸之。詩云：『永言配命，自求多福。』」

孟子曰：「舜發於畎畝之中，傅說舉於版築之間，膠鬲舉於魚鹽之中，管夷吾舉於士，孫叔敖舉於海，百里奚舉於市。故天將降大任於斯人也，必先苦其心志，勞其筋骨，餓其體膚，空乏其身，行拂亂其所爲，所以動心忍性，曾益其所不能。人恒過，然後能改；困於心，衡於慮，而後作；徵於色，發於聲，而後喻。入則無法家拂士，出則無敵國外患者，國恒亡。然後知生於憂患而死於安樂也。」

孟子曰：「無爲其所不爲，無欲其所不欲，如此而已矣。」

孟子曰：「無或乎王之不智也。雖有天下易生之物也，一日暴之，十日寒之，未有能生者也。吾見亦罕矣，吾退而寒之者至矣，吾如有萌焉何哉？今夫弈之爲數也，小數也；不專心致志，則不得也。弈秋，通國之善弈者也。使弈秋誨二人弈，其一人專心致志，惟弈秋之爲聽。一人雖聽之，一心以爲有鴻鵠將至，思援弓繳而射之，雖與之俱學，弗若之矣。爲是其智弗若與？曰：非然也。」

孟子曰：「仁之勝不仁也，猶水勝火。今之爲仁者，猶以一杯水，救一車薪之火也；不熄，則謂之水不勝火，此又與於不仁之甚者也，亦終必亡而已矣。」

孟子曰：「五穀者，種之美者也，苟爲不熟，不如荑稗。夫仁，亦在乎熟之而已矣。」

孟子曰：「自暴者，不可與有言也；自棄者，不可與有爲也。言非禮義，謂之自暴也；吾身不能居仁由義，謂之自棄也。仁，人之安宅也；義，人之正路也。曠安宅而弗居，舍正路而不由，哀哉！」

孟子曰：「人不可以無恥，無恥之恥，無恥矣。」

孟子曰：「不仁者可與言哉？安其危而利其菑，樂其所以亡者。不仁而可與言，則何亡國敗家之有？有孺子歌曰：『滄浪之水清兮，可以濯我纓；滄浪之水濁兮，可以濯我足。』孔子曰：『小子聽之！清斯濯纓，濁斯濯足矣。自取之也。』夫人必自侮，然後人侮之；家必自毁，而後人毁之；國必自伐，而後人伐之。太甲曰：『天作孽，猶可違；自作孽，不可活。』此之謂也。」

卷二

孟子曰：「人之所不學而能者，其良能也；所不慮而知者，其良知也。孩提之童，無不知愛其親者，及其長也，無不知敬其兄也。親親，仁也；敬長，義也；無他，達之天下也。」

孟子曰：「仁之實，事親是也；義之實，從兄是也；智之實，知是二者弗去是也；禮之實，節文斯二者是也；樂之實，樂是二者，樂則生矣；生則惡可已也，惡可已，則不知足之蹈之，手之舞之。」

孟子曰：「事孰爲大？事親爲大；守孰爲大？守身爲大。不失其身而能事其親者，吾聞之矣；失其身而能事其親者，吾未之聞也。孰不爲事？事親，事之本也；孰不爲守？守身，守之本也。曾子養曾皙，必有酒肉；將徹，必請所與；問有餘，必曰：『有。』曾皙死，曾元養曾子，必有酒肉；將撤，不請所與；問有餘，曰：『亡矣。』將以復進也。此所謂養口體者也。若曾子，則可謂養志也。事親若曾子者，可也。」

孟子曰：「天下大悦而將歸己，視天下悦而歸己，猶早芥也，惟舜爲然。不得乎親，不可以爲人；不順乎親，不可以爲子。舜盡事親之道而瞽瞍厎豫，瞽瞍厎豫而天下化，瞽瞍厎豫而天下之爲父子者定，此之謂大孝。」

萬章問曰：「舜往于田，號泣于旻天，何爲其號泣也？」孟子曰：「怨慕也。」萬章曰：「『父母愛之，喜而不忘；父母惡之，勞而不怨。』然則舜怨乎？」曰：「長息問於公明高曰：『舜往于田，則吾既得聞命矣；號泣于旻天，于父母，則吾不知也。』公明高曰：『是非爾所知也。』夫公明高以孝子之心，爲不若是恝，我竭力耕田，共爲子職而已矣，父母之不我愛，於我何哉？帝使其子九男二女，百官牛羊倉廩備，以事舜於畎畝之中，天下士子多就之者，帝將胥天下而遷之焉。爲不順於父母，如窮人無所歸。天下之士悅之，人之所欲也，而不足以解憂；好色，人之所欲，妻帝之二女，而不足以解憂；富，人之所欲，富有天下，而不足以解憂；貴，人之所欲，貴爲天子，而不足以解憂。人悅之、好色、富貴，無足以解憂者，惟順於父母可以解憂。人少，則慕父母；知好色，則慕少艾；有妻子，則慕妻子；仕則慕君，不得於君則熱中。大孝終身慕父母。五十而慕者，予於大舜見之矣。」

萬章問曰：「詩云：『娶妻如之何？必告父母。』信斯言也，宜莫如舜。舜之不告而娶，何也？」孟子曰：「告則不得娶。男女居室，人之大倫也。如告，則廢人之大倫，以懟父母，是以不告也。」萬章曰：「舜之不告而娶，則吾既得聞命矣；帝之妻舜而不告，何也？」曰：「帝亦知告焉則不得妻也。」萬章曰：「父母使舜完廩，捐階，瞽瞍焚廩。使浚井，出，從而揜之。象曰：『謨蓋都君咸我績，牛羊父母，倉廩父母，干戈朕，琴朕，弤朕，二嫂使治朕棲。』象往入舜宫，舜在牀琴。象曰：『鬱陶思君爾。』忸怩。舜曰：『惟茲臣庶，汝其于予治。』不識舜不知象之將殺己與？」曰：「奚而不知也？象憂亦憂，象喜亦喜。」曰：「然則舜僞喜者與？」曰：「否。昔者有饋生魚於鄭子產，子產使校人畜之池。校人烹之，反命曰：『始舍之，圉圉焉；少則洋洋焉；攸然而逝。』子產曰：『得其所哉！得其所哉！』校人出，曰：『孰謂子產智？予既烹而食之，曰「得其所哉，得其所哉」。』故君子可欺以其方，難罔以非其道。彼以愛兄之道來，故誠信而喜之，奚僞焉？」

桃應問曰：「舜爲天子，皋陶爲士，瞽瞍殺人，則如之何？」孟子曰：「執之而已矣。」「然則舜不禁與？」曰：「夫舜惡得而禁之？夫有所受之也。」「然則舜如之何？」曰：「舜視棄天下猶棄敝蹝也。竊負而逃，遵海濱而處，終身訢然，樂而忘天下。」

萬章問曰：「象日以殺舜爲事，立爲天子則放之，何也？」孟子曰：「封之也；或曰：放焉。」萬章曰：「舜流共工于幽州，放驩兜于崇山，殺三苗于三危，殛鯀于羽山，四罪而天下咸服，誅不仁也。象至不仁，封之有庳。有庳之人奚罪焉？仁人固如是乎？在他人則誅之，在弟則封之？」曰：「仁人之於弟也，不藏怒焉，不宿怨焉，親愛之而已矣。親之，欲其貴也；愛之，欲其富也。封之有庳，富貴之也。身爲天子，弟爲匹夫，可謂親愛之乎？」「敢問或曰放者，何謂也？」曰：「象不得有爲於其國，天子使吏治其國而納其貢稅焉，故謂之放。豈得暴彼民哉？雖然，欲常常而見之，故源源而來，『不及貢，以政接于有庳。』此之謂也。」

孟子曰：「君子之於物也，愛之而弗仁；於民也，仁之而弗親。親親而仁民，仁民而愛物。」

孟子曰：「道在邇而求諸遠，事在易而求諸難。人人親其親，長其長，而天下平。」

孟子曰：「於不可已而已者，無所不已。於所厚者薄，無所不薄也。其進鋭者，其退速。」

卷三

孟子見梁惠王。王曰：「叟！不遠千里而來，亦將有以利吾國乎？」孟子對曰：「王！何必曰利？亦有仁義而已矣。王曰『何以利吾國』，大夫曰『何以利吾家』，士庶人曰『何以利吾身』，上下交征利而國危矣。萬乘之國，弒其君者，必千乘之家；千乘之國，弒其君者，必百乘之家。萬取千焉，千取百焉，不爲不多矣。苟爲後義而先利，不奪不饜。未有仁而遺其親者也，未有義而後其君者也。王亦曰仁義而已矣，何必曰利？」

孟子曰：「鷄鳴而起，孳孳爲善者，舜之徒也；鷄鳴而起，孳孳爲利者，蹠之徒也。欲知舜與蹠之分，無他，利與善之間也。」

孟子曰：「魚，我所欲也，熊掌，亦我所欲也；二者不可得兼，舍魚而取熊掌者也。生，亦我所欲也，義，亦我所欲也；二者不可得兼，舍生而取義者也。生亦我所欲，所欲有甚於生者，故不爲苟得也；死亦我所惡，所惡有甚於死者，故患有所不辟也。如使人之所欲莫甚於生，則凡可以得生者，何不用也？使人之所惡莫甚於死者，則凡可以辟患者，何不爲也？由是則生而有不用也，由是則可以辟患而有不爲也，是故所欲有甚於生者，所惡有甚於死者。

非獨賢者有是心也，人皆有之，賢者能勿喪耳。一簞食，一豆羹，得之則生，弗得則死，嘑爾而與之，行道之人弗受；蹴爾而與之，乞人不屑也；萬鍾則不辯禮義而受之。萬鍾於我何加焉？爲宮室之美、妻妾之奉、所識窮乏者得我與？鄉爲身死而不受，今爲宮室之美爲之；鄉爲身死而不受，今爲妻妾之奉爲之；鄉爲身死而不受，今爲所識窮乏者得我而爲之，是亦不可以已乎？此之謂失其本心。」

陳代曰：「不見諸侯，宜若小然；今一見之，大則以王，小則以霸。且志曰：『枉尺而直尋，宜若可爲也。』」孟子曰：「昔齊景公田，招虞人以旌，不至，將殺之。志士不忘在溝壑，勇士不忘喪其元。孔子奚取焉？取非其招不往也。如不待其招而往，何哉？且夫枉尺而直尋者，以利言也。如以利，則枉尋直尺而利，亦可爲與？昔者趙簡子使王良與嬖奚乘，終日而不獲一禽。嬖奚反命曰：『天下之賤工也。』或告以王良。良曰：『請復之。』强而後可，一朝而獲十禽。嬖奚反命曰：『天下之良工也。』簡子曰：『我使掌與女乘。』謂王良，良不可，曰：『吾爲之範我馳驅，終日不獲一；爲之詭遇，一朝而獲十。詩云：「不失其馳，舍矢如破。」我不貫與小人乘，請辭。』御者且羞與射者比；比而得禽獸，雖若丘陵，弗爲也。如枉道而從彼，何也？且子過矣，枉己者，未有能直人者也。」

景春曰：「公孫衍、張儀豈不誠大丈夫哉？一怒而諸侯懼，安居而天下熄。」孟子曰：「是焉得爲大丈夫乎？子未學禮乎？丈夫之冠也，父命之；女子之嫁也，母命之，往送之門，戒之曰：『往之女家，必敬必戒，無違夫子！』以順爲正者，妾婦之道也。居天下之廣居，立天下之正位，行天下之大道；得志，與民由之；不得志，獨行其道。富貴不能淫，貧賤不能移，威武不能屈，此之謂大丈夫。」

宋牼將至楚，孟子遇於石丘，曰：「先生將何之？」曰：「吾聞秦楚構兵，我將見楚王說而罷之。楚王不悦，我將見秦王說而罷之。二王我將有所遇焉。」曰：「軻也請無問其詳，願聞其指。說之將何如？」曰：「我將言其不利也。」曰：「先生之志則大矣，先生之號則不可。先生以利說秦楚之王，秦楚之王悦於利，以罷三軍之師，是三軍之士樂罷而悦於利也。爲人臣者懷利以事其君，爲人子者懷利以事其父，爲人弟者懷利以事其兄，是君臣、父子、兄弟終去仁義，懷利以相接，然而不亡者，未之有也。先生以仁義說秦楚之王，秦楚之王悦於仁義，而罷三軍之師，是三軍之士樂罷而悦於仁義也。爲人臣者懷仁義以事其君，爲人子者懷仁義以事其父，爲人弟者懷仁義以事其兄，是君臣、父子、兄弟去利，懷仁義以相接也，然而不王者，未之有也。何必曰利？」

萬章問曰：「人有言『伊尹以割烹要湯』，有諸？」孟子曰：「否，不然。伊尹耕於有莘之野，而樂堯舜之道焉。非其義也，非其道也，禄之以天下，弗顧也；繫馬千駟，弗視也。非其義也，非其道也，一介不以與人，一介不以取諸人。湯使人以幣聘之，囂囂然曰：『我何以湯之聘幣爲哉？我豈若處畎畝之中，由是以樂堯舜之道哉？』湯三使往聘之，既而幡然改曰：『與我處畎畝之中，由是以樂堯舜之道，吾豈若使是君爲堯舜之君哉？吾豈若使是民爲堯舜之民哉？吾豈若於吾身親見之哉？天之生此民也，使先知覺後知，使先覺覺後覺也。予，天民之先覺者也；予將以斯道覺斯民也。非予覺之，而誰也？』思天下之民匹夫匹婦有不被堯舜之澤者，若己推而内之溝中。其自任以天下之重如此，故就湯而説之以伐夏救民。吾未聞枉己而正人者也，況辱己以正天下者乎？聖人之行不同也，或遠、或近；或去、或不去；歸潔其身而已矣。吾聞其以堯舜之道要湯，未聞以割烹也。伊訓曰：『天誅造攻自牧宫，朕載自亳。』」

萬章問曰：「或謂孔子於衛主癰疽，於齊主侍人瘠環，有諸乎？」孟子曰：「否，不然也，好事者爲之也。於衛主顔讎由。彌子之妻與子路之妻，兄弟也。彌子謂子路曰：『孔子主我，衛卿可得也。』子路以告。孔子曰：『有命。』孔子進以禮，退以義，得之不得曰『有命』。而主癰疽與侍人瘠環，是無義無命也。孔子不悦於魯衛，遭宋桓司馬將要而殺之，微服而過宋。是時孔子當阨，主司城貞子，爲陳侯周臣。吾聞觀近臣，以其所爲主；觀遠臣，以其所主。若孔子主癰疽與侍人瘠環，何以爲孔子？」

孟子曰：「莫非命也，順受其正。是故知命者，不立乎巖墻之下。盡其道而死者，正命也；桎梏死者，非正命也。」

孟子曰：「口之於味也，目之於色也，耳之於聲也，鼻之於臭也，四肢之於安佚也，性也，有命焉，君子不謂性也。仁之於父子也，義之於君臣也，禮之於賓主也，智之於賢者也，聖人之於天道也，命也，有性焉，君子不謂命也。」

孟子曰：「求則得之，舍則失之，是求有益於得也，求在我者也；求之有道，得之有命，是求無益於得也，求在外者也。」

孟子曰：「君子有三樂，而王天下不與存焉。父母俱存，兄弟無故，一樂也；仰不愧於天，俯不怍於人，二樂也；得天下英才而教育之，三樂也。君子有三樂，而王天下不與存焉。」

孟子曰：「廣土衆民，君子欲之，所樂不存焉；中天下而立，定四海之民，君子樂之，所性不存焉。君子所性，雖大行不加焉，雖窮居不損焉，分定故也。君子所性，仁義禮智根於心，其生色也睟然見於面，盎於背，施於四體，四體不言而喻。」

孟子曰：「説大人，則藐之，勿視其巍巍然。堂高數仞，榱題數尺，我得志，弗爲也。食前方丈，侍妾數百人，我得志，弗爲也。般樂飲酒，驅馳田獵，後車千乘，我得志，弗爲也。在彼者，皆我所不爲也；在我者，皆古之制也，吾何畏彼哉？」

魯平公將出，嬖人臧倉者請曰：「他日君出，則必命有司所之。今乘輿已駕矣，有司未知所之，敢請。」公曰：「將見孟子。」曰：「何哉，君所爲輕身以先於匹夫者？以爲賢乎？禮義由賢者出；而孟子之後喪踰前喪。君無見焉！」公曰：「諾。」樂正子入見，曰：「君奚爲不見孟軻也？」曰：「或告寡人曰：『孟子之後喪踰前喪。』是以不往見也。」曰：「何哉，君所謂踰者？前以士，後以大夫；前以三鼎，而後以五鼎與？」曰：「否。謂棺椁衣衾之美也。」曰：「非所謂踰也，貧富不同也。」樂正子見孟子，曰：「克告於君，君爲來見也。嬖人有臧倉者沮君，君是以不果來也。」曰：「行，或使之；止，或尼之。行止，非人所能也。吾之不遇魯侯，天也。臧氏之子焉能使予不遇哉？」

孟子去齊，充虞路問曰：「夫子若有不豫色然。前日虞聞諸夫子曰：『君子不怨天，不尤人。』」曰：「彼一時，此一時也。五百年必有王者興，其間必有名世者。由周而來，七百有餘歲矣。以其數，則過矣；以其時考之，則可矣。夫天未欲平治天下也；如欲平治天下，當今之世，舍我其誰也？吾何爲不豫哉？」

滕文公問曰：「齊人將築薛，吾甚恐，如之何則可？」孟子對曰：「昔者大王居邠，狄人侵之，去之岐山之下居焉。非擇而取之，不得已也。苟爲善，後世子孫必有王者矣。君子創業垂統，爲可繼也。若夫成功，則天也。君如彼何哉？强爲善而已矣。」

孟子曰：「饑者甘食，渴者甘飲，是未得飲食之正也，饑渴害之也。豈惟口腹有饑渴之害，人心亦皆有害。人能無以饑渴之害爲心害，則不及人，不爲憂矣。」

孟子曰：「人有不爲也，而後可以有爲。」

孟子曰：「仕，非爲貧也，而有時乎爲貧；娶妻，非爲養也，而有時乎爲養。爲貧者，辭尊居卑，辭富居貧。辭尊居卑，惡乎宜乎？抱關擊柝。孔子嘗爲委吏矣，曰：『會計當而已矣。』嘗爲乘田矣，曰：『牛羊茁壯長而已矣。』位卑而言高，罪也；立乎人之本朝，而道不行，耻也。」

卷四

齊宣王問曰：「齊桓、晉文之事，可得聞乎？」孟子對曰：「仲尼之徒無道桓文之事者，是以後世無傳焉，臣未之聞也。無已，則王乎？」曰：「德何如則可以王矣？」曰：「保民而王，莫之能禦也。」曰：「若寡人者，可以保民乎哉？」曰：「可。」曰：「何由知吾可也？」曰：「臣聞之胡齕曰：王坐於堂上，有牽牛而過堂下者，王見之，曰：『牛何之？』對曰：『將以釁鐘。』王曰：『舍之！吾不忍其觳觫，若無罪而就死地。』對曰：『然則廢釁鐘與？』曰：『何可廢也？以羊易之！』不識有諸？」曰：「有之。」曰：「是心足以王矣。百姓皆以王爲愛也，臣固知王之不忍也。」王曰：「然。誠有百姓者。齊國雖褊小，吾何愛一牛？即不忍其觳觫，若無罪而就死地，故以羊易之也。」曰：「王無異於百姓之以王爲愛也。以小易大，彼惡知之？王若隱其無罪而就死地，則牛羊何擇焉？」王笑曰：「是誠何心哉？我非愛其財而易之以羊也。宜乎百姓之謂我愛也。」曰：「無傷也，是乃仁術也，見牛未見羊也。君子之於禽獸也，見其生，不忍見其死；聞其聲，不忍食其肉。是以君子遠庖廚也。」王説曰：「詩云：『他人有心，予忖度之。』夫子之謂也。夫我乃行之，反而求之，不得吾心。夫子言之，於我心有戚戚焉。此心之所以合於王者，何也？」曰：「有復於王者曰：『吾力足以舉百鈞，而不足以舉一羽；明足以察秋毫之末，而不見輿薪』，則王許之乎？」曰：「否。」「今恩足以及禽獸，而功不至於百姓者，獨何與？然則一羽之不舉，爲不用力焉；輿薪之不見，爲不用明焉；百姓之不見保，爲不用恩焉。故王之不王，不爲也，非不能也。」曰：「不爲者與不能者之形何以異？」曰：「挾太山以超北海，語人曰：『我不能。』是誠不能也。爲長者折枝，語人曰：『我不能。』是不爲也，非不能也。故王之不王，非挾太山以超北海之類也；王之不王，是折枝之類也。老吾老，以及人之老；幼吾幼，以及人之幼：天下可運於掌。詩云：『刑於寡妻，至於兄弟，以御於家邦。』言舉斯心加諸彼而已。故推恩足以保四海，不推恩無以保妻子。古之人所以大過人者，無他焉，善推其所爲而已矣。今恩足以及禽獸，而功不至於百姓者，獨何與？權，然後知輕重；度，然後知長短。物皆然，心爲甚。王請度之！抑王興甲兵，危士臣，構怨於諸侯，然後快於心與？」王曰：「否。吾何快於是？將以求吾所大欲也。」曰：「王之所大欲可得聞與？」王笑而不言。曰：「爲肥甘不足於口與？輕煖不足於體與？抑爲采色不足視於目與？聲音不足聽於耳與？便嬖不足使令於前與？王之諸臣皆足以供之，而王豈爲是哉？」曰：「否，吾不爲是也。」曰：「然則王之所大欲可知已，欲辟土地，朝秦楚，莅中國而撫四夷也。以若所爲求若所欲，猶緣木而求魚也。」王曰：「若是其甚與？」曰：「殆有甚焉。緣木求魚，雖不得魚，無後災。以若所爲求若所欲，盡心力而爲之，後必有災。」曰：「可得聞與？」曰：「鄒人與楚人戰，則王以爲孰勝？」曰：「楚人勝。」曰：「然則小固不可以敵大，寡固不可以敵衆，弱固不可以敵强。海内之地方千里者九，齊集有其一。以一服八，何以異於鄒敵楚哉？蓋亦反其本矣。今王發政施仁，使天下仕者皆欲立於王之朝，耕者皆欲耕於王之野，商賈皆欲藏於王之市，行旅皆欲出於王之塗，天下之欲疾其君者皆欲赴愬於王。其若是，孰能禦之？」王曰：「吾惛，不能進於是矣。願夫子輔吾志，明以教我。我雖不敏，請嘗試之。」曰：「無恒産而有恒心者，惟士爲能。若民，則無恒産，因無恒心。苟無恒心，放辟邪侈，無不爲已。及陷於罪，然後從而刑之，是罔民也。焉有仁人在位罔民而可爲也？是故明君治民之産，必使仰足以事父母，俯足以畜妻子，樂歲終身飽，凶年免於死亡；然後驅而之善，故民之從之也輕。今也制民之産，仰不足以事父母，俯不足以畜妻子；樂歲終身苦，凶年不免於死亡。此惟救死而恐不贍，奚暇治禮義哉？王欲行之，則盍反其本矣：五畝之宅，樹之以桑，五十者可以衣帛矣。鷄豚狗彘之畜，無失其時，七十者可以食肉矣。百畝之田，勿奪其時，八口之家可以無饑矣。謹庠序之教，申之以孝悌之義，頒白者不負戴於道路矣。老者衣帛食肉，黎民不饑不寒，然而不王者，未之有也。」

公孫丑問曰：「夫子當路於齊，管仲、晏子之功，可復許乎？」孟子曰：「子誠齊人也，知管仲、晏子而已矣。或問乎曾西曰：『吾子與子路孰賢？』曾西蹵然曰：『吾先子之所畏也。』曰：『然則吾子與管仲孰賢？』曾西艴然不悦，曰：『爾何曾比予於管仲？管仲得君如彼其專也，行乎國政如彼其久也，功烈如彼其卑也；爾何曾比予於是？』」曰：「管仲，曾西之所不爲也，而子爲我願之乎？」曰：「管仲以其君霸，晏子以其君顯。管仲、晏子猶不足爲與？」曰：「以齊王，由反手也。」曰：「若是，則弟子之惑滋甚。且以文王之德，百年而後崩，猶未洽於天下；武王、周公繼之，然後大行。今言王若易然，則文王不足法與？」曰：「文王何可當也？由湯至於武丁，賢聖之君六七作，天下歸殷久矣，久則難變也。武丁朝諸侯，有天下，猶運之掌也。紂之去武丁未久也，其故家遺俗，流風善政，猶有存者；又有微子、微仲、王子比干、箕子、膠鬲，皆賢人也，相與輔相之，故久而後失之也。尺地，莫非其有也；一民，莫非其臣也；然而文王猶方百里起，是以難也。齊人有言曰：『雖有智慧，不如乘勢；雖有鎡基，不如待時。』今時則易然也：夏后、殷、周之盛，地未有過千里者也，而齊有其地矣；鷄鳴狗吠相聞，而達乎四境，而齊有其民矣。地不改辟矣，民不改聚矣，行仁政而王，莫之能禦也。且王者之不作，未有疏於此時者也；民之憔悴於虐政，未有甚於此時者也。饑者易爲食，渴者易爲飲。孔子曰：『德之流行，速於置郵而傳命。』當今之時，萬乘之國行仁政，民之悦之，猶解倒懸也。故事半古之人，功必倍之，惟此時爲然。」

孟子曰：「以力假仁者霸，霸必有大國；以德行仁者王，王不待大。湯以七十里，文王以百里。以力服人者，非心服也，力不贍也；以德服人者，中心悅而誠服也，如七十子之服孔子也。詩云：『自西自東，自南自北，無思不服。』此之謂也。」

孟子曰：「言近而指遠者，善言也；守約而施博者，善道也。君子之言也，不下帶而道存焉；君子之守，修其身而天下平。人病舍其田而芸人之田，所求於人者重，而所以自任者輕。」

孟子曰：「人不足與適也，政不足閒也；唯大人爲能格君心之非。君仁，莫不仁；君義，莫不義；君正，莫不正。一正君而國定矣。」

孟子曰：「離婁之明，公輸子之巧，不以規矩，不能成方圓；師曠之聰，不以六律，不能正五音；堯舜之道，不以仁政，不能平治天下。今有仁心仁聞，而民不被其澤，不可法於後世者，不行先王之道也。故曰：徒善不足以爲政，徒法不能以自行。詩云：『不愆不忘，率由舊章。』遵先王之法而過者，未之有也。聖人既竭目力焉，繼之以規矩準繩，以爲方員平直不可勝用也；既竭耳力焉，繼之以六律，正五音不可勝用也；既竭心思焉，繼之以不忍人之政，而仁覆天下矣。故曰：爲高必因丘陵，爲下必因川澤；爲政不因先王之道，可謂智乎？是以惟仁者宜在高位。不仁而在高位，是播其惡於衆也。上無道揆也，下無法守也，朝不信道，工不信度，君子犯義，小人犯刑，國之所存者幸也。故曰：城郭不完，兵甲不多，非國之災也；田野不辟，貨財不聚，非國之害也。上無禮，下無學，賊民興，喪無日矣。詩曰：『天之方蹶，無然泄泄。』泄泄猶沓沓也。事君無義，進退無禮，言則非先王之道者，猶沓沓也。故曰：責難於君謂之恭，陳善閉邪謂之敬，吾君不能謂之賊。」

孟子曰：「規矩，方員之至也；聖人，人倫之至也。欲爲君，盡君道；欲爲臣，盡臣道。二者皆法堯舜而已矣。不以舜之所以事堯事君，不敬其君者也；不以堯之所以治民治民，賊其民者也。孔子曰：『道二，仁與不仁而已矣。』暴其民甚，則身弑國亡；不甚，則身危國削，名之曰『幽』、『厲』，雖孝子慈孫，百世不能改也。詩云：『殷鑒不遠，在夏后之世。』此之謂也。」

卷五

孟子曰：「堯舜，性者也；湯武，反之也。動容周旋中禮者，盛德之至也。哭死而哀，非爲生者也；經德不回，非以干禄也；言語必信，非以正行也。君子行法，以俟命而已也。」

孟子曰：「禹惡旨酒而好善言。湯執中，立賢無方。文王視民如傷，望道而未之見。武王不泄邇，不忘遠。周公思兼三王，以施四事；其有不合者，仰而思之，夜以繼日；幸而得之，坐以待旦。」

孟子曰：「堯舜，性之也；湯武，身之也；五霸，假之也。久假而不歸，惡知其非有也。」

孟子曰：「伯夷目不視惡色，耳不聽惡聲。非其君，不事；非其民，不使。治則進，亂則退。横政之所出，横民之所止，不忍居也。思與鄉人處，如以朝衣朝冠坐於塗炭也。當紂之時，居北海之濱，以待天下之清也。故聞伯夷之風者，頑夫廉，懦夫有立志。伊尹曰：『何事非君？何使非民？』治亦進，亂亦進，曰：『天之生斯民也，使先知覺後知，使先覺覺後覺。予，天民之先覺者也。予將以此道覺此民也。』思天下之民匹夫匹婦有不與被堯舜之澤者，若己推而納之溝中，其自任以天下之重也。柳下惠不羞汙君，不辭小官。進不隱賢，必以其道。遺佚而不怨，阨窮而不憫。與鄉人處，由由然不忍去也。『爾爲爾，我爲我，雖袒裼裸裎於我側，爾焉能浼我哉？』故聞柳下惠之風者，鄙夫寬，薄夫敦。孔子之去齊，接淅而行；去魯，曰：『遲遲吾行也，去父母國之道也。』可以速而速，可以久而久，可以處而處，可以仕而仕，孔子也。」孟子曰：「伯夷，聖之清者也；伊尹，聖之任者也；柳下惠，聖之和者也；孔子，聖之時者也。孔子之謂集大成。集大成也者，金聲而玉振之也。金聲也者，始條理也；玉振之也者，終條理也。始條理者，智之事也；終條理者，聖之事也。智，譬則巧也；聖，譬則力也。由射於百步之外也，其至，爾力也；其中，非爾力也。」

孟子曰：「聖人，百世之師也，伯夷、柳下惠是也。故聞伯夷之風者，頑夫廉，懦夫有立志；聞柳下惠之風者，薄夫敦，鄙夫寬。奮乎百世之上，百世之下，聞者莫不興起也。非聖人而能若是乎？而況於親炙之者乎？」

孟子曰：「仲尼不爲已甚者。」

禹、稷當平世，三過其門而不入，孔子賢之。顏子當亂世，居於陋巷，一簞食，一瓢飲，人不堪其憂，顏子不改其樂，孔子賢之。孟子曰：「禹、稷、顏回同道。禹思天下有溺者，由己溺之也；稷思天下有饑者，由己饑之也，是以如是其急也。禹、稷、顏子易地則皆然。今有同室之人鬭者，救之，雖被髮纓冠而救之，可也；鄉鄰有鬭者，被髮纓冠而救之，則惑也，雖閉户可也。」

孟子曰：「子路，人告之以有過，則喜。禹聞善言，則拜。大舜有大焉，善與人同，捨己從人，樂取於人以爲善。自耕稼、陶、漁以至爲帝，無非取於人者。取諸人以爲善，是與人爲善者也。故君子莫大乎與人爲善。」

公孫丑問曰：「夫子加齊之卿相，得行道焉，雖由此霸王，不異矣。如此，則動心否乎？」孟子曰：「否，我四十不動心。」曰：「若是，則夫子過孟賁遠矣。」曰：「是不難，告子先我不動心。」曰：「不動心有道乎？」曰：「有。北宫黝之養勇也，不膚橈，不目逃，思以一毫挫於人，若撻之於市朝；不受於褐寬博，亦不受於萬乘之君；視刺萬乘之君，若刺褐夫；無嚴諸侯，惡聲至，必反之。孟施舍之所養勇也，曰：『視不勝猶勝也。量敵而後進，慮勝而後會，是畏三軍者也。舍豈能爲必勝哉？能無懼而已矣。』孟施舍似曾子，北宫黝似子夏。夫二子之勇，未知其孰賢，然而孟施舍守約也。昔者曾子謂子襄曰：『子好勇乎？吾嘗聞大勇於夫子矣：自反而不縮，雖褐寬博，吾不惴焉；自反而縮，雖千萬人，吾往矣。』孟施舍之守氣，又不如曾子之守約也。」曰：「敢問夫子之不動心與告子之不動心，可得聞與？」「告子曰：『不得於言，勿求於心；不得於心，勿求於氣。』不得於心，勿求於氣，可；不得於言，勿求於心，不可。夫志，氣之帥也；氣，體之充也。夫志至焉，氣次焉；故曰：『持其志，無暴其氣。』」「既曰『志至焉，氣次之』，又曰『持其志，無暴其氣』，何也？」曰：「志壹則動氣，氣一則動志也。今夫蹶者、趨者，是氣也，而反動其心。」「敢問夫子惡乎長？」曰：「我知言，我善養吾浩然之氣。」「敢問何爲浩然之氣？」曰：「難言也。其爲氣也，至大至剛，以直養而無害，則塞於天地之間。其爲氣也，配義於道；無是，餒也。是集義所生者，非義襲而取之也。行有不慊於心，則餒矣。我故曰：告子未嘗知義，以其外之也。必有事焉，而勿正，心勿忘，勿助長也。無若宋人然：宋人有閔其苗之不長而揠之者，芒芒然歸，謂其人曰：『今日病矣！予助苗長矣！』其子趨而往視之，則苗槁矣。天下之不助苗長者寡矣。以爲無益而舍之者，不耘苗者也；助之長者，揠苗者也。非徒無益，而又害之。」「何謂知言？」曰：「詖辭知其所蔽，淫辭知其所陷，邪辭知其所離，遁辭知其所窮。生於其心，害於其政；發於其政，害於其事。聖人復起，必從吾言矣。」「宰我、子貢善爲説辭，冉牛、閔子、顏淵善言德行。孔子兼之，曰：『我於辭令，則不能也。』然則夫子既聖矣乎？」曰：「惡！是何言也？昔者子貢問於孔子曰：『夫子聖矣乎？』孔子曰：『聖則吾不能，我學不厭而教不倦也。』子貢曰：『學不厭，智也；教不倦，仁也。仁且智，夫子既聖矣。』夫聖，孔子不居，是何言也？」「昔者竊聞之：子夏、子游、子張皆有聖人之一體，冉牛、閔子、顏淵則具體而微，敢問所安。」曰：「姑舍是。」曰：「伯夷、伊尹何如？」曰：「不同道。非其君不事，非其民不使，治則進，亂則退，伯夷也。何事非君，何使非民，治亦進，亂亦進，伊尹也。可以仕則仕，可以止則止，可以久則久，可以速則速，孔子也。皆古聖人也，吾未能有行焉；乃所願，則學孔子也。」「伯夷、伊尹於孔子，若是班乎？」曰：「否。自有生民以來，未有孔子也。」曰：「然則有同與？」曰：「有。得百里之地而君之，皆能以朝諸侯，有天下；行一不義，殺一不辜，而得天下，皆不爲也。是則同。」曰：「敢問其所以異。」曰：「宰我、子貢、有若，智足以知聖人，汙不至阿其所好。宰我曰：『以予觀於夫子，賢於堯舜遠矣。』子貢曰：『見其禮而知其政，聞其樂而知其德，由百世之後，等百世之王，莫之能違也。自生民以來，未有夫子也。』有若曰：『豈惟民哉？麒麟之於走獸，鳳凰之於飛鳥，太山之於丘垤，河海之於行潦，類也。聖人之於民，亦類也。出於其類，拔乎其萃，自生民以來，未有盛於孔子也。』」

公都子曰：「外人皆稱夫子好辯，敢問何也？」孟子曰：「予豈好辯哉？予不得已也。天下之生久矣，一治一亂。當堯之時，水逆行，氾濫於中國，蛇龍居之，民無所定，下者爲巢，上者爲營窟。書曰：『洚水警余。』洚水者，洪水也。使禹治之。禹掘地而注之海，驅蛇龍而放之菹，水由地中行，江、淮、河、漢是也。險阻既遠，鳥獸之害人者消，然後人得平土而居之。堯舜既没，聖人之道衰，暴君代作，壞宫室以爲汙池，民無所安息；棄田以爲園囿，使民不得衣食。邪説暴行又作，園囿、汙池、沛澤多而禽獸至。及紂之身，天下又大亂。周公相武王誅紂，伐奄三年討其君，驅飛廉於海隅而戮之，滅國者五十，驅虎豹犀象而遠之，天下大悅。書曰：『丕顯哉，文王謨！丕承者，武王烈！佑啟我後人，咸以正無缺。』世衰道微，邪說暴行有作，臣弑其君者有之，子弑其父者有之。孔子懼，作春秋。春秋，天子之事也，是故孔子曰：『知我者，其惟春秋乎！罪我者，其惟春秋乎！』聖王不作，諸侯放恣，處士横議，楊朱、墨翟之言盈天下。天下之言不歸楊，則歸墨。楊氏爲我，是無君也；墨氏兼愛，是無父也。無父無君，是禽獸也。公明儀曰：『庖有肥肉，廄有肥馬，民有饑色，野有餓莩，此率獸而食人也。』楊墨之道不息，孔子之道不著，是邪説誣民，充塞仁義也。仁義充塞，則率獸食人，人將相食。吾爲此懼，閑先聖之道，距楊墨，放淫辭，邪説者不得作。作於其心，害於其事；作於其事，害於其政。聖人復起，不易吾言矣。昔者禹抑洪水而天下平，周公兼夷狄，驅猛獸而百姓寧，孔子成春秋而亂臣賊子懼。詩云：『戎狄是膺，荆舒是懲，則莫我敢承。』無父無君，是周公所膺也。我亦欲正人心，息邪説，距詖行，放淫辭，以承三聖者，豈好辯哉？予不得已也。能言距楊墨者，聖人之徒也。」

浩生不害問曰：「樂正子何人也？」孟子曰：「善人也，信人也。」「何謂善？何謂信？」曰：「可欲之謂善，有諸己之謂信，充實之謂美，充實而有光輝之謂大，大而化之之謂聖，聖而不可知之之謂神。樂正子，二之中、四之下也。」

萬章問曰：「孔子在陳曰：『盍歸乎來！吾黨之小子狂簡，進取，不忘其初。』孔子在陳，何思魯之狂士？」孟子曰：「孔子『不得中道而與之，必也狂狷乎！狂者進取，狷者有所不爲也。』孔子豈不欲中道哉？不可必得，故思其次也。」「敢問何如斯可爲狂矣？」曰：「如琴張、曾晳、牧皮者，孔子之所謂狂矣。」「何以謂之狂也？」曰：「其志嘐嘐然，曰：『古之人，古之人。』夷考其行，而不掩焉者也。狂者又不可得，欲得不屑不絜之士而與之，是獧也，是又其次也。孔子曰：『過我門而不入我室，我不憾焉者，其惟鄉原乎！鄉原，德之賊也。』」曰：「何如斯可謂之鄉原矣？」曰：「『何以是嘐嘐也？言不顧行，行不顧言，則曰：古之人，古之人。行何爲踽踽涼涼？生斯世也，爲斯世也，善斯可矣。』閹然媚於世也者，是鄉原也。」萬子曰：「一鄉皆稱原人焉，無所往而不爲原人，孔子以爲德之賊，何哉？」曰：「非之無舉也，刺之無刺也，同乎流俗，合乎污世，居之似忠信，行之似廉絜，衆皆悦之，自以爲是，而不可與入堯舜之道，故曰『德之賊』也。孔子曰：惡似而非者：惡莠，恐其亂苗也；惡佞，恐其亂義也；惡利口，恐其亂信也；惡鄭聲，恐其亂樂也；惡紫，恐其亂朱也；惡鄉原，恐其亂德也。君子反經而已矣。經正，則庶民興；庶民興，斯無邪慝矣。」

詩集解

輯録説明

朱熹早年一本毛序而作詩集解，淳熙四年以後始黜毛序而作詩集傳。今詩集解亡佚，然當時主毛序之説者如吕祖謙吕氏家塾讀詩記（簡稱吕記）、段昌武毛詩集解（簡稱段解）、嚴粲詩緝（簡稱嚴緝）多引朱熹詩集解之説。朱熹吕氏家塾讀詩記後序云：「此書（即吕氏家塾讀詩記）所謂『朱氏』者，實熹少時淺陋之説，而伯恭父誤有取焉。」朱熹詩集解於淳熙四年序定後嘗印刻，尤袤遂初堂書目録有朱氏集傳稿，即此詩集解，可見當時亦甚流行。段昌武毛詩集解作於淳祐八年，嚴粲詩緝成於淳祐四年，二人均爲主毛序説詩派，二書亦皆仿吕祖謙吕氏家塾讀詩記而成，如詩緝序所云：「二兒初爲周南、召南，受東萊義，誦之不能習，余爲輯諸家説，句析其訓，章括其旨。」故二書中所引「朱曰」、「朱氏曰」，必爲朱熹主毛序説之詩集解，而非黜毛序説之詩集傳。茲即於此三書中輯出詩集解，猶得太半。

東景南

目録

序

或有問於余曰：詩何爲而作也？余應之曰：人生而静，天之性也；感於物而動，性之欲也。夫既有欲矣，則不能無思；既有思矣，則不能無言；既有言矣，則言之所不能盡，而發於咨嗟詠歎之餘者，必有自然之音響節奏而不能已焉。此詩之所以作也。曰：然則其所以教者何也？曰：詩者，人心之感物而形於言之餘也。心之所感有邪正，故言之所形有是非。惟聖人在上，則其所感者無不正，而其言皆足以爲教。其或感之之雜，而所發不能無可擇者，則上之人必思所以自反，而因有以勸懲之，是亦所以爲教也。昔周盛時，上自郊廟朝廷而下達於鄉黨閭巷，其言粹然無不出於正者，聖人固已協之聲律，而用之鄉人，用之邦國，以化天下；至於列國之詩，則天子巡守，亦必陳而觀之，以行黜陟之典；降至昭穆而後，寖以陵夷；至於東遷，而遂廢不講矣。孔子生於其時，既不得位，無以行帝王勸懲黜陟之政，於是特舉其籍而討論之，去其重復，正其紛亂，而其善之不足以爲法、惡之不足以爲戒者，則亦刊而去之，以從簡約，示久遠，使夫學者即是而有以考其得失，善者思之，而惡者改焉。是以其政雖不足以行於一時，而其教實被於萬世，是則詩之所以爲教者然也。曰：然則國風、雅、頌之體，其不同若是，何也？曰：吾聞之，凡詩之所謂「風」者，多出於里巷歌謡之作，所謂男女相與詠歌，各言其情者也。惟周南、召南親被文王之化以成德，而人皆有以得其性情之正，故其發於言者，樂而不過於淫，哀而不及於傷，是以二篇獨爲風詩之正經。自邶而下，則其國之治亂不同，人之賢否亦異，其所感而發者，有邪正是非之不齊，而所謂先王之「風」者，於此焉變矣。若夫雅、頌之篇，則皆成周之世朝廷郊廟樂歌之詞，其語和而莊，其義寬而密，其作者往往聖人之徒，固所以爲萬世法程而不可易者也。至於雅之變者，亦皆一時賢人君子閔世病俗之所爲，而聖人取之，其忠厚惻怛之心，陳善閉邪之意，尤非後世能言之士所能及之。此詩之爲經，所以人事浹於下，天道備於上，而無一理之不具也。曰：然則其學之也當奈何？曰：本之二南以求其端，參之列國以盡其變，正之於雅以大其規，和之於頌以要其正，此學詩之大旨也。於是乎章句以綱之，訓詁以紀之，諷詠以昌之，涵濡以體之，察之情性隱微之間，審之言行樞機之始，則修身及家平均天下之道，其亦不待他求而得之於此矣。問者唯唯而退。余時方輯詩傳，因悉次是語以冠其篇云。淳熙四年丁酉冬十月戊子，新安朱熹序。

按：此序在今詩集傳中，而實爲詩集解舊序。朱熹孫朱鑑編詩傳遺説卷二於此序下有注云：「詩傳舊序，此乃先生丁酉歲用小序解經時所作，後乃盡去小序。」淳熙四年丁酉朱熹序定者爲主毛序説之詩集解，而非黜毛序説之詩集傳，故此序爲詩集解序，自原不在詩集傳中。詩傳遺説編於端平二年，既云「遺説」，乃輯文集、語録中論詩之語編成，而凡詩集傳中説均不録，朱鑑既將此序之説亦采入遺説，足證端平二年之時此序尚不在詩集傳中。又宋刻本詩集傳亦皆無此序，亦可證此序原非詩集傳之序。兹仍將此序輯録於此，以見詩集解之原貌。

綱領

論語：「詩三百，一言以蔽之，曰：思無邪。」

凡詩之言，善者可以感人之善心，惡者可以懲創人之逸志，其用歸於使人得其情性之正而已。然其言微婉，且或各因一事而發，求其直指全體，則未有若此之明且盡者。故夫子言詩三百篇，而惟此一言足以盡蓋其義。（段解）

詩卷第一

國風一

國者，諸侯所封之域；而風者，民俗歌謡之詩也。謂之風者，以其被上之化，以有言，而其言又足以感人，如物因風之動；以有聲，而其聲又足以動物也。是以諸侯采之，以貢於天子，天子受之，而列於樂官，於以考其俗尚之美惡，而知其政治之得失焉。舊説二南爲正風，所以用之閨門鄉黨邦國，而化天下也；十三國爲變風，亦領在樂官，以時存肄，備觀省而垂鑒戒耳。（嚴緝，段解）

周南一之一

周，國名。南，南方諸侯之國也。岐周，在今鳳翔府岐山縣。豐，在今京兆府鄠縣終南山北。南方之國，即今興元府、京西、湖北等路諸州。鎬，在豐東二十五里。（嚴緝，段解）

周公制禮作樂，於是取文王時詩，分爲二篇：其言文王之化者，繫之周公，以周公主内治故也；其言諸侯之國被文王之化以成德者，繫之召公，以召公長諸侯故也。（呂記，嚴緝，段解）

帝嚳之子棄，爲唐虞后稷，封於邰。其後公劉遷於豳，至古公亶父又遷於岐山之下。（呂記，段解）

鄠，音户。（嚴緝）

關雎

后妃之德也。風之始也，所以風天下而正夫婦也。故用之鄉人焉，用之邦國焉。

風，風也，教也。風以動之，教以化之。

太姒未嘗稱后，此追稱之云耳。此詩當時人所作，以美太姒之德。周公取以爲周南之首篇，以教天下後世，以明凡爲后妃者，其德皆當如是也。故序者不曰美太妃之德，而特言后妃之德。（嚴緝）

周公取以爲首篇，以教後世。凡爲后妃者，其德當皆如是也。故序者不言美大姒，而特言后妃之德，蓋周公之遺意歟？然文王未嘗稱王，則大姒未嘗稱后妃，此特追稱之耳。（段解）

此詩雖美大姒，而實以深見文王之德。（段解）

謂國風篇章始，亦風教之所由始。（嚴緝）

如風之著物，鼓舞震盪，物無不化，而不知爲之者。（嚴緝）

風兼二義：以象言，則曰風；以事言，則曰教。（呂記，段解）

詩者，志之所之也。在心爲志，發言爲詩。情動於中，而形於言；言之不足，故嗟歎之；嗟歎之不足，故永歌之；永歌之不足，不知手之舞之，足之蹈之也。情發於聲，聲成文謂之音。

心之所之，謂之志。情者，性之感於物而動者也。喜怒哀懼愛惡欲，是謂七情，形見永長也。（段解）

聲不止於言，凡嗟歎永歌者，皆是也。成文，謂其清濁高下疾徐疏數之節，相應而和也。然情之所感不同，則音之所成或亦異矣。（段解，呂記）

五聲，宮最濁，而羽極清，所以協歌之上下。十二律，黃最濁，而應極清，又所以旋相爲宮，而節其聲之上下。（段解）

治世之音安以樂，其政和；亂世之音怨以怒，其政乖；亡國之音哀以思，其民困。故正得失，動天地，感鬼神，莫近於詩。先王以是經夫婦，成孝敬，厚人倫，美教化，移風俗。

和平怨怒之極，又足以達陰陽之氣而致災召祥，蓋出於自然。（嚴緝）

事有得失，詩因其實而諷詠之，使人有所創艾興起。至其和平怨怒之極，又足以達於陰陽之氣而致祥召災，蓋其出於自然，不假人力，足以入人深而見功速，非他教之所及也。（段解）

人者，天地之心，鬼神之會，志壹則動氣，理之必然也。（段解）

先王，指文、武、周公、成王。（嚴緝，段解）

是，指風雅頌之正經。經，經常也。女正位乎内，男正位乎外，夫婦之常也。孝者，子之所以事父；敬者，臣之所以事君。詩之始作，多發於男女之間，而達於父子君臣之際，故先王以詩爲教，使人興於善，而戒其失，所以導夫婦之常，而成父子君臣之道也。三綱既正，則人倫厚，教化美，而風俗移矣。（段解，嚴緝）

夫婦有别，則父子親；父子親，則君臣和。故經夫婦所以成其孝敬也。（段解）

故詩有六義焉：一曰風，二曰賦，三曰比，四曰興，五曰雅，六曰頌。上以風化下，下以風刺上，主文而譎諫，言之者無罪，聞之者足以戒，故曰風。

比者，以物爲比，而不正言其事，甫田、碩鼠、衡門之類是也。因所見聞，或託物起興，而以事繼其聲，關雎、樛木之類是也。（段解，吕記）

興，起也。詩本人情，其言易曉，而諷詠之間，優柔浸清，又有以感人而入於人心。故誦而習之，則其或邪或正，或勸或懲，皆可使人志意油然興起於善，而不能自已也。（段解）

比方有兩例：有繼所比而言其事者，有全不言其事者。興亦有兩例：有取所興爲義者，則以上句形容下句之情思，下句指言上句之事實；有全不取其義者，則但取一二字而已。要之，上句常虛，下句常實，則同也。（段解，吕記）

然比興之中，螽斯專於比，而緑衣兼於興，兔罝專於興，而關雎兼於比。此其例中，又自有不同也。（段解）

此一條本出於周禮大師之官，蓋三百篇之綱領管轄。風、雅、頌者，聲樂部分之名也。風則十五國風，雅則大、小雅，頌則三頌也。賦、比、興則所以製風、雅、頌之體也。故大師之教國子必陳之，以是六者三經而三緯之，則凡詩之節奏指歸，皆將不待講説而直可吟詠以得之矣。六者之序，以其篇次，風固爲先，而風則有賦比興矣，故三者次之，而雅、頌又次之，蓋亦以是三者爲之也。（段解）

風者，民俗歌謠之詩，如物被風而有聲，又因其聲以動物也。上以風化下者，詩之美惡，其風皆出於上，而被於下也。下以風刺上者，在下之人，又歌詠其詩之美惡，以譏其上也。凡以風刺上者，皆不主於政事，而主於文辭，不以正諫，而託意以諫，若風之被物，彼此無心，而能有所動也。（段解）

主於文辭，而託之以諫，雖優游不迫，而感人實深。（吕記）

至於王道衰，禮義廢，政教失，國異政，家殊俗，而變風變雅作矣。國史明乎得失之迹，傷人倫之廢，哀刑政之苛，吟詠情性，以風其上，達於事變，而懷其舊俗者也。故變風發乎情，止乎禮義。發乎情，民之性也；止乎禮義，先王之澤也。

二十五篇爲正風。自鹿鳴而至菁菁者莪二十篇，爲正小雅。自文王而至卷阿十八篇，爲正大雅。邶至豳十三國，爲變風。六月至何草不黄五十八篇，爲變小雅。民勞至召旻十三篇，爲變大雅，

皆康昭以後所作。（段解）

舊説正風、正雅皆文武成王時詩，周公所定樂歌之辭。變風、變雅皆康昭以後所作。然正變之説，經無明文可考，今姑從之。（嚴緝，段解）

人倫廢，刑政苛，詩之所刺，不越乎此。國史采而得之，哀傷其然，於是吟詠紬繹其情性之未發，而節文之以授樂官，使時而颺之，以風其上。此非達於當時之變故而不忘乎厥初之舊俗者，有所不能也。（段解）

情者，性之動；而禮義者，性之德也。性則天命之在我者也。（嚴緝，段解）

正風雅頌，則不可以情言，皆天理之本也，亦不可但止乎禮義而已，乃禮義所由出也。（段解）

是以一國之事，繫一人之本，謂之風。言天下之事，形四方之風，謂之雅。雅者，正也，言王政之所由廢興也。政有小大，故有小雅焉，有大雅焉。頌者，美盛德之形容，以其成功告於神明者也。是謂四始，詩之至也。

形者，體而象之之謂。（嚴緝，段解）

小雅言政事之一事，大雅意不主於一事。大抵皆詠歌先王之功德，申固福禄之辭，而政之大體繫焉。（段解）

正小雅二十二篇，皆王政之一事。正大雅十八篇，言王政之大體。以其規模氣象考之，意其音

節亦有不同者；及其變也，則各以其聲而繫之歟？（吕記）

玩其辭氣之遠近，考其制度之廣狹，疑其音節亦不同矣。及其變也，則亦各以其聲而繫之歟？（段解）

史記：「關雎之亂以爲風始，鹿鳴以爲小雅始，文王爲大雅始，清廟爲頌始。」所謂「四始」也。詩之所以爲詩者，至是無餘藴矣。後世雖有作者，其孰能加於此乎！（段解）

然則關雎、麟趾之化，王者之風，故繫之周公，南，言化自北而南也；鵲巢、騶虞之德，諸侯之風也，先王之所以教，故繫之召公。周南、召南，正始之道，王化之基。

成王立，周公相之，制禮作樂，乃采文王世風化所及民俗之詩，以爲房中之樂。蓋其得之國中者，雜以南國之詩，而謂之周南，言自天子之國而被於諸侯，不但國中而已也；其得之南國者，則直謂之召南，言自方伯之國被於南方，而不敢以繫於天子也。（段解）

關雎、麟趾言化者，化之所自出也；鵲巢、騶虞言德者，蒙化以成德也。召南之德，即周南之化所成，故曰「先王之所以教」。先王，謂文王也。程子曰：「周南、召南，其猶乾、坤乎！」愚嘗推其説曰：乾始萬邦，非坤無以代之終；坤終萬物，非乾無以資其始。故乾元統天，爲萬物之所從出，而無所不統，周南之化似之；坤元雖生萬物，而所以生之者，乃順承天意而已，召南之德似之。此程子之意也。而楊亦曰：「王者諸侯之風相須以爲治，蓋一體也。」（段解，嚴緝）

王者之政，始於家，終於天下，而二南正家之事也。王者之化，必至於法度彰，禮樂著，雅、頌之聲作，而後可以言成。然無其始，亦何所因而立哉！基者，堂宇之所因而立者也。程子謂「有關雎、麟趾之意，而後可以行周官之法度」，其謂是歟？（段解）

是以關雎樂得淑女，以配君子，憂在進賢，不淫其色，哀窈窕，思賢才，而無傷善之心焉，是關雎之義也。

主於德而言，則樂而不淫，哀而不傷；主於色而言，則樂必淫，哀必傷。此幾微之理，毫氂之辨，善養心者，審諸此而已矣。（段解）

或曰：先儒多以周道衰，詩人本諸衽席而關雎作。故揚雄以周康之時關雎作，爲傷始亂。杜欽亦曰：「佩玉晏鳴，關雎歎之。」但儀禮以關雎爲鄉樂，又爲房中之樂，則是周公制作之時，已有此詩矣。若如此説，則儀禮不得爲周公之書；儀禮不爲周公之書，則周之盛時乃無鄉射、燕飲、房中之樂，而必有待乎後世之刺詩也，其不然也明矣。且爲人子孫，乃無故而播其祖先之失於天下，如此而尚可以爲風化之首乎？（段解）

關關雎鳩，在河之洲。窈窕淑女，君子好逑。

興者，先言他物以引起所詠之辭。（段解）

關關，雌雄相應和之聲也。（段解）

河，北方流水之通名。（段解，嚴緝）

淑女，指太姒也。（嚴緝）

女者，未嫁之稱，蓋指文王之妃太姒爲處子時而言。君子，指文王。（段解，嚴緝）

宫中之人，於其始至，見其有幽閒貞静之德，故作是詩，謂彼關關然之雎鳩，則相與和鳴於河洲之上矣；此窈窕之淑女，則豈非君子之善匹乎。言其相與和樂而恭敬，若其摯而有別也。漢匡衡曰：「窈窕淑女，君子好逑。言能致其貞淑，不貳其操，情欲之感，無介乎容儀宴私之意，不形於動静，夫然後可以配至尊而爲宗廟主。此綱紀之首，王教之端也。」可謂善説詩矣。（段解）

此詩，序以爲后妃之德，而四章竟不及其德如何，但反復歌詠之而已。豈其德之深遠純備，有難以言語形狀而指陳歟？嗚呼，此其所以爲德之至也。（段解）

參差荇菜，左右流之。窈窕淑女，寤寐求之。求之不得，寤寐思服。悠哉悠哉，輾轉反側。

左右流之，求之無方也。（吕記）

流，顺水之流而取之也。（段解）

或寤或寐，言無時也。（段解）

服，猶懷也。（嚴緝）

輾者轉之半，轉者輾之周，反者輾之過，側者轉之留，皆臥而不安席之意。（段解）

此章本其未得而言：彼參差之荇菜，則當左右無方以流之矣；此窈窕之淑女，則當寤寐不忘以

求之矣。(段解)

參差荇菜,左右采之。窈窕淑女,琴瑟友之。

友者,親愛之意。樂則和平之極。(段解)

參差荇菜,左右芼之。窈窕淑女,鐘鼓樂之。

求而得之,則當以琴瑟鐘鼓樂之也。(吕記)

此章據今始得而言:彼參差之荇菜既得之,則當采擇而烹芼之矣;此窈窕淑女既得之,則當親愛而娱樂之矣。(段解)

關雎樂而不淫,哀而不傷。愚謂此言爲此詩者,得其情性之正,聲氣之和也。蓋德如雎鳩,摯而有别,則后妃情性之正,固可以見其一端矣。至於寤寐反側,琴瑟鐘鼓,極其哀樂,而皆不過其則焉,則詩人情性之正,又可以見其全體也。猶其聲氣之和有不可得而聞者,雖若可恨,然學者姑即其詞而玩其理,以養心焉,則亦可以得學詩之本矣。(段解)

葛覃

后妃之本也。后妃在父母家,則志在於女工之事,躬儉節用,服澣濯之衣,尊敬師傅,則可以歸安父母,化天下以婦道也。

葛之覃兮，施于中谷。維葉萋萋，黄鳥于飛。集于灌木，其鳴喈喈。
初夏時也。（段解）
葛之覃兮，施于中谷。維葉莫莫，是刈是濩。爲絺爲綌，服之無斁。
莫莫，茂密也。（嚴緝）
織以爲布。（段解）
於是治以爲布，而服之無厭。蓋親執其勞，而知其成之不易，所以心誠愛之，雖極垢弊，而不思厭棄也。（段解）
言告師氏，言告言歸。薄汙我私，薄澣我衣。害澣害否，歸寧父母。
薄，猶少也。（段解）
何者當澣，而何者可以未澣乎，我將歸寧於父母矣。歸寧者，歸而問安之義。（吕記）
此詩見后妃已貴而能勤，已富而能儉，已長而敬不弛於師傅，已嫁而孝不衰於父母，是皆德之厚而人所難也。（嚴緝）

卷耳

后妃之志也。又當輔佐君子，求賢審官，知臣下之勤勞。内有進賢之志，而無險詖私謁之心，朝夕思念，至於憂勤也。

采采卷耳，不盈頃匡。嗟我懷人，置彼周行。

采采，非一采也。（吕記，嚴緝，段解）

卷耳，據本草，即蒼耳。（吕記）

周行，大道也。（嚴緝）

詩有三周行：此及大東者，皆道路之道；鹿鳴，乃道義之道。（吕記，段解）

陟彼崔嵬，我馬虺隤。我姑酌彼金罍，維以不永懷。

虺隤，馬罷不能升高之病。（段解）

陟彼高崗，我馬玄黄。我姑酌彼兕觥，維以不永傷。

玄黄，病極而變色也。（段解）

兕，野牛也。周禮有觥罰之事。（嚴緝，吕記）

觥，其不敬者，但謂以觥罰之耳，非必觥專爲罰爵也。（吕記，嚴緝）

陟彼砠矣，我馬瘏矣，我僕痡矣，云何吁矣。

極言其勤勞嗟嘆之狀，以爲至是非飲酒所能釋矣。蓋諷其君子當厚恩意，無窮已之辭也。（段解）

極道勤勞嗟嘆之狀，諷其君子當厚其恩意，無窮已之辭也。（呂記）

樛木

后妃逮下也。言能逮下而無嫉妬之心焉。

南有樛木，葛藟纍之。樂只君子，福履綏之。

纍，猶繫也。（段解）

南有樛木，葛藟荒之。樂只君子，福履將之。

南有樛木，葛藟縈之。樂只君子，福履成之。

螽斯

后妃子孫衆多也。言若螽斯不妬忌，則子孫衆多也。

螽斯居處和一，而卵育繁多，故以爲不妬忌而子孫衆多之比，非必知其不妬忌也。或曰：古人精察物理，固有以知其不妬忌也。（呂記，段解）

螽斯羽，詵詵兮，宜爾子孫，振振兮。

螽斯羽，薨薨兮，宜爾子孫，繩繩兮。

繩繩，不絶貌。（呂記，段解）

螽斯羽，揖揖兮，宜爾子孫，蟄蟄兮。

桃夭

后妃之所致也。不妬忌，則男女以正，昏姻以時，國無鰥民也。

桃之夭夭，灼灼其華。之子于歸，宜其室家。

木少則花盛，桃之有花，正昏姻之時也。月令：「仲春，令會男女。」（段解）

宜者，和順之意。（段解）

桃之夭夭，有蕡其實。之子于歸，宜其家室。

蕡，實之盛。（段解）

互文以協韻耳。（段解）

桃之夭夭，其葉蓁蓁。之子于歸，宜其家人。

兔罝

后妃之化也。關雎之化行，則莫不好德，賢人衆多也。

肅肅兔罝，椓之丁丁。赳赳武夫，公侯干城。

言聞此椓杙之聲，而視其人則甚武，而可以爲國扞城者也。田野之人皆有可用之才，足以見賢人之衆多矣。此文王時周人之詩，極其尊稱，不過曰公侯而已，亦文王未嘗稱王之一驗也。凡雅頌稱王者，皆追王後所作爾。（吕記，嚴緝，段解）

肅肅兔罝，施于中逵。赳赳武夫，公侯好仇。

好仇，善匹也，非特扞城而已。（吕記，嚴緝）

仇，與逑同。公侯善匹，猶曰聖人之耦也，則非特扞城而已。（段解）

肅肅兔罝，施于中林。赳赳武夫，公侯腹心。

腹心，同心同德之謂也，非特好仇而已。（吕記，段解）

芣苢

后妃之美也。和平則婦人樂有子矣。

采采芣苢，薄言采之。采采芣苢，薄言有之。

言采之，又曰有之，言掇之，又曰捋之，言袺之，又曰襭之，雖不廣譬曲喻，而周旋一物之間，已盡人之情矣。（段解）

化行俗美，室家和平，婦人無事，相與采此芣苡，而賦其事以相樂也。（段解）

采采芣苡，薄言掇之。采采芣苡，薄言捋之。

捋，取其子也。（呂記，嚴緝，段解）

采采芣苡，薄言袺之。采采芣苡，薄言襭之。

袺，以衣貯之，而執其袵也。襭，以衣貯之，而扱其袵於帶間也。（呂記，段解）

漢廣

德廣所及也。文王之道被於南國，美化行乎江漢之域，無思犯禮，求而不可得也。

江漢之俗，其女好游，漢魏以來猶然，如大堤之曲可見也。（段解）

南有喬木，不可休息。漢有游女，不可求思。漢之廣矣，不可泳思。江之永矣，不可方思。

興而比也。（段解）

江，水出永康軍岷山。（嚴緝）

其幽閒貞静之女，見者自無狎暱之心，决知其不可求也。（呂記，段解）

非必遂有求之者，但設言以見其幽閒貞静之極，逆知其非求之可得而犯禮之思，于是而遂息焉

耳。(段解)

翹翹錯薪，言刈其楚。之子于歸，言秣其馬。漢之廣矣，不可泳思。江之永矣，不可方思。

翹翹，秀起貌。(段解)

之子，指游女也。秣，飼也。(段解)

以錯薪起興，而欲秣其馬，則悦之至；以江漢爲比，而嘆其終不可求，則敬之深。(段解)

翹翹錯薪，言刈其蔞。之子于歸，言秣其駒。漢之廣矣，不可泳思。江之永矣，不可方思。

駒，馬之小者。(段解)

汝墳

道化行也。文王之化行乎汝墳之國，婦人能閔其君子，猶勉之以正也。

遵彼汝墳，伐其條枚。未見君子，惄如調饑。

遵彼汝墳，伐其條肄。既見君子，不我遐棄。

魴魚赬尾，王室如燬。雖則如燬，父母孔邇。

是時文王三分天下有其二，而率商之叛國以事紂，故汝墳之人猶以文王之命供紂之役。其家人見其勤苦而勞之曰：汝之勞既如此，而王室之政方酷烈而未已；然文王之德如父母然，望之甚近，亦可以忘其勞矣。此雖别離之久，思念之深，而其所以相告語者，獨有尊君親上之意，而無情愛狎暱之私，則其德澤之深，風化之美，皆可見矣。（段解）

麟之趾

關雎之應也。關雎之化行，則天下無犯非禮，雖衰世之公子，皆信厚如麟趾之時也。

麟，仁獸。上古極治之時，蓋嘗見於郊藪。紂之衰世，不復有矣。然關雎之化行於周南，則其公子振振信厚，蓋有麟之德焉。（段解）

麟之趾，振振公子，于嗟麟兮。

麟之趾仁厚，公子亦仁厚。（吕記）

言之不足，故嗟嘆之，言公子如此，非特似之。是乃麟也，何必麕身牛尾馬蹄然後爲王者之瑞哉。（段解）

麟之定，振振公姓，于嗟麟兮。

麟之角，振振公族，于嗟麟兮。

公族，公同高祖，祖廟未毁，有服之親。（吕記）

按：此卷首五詩，皆言后妃之德，關雎舉其全體言也，葛覃、卷耳言其志行之在己，樛木、螽斯美其德惠之及人，皆指一事而言也。其辭雖主於后妃，然其實則皆所以著文王修身齊家之效也。至於桃夭、兔罝、芣苢，則家齊而國治之效也。漢廣、汝墳，則以南國之詩附焉，而見天下已有可平之漸矣。若麟之趾，則又王者之瑞，有非人力所致而自至者，故復以是終焉，而序以爲關雎之應。夫其所以至此者，后妃之德固不爲無所助矣，然妻道無成，則亦豈得而專之哉。或乃專美后妃，而不本於文王，其亦誤矣。（段解，嚴緝）

召南一之二

召，地名，扶風縣有召亭，即其地。今雍縣析爲岐山、天興二縣，未知召亭的在何縣。（嚴緝，段解）

鵲巢

夫人之德也。國君積行累功，以致爵位，夫人起家而居有之，德如鳲鳩，乃可以配焉。

文王之時，關雎、麟趾之化行於内，諸侯蒙化以成其德，而其道亦始於家人，故其夫人之德如是。當是時之人，歌詠以美之，當必爲一人而作，然周公取以爲法，明夫人之德皆當如是，則其義不主於所指之人，故序詩者特曰夫人之德而已。後言大夫妻者仿此。（段解，嚴緝）

維鵲有巢，維鳩居之。之子于歸，百兩御之。

之子，指夫人。（嚴緝）

南國諸侯被文王之化，能正心修身以齊其家；其女子亦被后妃之化，故嫁於諸侯，而其家人美之。（嚴緝）

維鵲有巢，維鳩方之。之子于歸，百兩將之。

維鵲有巢，維鳩盈之。之子于歸，百兩成之。

成，成其禮也。（吕記，嚴緝，段解）

采蘩

夫人不失職也。夫人可以奉祭祀，則不失職矣。

于以采蘩，于沼于沚。于以用之，公侯之事。

于以采蘩，于澗之中。于以用之，公侯之宫。

被之僮僮，夙夜在公。被之祁祁，薄言還歸。

公，公所也。謂宗廟之中，非私室也。（吕記，嚴緝，段解）

祭義云：「及祭之後，陶陶遂遂，如將復入，然不欲遽去，愛敬之無已也。」陶，音搖。（嚴緝，吕記）

祭之日及祭之夜，陶陶遂遂，如將復入，然不欲遽去，愛敬之無已也。（段解）

或曰：蘩，所以生蠶。蓋古者后夫人有親蠶之禮，此詩亦猶周南之有葛覃也。宫，即記所謂宫桑蠶室也。公，亦即所謂公桑也。事，蓋蠶事也。（段解）

草蟲

大夫妻能以禮自防也。

喓喓草蟲，趯趯阜螽。未見君子，憂心忡忡。亦既見止，亦既覯止，我心則降。

召南之大夫行役在外，其妻獨居，見此二物以類相從，似有陰陽之性，因感時物之變，而思其君子，恐不得保其全而見之也。（吕記，段解）

陟彼南山，言采其蕨。未見君子，憂心惙惙。亦既見止，亦既覯止，我心則説。

惙惙，憂也。（嚴緝）

非必大夫妻親出采蕨，蓋言今其時矣。（吕記，段解）

陟彼南山，言采其薇。未見君子，我心傷悲。亦既見止，亦既覯止，我心則夷。

采蘋

大夫妻能循法度也。能循法度，則可以承先祖共祭祀矣。

于以采蘋，南澗之濱。于以采藻，于彼行潦。

于以盛之，維筐及筥。于以湘之，維錡及釜。

于以奠之，宗室牖下。誰其尸之，有齊季女。

室前東户西牖，牖下則室中西南隅，所謂奥也。（吕記，嚴緝，段解）

祭祀之禮，主婦主薦，豆實以葅醢。有齊季女，則幽閒貞静之至也，能循法度也宜哉。（段解）

甘棠

美召伯也。召伯之教，明於南國。

蔽芾甘棠，勿翦勿伐，召伯所茇。

翦其枝葉，伐其條幹。（段解）

止於其下以自蔽，猶草舍耳，非真作舍於其下也。（段解，吕記）

蔽芾甘棠，勿翦勿敗，召伯所憩。

敗，折也。（段解）

勿敗，則非特勿伐而已，愛之愈久而愈深也。（段解）

蔽芾甘棠，勿翦勿拜，召伯所説。

行露

召伯聽訟也。衰亂之俗微，貞信之教興，彊暴之男，不能侵陵貞女也。

召南之風非一國，其被化必有淺深。此詩之作，其被化之未純者歟？是時當文王與紂之事，文王之教既興，則紂之舊俗微矣，故其子女能有貞信自愛之心。然以其未純也，故猶未免有彊暴侵凌之患，必待獄訟之明而後察，與夫漢廣異矣。（段解）

厭浥行露，豈不夙夜，謂行多露。

女子自述己志，曰：道間之露方濕，我豈不欲早夜而行乎？畏多露之沾濡而不敢耳。蓋以好早夜獨行，或有彊暴侵凌之患，故託以行多露而畏其沾濡也。（段解）

誰謂雀無角，何以穿我屋？誰謂女無家，何以速我獄？雖速我獄，室家不足。

無室家之道，而致我於獄，言其彊暴之甚也。（段解）

不知汝雖能致我於獄，而求爲室家之禮，初未嘗備，如雀雖能穿屋，而實未嘗有角也。（段解）

誰謂鼠無牙，何以穿我墉？誰謂女無家，何以速我訟？雖速我訟，亦不女從。

言汝雖能致我於訟，然求其爲室家之禮，有所不足，則我亦終不汝從矣。（段解）

使貞女之志得以自伸者，召伯聽訟之明也。（呂記，段解）

羔羊

鵲巢之功致也。召南之國化文王之政，在位皆節儉正直，德如羔羊也。

在位節儉正直，本於國君夫人正身齊家以及其國之效，故曰鵲巢之功至也。（嚴緝）

衣裳有常制，進止有常所，其節儉正直亦可見矣。（呂記，段解）

羔羊之皮，素絲五紽。退食自公，委蛇委蛇。

自，從也。公，朝也。（呂記，段解，嚴緝）

羔羊之革，素絲五緎。委蛇委蛇，自公退食。

羔羊之縫，素絲五總。委蛇委蛇，退食自公。

殷其雷

勸以義也。召南大夫遠行從政，不遑寧處，其室家能閔其勤勞，勸以義也。

殷其雷，在南山之陽。何斯違斯，莫敢或遑。振振君子，歸哉歸哉。

興也。（呂記，段解）

何斯，斯，此人也。違斯，斯，此所也。此君子獨去此而不敢少暇乎。歸哉歸哉，冀早畢事而還歸也。閔之深而無怨辭，所謂勸以義也。（段解）

何斯，斯，此人也。違斯，斯，此所也。歸哉歸哉，冀其畢事而還歸也。閔之深而無怨辭，所謂勸以義也。（呂記）

殷其雷，在南山之側。何斯違斯，莫敢遑息。振振君子，歸哉歸哉。

殷其雷，在南山之下。何斯違斯，莫或遑處。振振君子，歸哉歸哉。

摽有梅

男女及時也。召南之國被文王之化，男女得以及時也。

述女子之情，欲昏姻之及時也。視桃夭則少貶矣。行露、死麕於漢廣亦然。（呂記，段解）

摽有梅，其實七兮。求我庶士，迨其吉兮。

梅，木名。（段解）

吉，卜而得吉也。（呂記，段解）

此一時也。（段解）

摽有梅，其實三兮。求我庶士，迨其今兮。

此又一時也。（段解）

摽有梅，頃筐塈之。求我庶士，迨其謂之。

此又一時也。（段解）

小星

惠及下也。夫人無妬忌之行，惠及賤妾，進御於君，知其命有貴賤，能盡其心矣。

嘒彼小星，三五在東。肅肅宵征，夙夜在公，寔命不同。

興也。（呂記，段解）

三五，言其稀，蓋初昏或將旦時也，於義無所取，特取其在東在公兩字之相應耳。（段解）

肅肅，整齊之貌也。（段解）

命，所賦之分也。衆妾進御於君，不敢當夕，見星而往，見星而還，故因其所見以起興。（呂記，嚴緝）

命，所賦之分也。衆妾進御於君，不敢當夕，見星而往，見星而還，故因所見而起興，遂言其所以如此者。由其所賦之分不同於貴者，是以深以得御於君，爲夫人之惠，而不敢致怨於往來之勤也。（段解）

嘒彼小星，維參與昴。肅肅宵征，抱衾與裯，實命不猶。

江有汜

美媵也。勤而無怨，嫡能悔過也。文王之時，江沱之間，有嫡不以其媵備數，媵遇勞而無怨，嫡亦自悔也。

是時汜水之旁，媵有待年於國，而嫡不與之偕行者。其後被后妃夫人之化，乃能自悔而迎之。（段解）

江有汜，之子歸，不我以，不我以，其後也悔。

言江猶有汜，而之子乃不我以。雖不我以，其後也亦悔矣。（段解）

江有渚，之子歸，不我與，不我與，其後也處。

處，安也。（嚴緝）

江有沱，之子歸，不我過，不我過，其嘯也歌。

今江陵漢陽安復之間，多有此水也。（段解）

嘯以舒憤懣之氣，言其悔時也。歌則得其所處而樂矣。此兼上兩章之意而言。易曰「震無咎」者，存乎悔，於此見之。王風云：「條其歗矣。」列女傳云：「倚柱而歗。」皆悲嘆之聲也。（呂記，嚴緝，段解）

野有死麕

惡無禮也。天下大亂，彊暴相陵，遂成淫風。被文王之化，雖當亂世，猶惡無禮也。

野有死麕，白茅包之。有女懷春，吉士誘之。

麕，鹿屬，無角。（段解）

林有樸樕，野有死鹿。白茅純束，有女如玉。

舒而脱脱兮，無感我帨兮，無使尨也吠。

此述女子惡無禮之辭，言女姑舒徐，毋徒動我之帨，毋徒驚我之犬。示己心不動，必不許也。（段解）

毋動我之悅，毋驚我之犬，以甚言其不能相及也。其凛然不可犯之意，蓋自可以見於不言之表矣。（段解）

何彼襛矣

美王姬也。雖則王姬，亦下嫁於諸侯，車服不繫其夫，下王后一等，猶執婦道以成肅雝之德也。

何彼襛矣，唐棣之華。曷不肅雝，王姬之車。

何彼，曷不，皆設問之辭也。襛，盛也。言何彼戎戎而盛乎，唐棣之華也？豈不肅雝乎，王姬之車也？（呂記）

夫使人望其車，而知其敬且和也，則其根於中者深，而發於外者著矣。（嚴緝）

何彼襛矣，華如桃李。平王之孫，齊侯之子。

言齊一之侯，猶易之康侯，禮之寧侯也。（嚴緝）

其釣維何？維絲伊緡。齊侯之子，平王之孫。

絲之合而爲綸，猶男女之合而爲昏也。（段解，嚴緝）

騶虞

鵲巢之應也。鵲巢之化行，人倫既正，朝廷既治，天下純被文王之化，則庶類蕃殖，蒐田以時，仁如騶虞，則王道成也。

文王之化始於關雎，而至於麟趾，則其化之入人者深矣；形於鵲巢，而及於騶虞，則其澤之及物也廣矣。蓋意誠心正之功不息而久，則其薰蒸透徹、融液周徧自不能已者，非智力之私所能及也。故序以騶虞爲鵲巢之應，而見王道之成，其必有所傳矣。（嚴緝，段解）

按：鵲巢至采蘋言夫人、大夫妻，以見當時國君、大夫被文王之化，而能修身以正其家也。甘棠以下，又見由方伯能布文王之化、而國君能修之家以及其國也。其辭雖無及於文王者，然文王明德新民之功，至是而其所施者博矣，抑所謂其民皞皞而不知爲之者歟？（段解，嚴緝）

彼茁者葭，壹發五豝，于嗟乎騶虞。

茁，生出壯盛之貌。（段解）

葭，亦名葦。（段解）

一發五豝，言禽獸之衆多。（呂記）

一發五豝，猶言中必疊雙也。（段解）

觀歐陳之説，則其爲虞官明矣。獵以虞爲主，其實嘆文王之仁而不斥言也。（段解）

南國諸侯，承文王之化，修身齊家以治其國，而其仁民之餘恩可以及於庶類，故春田之際，草木之茂，禽獸之多，至於如此。而詩人述其事以美之，且歎之曰：此其仁心自然，不由勉强，是真可謂之騶虞矣。（段解）

彼茁者蓬，壹發五豵，于嗟乎騶虞。

蓬，其華似柳絮，聚而飛如亂髮也。（嚴緝）

詩卷第二

邶一之三

邶、鄘、衛，三國名，在禹貢冀州，西阻太行，北踰衡漳，東南跨河以及兗州桑土之野。及商之季，而紂都焉。（段解）

朝歌，故城，今在南州衛縣西二十里，所謂殷墟。衛故都即今衛縣。

衛本都河北，朝歌之東，淇水之北，百泉之南。其後不知何時，並得邶、鄘之地。至懿公爲狄所滅。戴公東從渡河，野處漕邑。文公又徙居於楚丘。漕、楚丘皆在滑州。大抵今懷州、衛、澶、相、滑、濮等州，開封、大名府界，皆衛境。（段解）

八世至頃侯。（段解）

邶、鄘地既入衛，其詩皆主衛事，而必有其舊號者，豈其聲之異歟？非特衛詩然也。（段解）

邶、鄘之詩，皆主衛事，而必存其舊號者，豈其聲之異歟？（吕記，嚴緝）

柏舟

言仁而不遇也。衛頃公之時，仁人不遇，小人在側。

汎彼柏舟，亦汎其流。耿耿不寐，如有隱憂。微我無酒，以敖以遊。

耿耿，小明，憂之貌也。（呂記，段解）

微，猶非也。（嚴緝，段解）

以柏爲舟，堅緻牢實，而不以乘載，無所倚薄，但汎然水中而已，故其隱憂之深如此。（段解）

列女傳以爲婦人之詩。今考其辭氣卑順柔弱，且居變風之首，而與下篇相對，豈亦莊姜之詩也歟？（段解）

我心匪鑒，不可以茹。亦有兄弟，不可以據。薄言往愬，逢彼之怒。

鑒能度物，而我不能，但以兄弟宜可據依，而不知其不可也。故或往愬焉，而反逢其怒耳。（呂記，段解）

茹，納也。（嚴緝）

我心匪石，不可轉也。我心匪席，不可卷也。威儀棣棣，不可選也。

其操守堅正，雖不遇，而亦不變改也。（段解）

憂心悄悄，慍於群小。覯閔既多，受侮不少。静言思之，寤辟有摽。

慍於群小，見怒於群小也。（段解）

觀此，可以曲盡小人之情態。（段解）

日居月諸，胡迭而微。心之憂矣，如匪澣衣。靜言思之，不能奮飛。

迭，更。微，虧也。（段解）

緑衣

衛莊姜傷己也。妾上僭，夫人失位，而作是詩也。

緑兮衣兮，緑衣黄裏。心之憂矣，曷維其已。

緑兮衣兮，緑衣黄裳。心之憂矣，曷維其亡。

緑兮絲兮，女所治兮。我思古人，俾無訧兮。

絺兮綌兮，凄其以風。我思古人，實獲我心。

燕燕

衛莊姜送歸妾也。

莊姜作。（嚴緝）

燕燕于飛，差池其羽。之子于歸，遠送于野。瞻望弗及，泣涕如雨。

興也。（吕記，段解）

燕燕于飛，頡之頏之。之子于歸，遠于將之。瞻望弗及，佇立以泣。

燕燕于飛，下上其音。之子于歸，遠送于南。瞻望弗及，實勞我心。

仲氏任只，其心淵塞。終温且惠，淑慎其身。先君之思，以勗寡人。

只，語助。（呂記，嚴緝，段解）

温，和也。（呂記，段解）

終温且惠，始終如也。（呂記，段解）

上四句，莊姜美戴嬀，下二句，因使之以先君之故，而有以勵己，蓋稱其美以求教戒之辭。（呂記，段解）

日月

衛莊姜傷己也。遭州吁之難，傷己不見答於先君，以至困窮之詩也。

日居月諸，照臨下土。乃如之人兮，逝不古處。胡能有定，寧不我顧。

逝，發語之辭。（呂記，段解）

日居月諸，下土是冒。乃如之人兮，逝不相好。胡能有定，寧不我報。

日居月諸，出自東方。乃如之人兮，德音無良。胡能有定，俾也可忘。

德音，美其辭；無良，醜其實也。（呂記，嚴緝）

日居月諸，東方自出。父兮母兮，畜我不卒。胡能有定，報我不述。

稱，稱述也。（嚴緝）

不述，猶曰不可稱述也。（呂記，段解）

終風

衛莊姜傷己也。遭州吁之暴，見侮慢而不能正也。

終風且暴，顧我則笑。謔浪笑敖，中心是悼。

謔，戲言也。浪，放蕩也。（呂記，嚴緝，段解）

終風且霾，惠然肯來。莫往莫來，悠悠我思。

終風且霾，以比州吁之暴益甚也。（呂記，段解）

終風且曀，不日有曀。寤言不寐，願言則嚏。

曀曀其陰，虺虺其靁。寤言不寐，願言則懷。

虺虺，靁將發而未震之聲。（呂記，嚴緝）

虺虺，靁時將發而未震。（段解）

擊鼓

怨州吁也。衛州吁用兵暴亂，使公孫文仲將而平陳與宋。國人怨其勇而無禮也。

伐鄭以結陳宋之成也。按左傳：「州吁與宋陳伐鄭，圍其東門，五日而還。」出兵不爲久，而衛人之怨如此者，身犯大逆，衆叛親離，莫肯爲之用耳。（嚴緝，呂記，段解）

擊鼓其鏜，踴躍用兵。土國城漕，我獨南行。

從孫子仲，平陳與宋。不我以歸，憂心有忡。

爰居爰處，爰喪其馬。于以求之，于林之下。

猶蹇叔哭送其子之意也。（呂記，段解）

死生契闊，與子成說。執子之手，與子偕老。

成說，成其約誓之言。（呂記，段解）

與其家人訣別，言其始爲室家之時，期以死生契闊，無所不同，既成其約誓之，又言又相與執手而期以偕老，言至死而不相棄也。（段解，呂記）

于嗟闊兮，不我活兮。于嗟洵兮，不我信兮。

凱風

美孝子也。衛之淫風流行，雖有七子之母，猶不能安其室，故美七子能盡其孝道，以慰其母心，而成其志爾。

不能安其室者，欲嫁也。成其志者，七子成母之善志，遂不嫁也。（段解）

凱風自南，吹彼棘心。棘心夭夭，母氏劬勞。

棘，小木叢生，多刺難長。（段解）

棘難長，而心又其穉弱而未成者也。（嚴緝）

母生衆子，幼而育之，其劬勞甚矣。本其始而言，以起自責之端也。（段解）

凱風自南，吹彼棘薪。母氏聖善，我無令人。

棘可以爲薪，則成就矣，然非美材。喻子之壯大而無善也。（呂記）

棘可以爲薪，則成就矣，然非美材。故以興子之壯大而無善也，其自責也深矣。（段解）

爰有寒泉，在浚之下。有子七人，母氏勞苦。

母欲嫁者，本爲淫風流行，而七子乃以勞苦爲説，可謂幾諫矣。（呂記，嚴緝）

至是乃若微指其事，而痛自刻責，以感動其母心也。母以淫風流行，不能自守，而諸子自責，但

以不能事母，使母勞苦爲辭。婉辭微諫，不顯其親之惡，可謂孝矣。（段解）

睍睆黄鳥，載好其音。有子七人，莫慰母心。

睍睆，清和圓轉之意。（段解）

雄雉

刺衛宣公也。淫亂不恤國事，軍旅數起，大夫久役，男女怨曠，國人患之，而作是詩。

此詩皆女怨之辭。（吕記，段解）

雄雉于飛，泄泄其羽。我之懷矣，自詒伊阻。

雉，野鷄，善鬬。（嚴緝）

泄泄，飛之緩也。（段解）

阻，隔也。（嚴緝，段解，吕記）

雄雉于飛，下上其音。展矣君子，實勞我心。

瞻彼日月，悠悠我思。道之云遠，曷云能來。

悠悠，長也。（吕記，段解）

來，歸也。（嚴緝）

百爾君子，不知德行。不忮不求，何用不臧。

百爾君子，泛指從役大夫也。（呂記，段解）

求，貪求也。（呂記，段解）

戰國之時，諸侯無義戰。報復私怨，所謂忮也；貪人土地，所謂求也。二者之行，婦人女子知其不可，足以見先王之澤猶在也。（嚴緝）

匏有苦葉

刺衛宣公也。公與夫人並爲淫亂。

匏有苦葉，濟有深涉。深則厲，淺則揭。

匏尚有葉，是未有霜而成實之時。濟渡之處又有深涉，未可以渡也。（呂記，段解）

有瀰濟盈，有鷕雉鳴。濟盈不濡軌，雉鳴求其牡。

或曰：承上章之興以爲比也。蓋以匏有苦葉與濟有深涉，以濟盈與雉鳴，然後雉求其牝比淫亂之人。此亦詩之一體也。夫詩之爲體，舒緩宏闊有如此者，而後世學者求之崎嶇蹙狹之中，銖校寸量，如治法律，失之遠矣。（呂記，段解）

雝雝鳴雁，旭日始旦。士如歸妻，迨冰未泮。招招舟子，人涉卬否。人涉卬否，卬須我友。

以比男女必待配耦而相從。（呂記，段解）

谷風

刺夫婦失道也。衛人化其上，淫于新昏而棄其舊室，夫婦離絶，國俗傷敗焉。

皆述逐婦之辭也。宣姜有寵而夷姜縊，是以其民化之，而谷風之詩作，所謂一國之事繫一人之本者如此。（呂記，嚴緝，段解）

習習谷風，以陰以雨。黽勉同心，不宜有怒。采葑采菲，無以下體。德音莫違，及爾同死。

行道遲遲，中心有違。不遠伊邇，薄送我畿。誰謂荼苦，其甘如薺。宴爾新昏，如兄如弟。

今故夫之送我，乃不遠而甚近。（呂記，段解）

涇以渭濁，湜湜其沚。宴爾新昏，不我屑以。毋逝我梁，毋發我笱。我躬不閱，遑恤我後。

以，猶與也。（嚴緝）

宴安於新昏，不以舊室爲潔而與之也。（呂記，段解）

知其不能禁而絶意之辭也。（呂記）

就其深矣，方之舟之。就其淺矣，泳之游之。何有何亡，黽勉求之。凡民有喪，匍匐救之。

浮水曰游。（呂記，嚴緝，段解）

不計其有與亡，而强勉以求之。（呂記，段解）

不我能慉，反以我爲讎。既阻我德，賈用不售。昔育恐育鞫，及爾顛覆。既生既育，比予于毒。

承上章言：我於女家勤勞如此，女既不我養，而反以我爲仇讎。（呂記，段解）

我有旨蓄，亦以御冬。宴爾新昏，以我御窮。有洸有潰，既詒我肄。不念昔者，伊余來塈。

君子棄絶之，曾不念我之來息時也。追言其始見君子之時，接禮之厚，怨之深也。（呂記，段解）

式微

黎侯寓於衛，其臣勸以歸也。

式微式微，胡不歸？微君之故，胡爲乎中露！

式微式微，胡不歸？微君之躬，胡爲乎泥中！

旄丘

責衛伯也。狄人迫逐黎侯，黎侯寓於衛，衛不能修方伯連率之職，黎之臣子以責於衛也。

旄丘之葛兮，何誕之節兮。叔兮伯兮，何多日也。

黎之臣子久寓於衛，登旄丘之上，而見其葛節之疏闊，因託以起興，曰：旄丘之葛，何其節之闊也；衛之君臣，何其多日而不見救也。此詩本責衛君，而但斥其臣，可見優柔而不迫矣。（呂記）

何其處也，必有與也；何其久也，必有以也。

處，安處也。與，與國也。以，他故也。因上章「何多日也」，而言其何安處而不來，意必有與國相俟而俱來耳；又言何其久而不來，意其或有事故而不得來。詩之曲盡人情如此。（呂記，段解）

狐裘蒙戎，匪車不東。叔兮伯兮，靡所與同。

蒙戎，亂貌，言敝也。（段解）

自言客久而裘敝矣，豈我之車不東，告於女乎。（段解，嚴緝）

但叔兮伯兮，不與我同心，雖往告之，而不肯來耳。至是始微諷切之。（段解）

瑣兮尾兮，流離之子。叔兮伯兮，褎如充耳。

褎，多笑貌。（吕記）

言黎之君臣流離瑣尾，若此其可憐也，而衛之諸臣顔色褎然，如塞耳而無聞，何哉？至是然後盡其辭焉。然流離患難之餘，而其言之之有序而不迫如此，其人亦可知矣。（吕記，段解）

簡兮

刺不用賢也。衛之賢者仕於伶官，皆可以承事王者也。

簡兮簡兮，方將萬舞。日之方中，在前上處。

碩人俁俁，公庭萬舞。有力如虎，執轡如組。

轡，今之韁也。（吕記，嚴緝）

左手執籥，右手秉翟。赫如渥赭，公言賜爵。

赭，赤色也，言其顔色之充盛也。公言賜爵，即儀禮燕飲而獻工之禮也。（段解）

以碩人而得此，則亦辱矣，乃反以其賚予之親洽爲榮而誇美之，亦玩世不恭之意。或曰：渥赭，慙而色變之貌。（段解）

此二章皆反復道賢者之美，而不得其所，亦可見矣。（段解）

山有榛，隰有苓，云誰之思？西方美人。彼美人兮，西方之人兮。

簡兮四章，三章章四句，一章章六句。（呂記）

泉水

毖彼泉水，亦流于淇。有懷于衛，靡日不思。孌彼諸姬，聊與之謀。

衛女思歸也。嫁於諸侯，父母終，思歸寧而不得，故作是詩以自見也。

諸姬，謂娣姪也。（嚴緝）

言毖然之泉水，則亦流於淇矣；我之有懷於衛，則亦無日而不思矣。是以即諸姬而與之謀爲歸衛之計。（呂記，段解）

出宿于泲，飲餞于禰。女子有行，遠父母兄弟。問我諸姑，遂及伯姊。

追言其始嫁時，已遠其父母兄弟矣，況今父母既終，而復可歸哉。（呂記，段解）

出宿于干，飲餞于言。載脂載舝，還車言邁。遄臻于衛，不瑕有害。

干、言，地名，適衛所經之地也。脂，以脂膏塗其舝，使滑澤也。舝，車軸也。（呂記）

軑，轂內之金也。一云轄也。按廣韻鎋舝同釋云：「車軸頭鐵也。」韻略十五，轄亦作鎋，見軑即舝也。車不駕，則脱軸頭之舝，將行，乃設之，以脂膏塗其舝，使滑澤也。軑，音犬。（嚴緝）

我思肥泉，茲之永歎。思須與漕，我心悠悠。駕言出遊，以寫我憂。

悠悠，思之長也。（呂記）

北門

刺仕不得志也。言衛之忠臣，不得其志爾。

出自北門，憂心殷殷。終窶且貧，莫知我艱。已焉哉，天實爲之，謂之何哉！

衛之忠臣，不得其志，因行出北門，而有所感，心爲之憂慇慇然。蓋出北門背明向陰，亦處亂世、事暗君之比也。（呂記，段解）

王事適我，政事一埤益我。我入自外，室人交徧讁我。已焉哉，天實爲之，謂之何哉！

王事既適我矣，政事又一埤益我，其勞如此，而窶貧之甚。室人無以自安，而交徧讁我，則其困於内外極矣。（呂記，段解）

王事敦我，政事一埤遺我。我入自外，室人交徧摧我。已焉哉，天實爲之，謂之何哉！

北風

刺虐也。衛國並爲威虐，百姓不親，莫不相攜持而去焉。

北風其涼，雨雪其雱。惠而好我，攜手同行。其虛其邪，既亟只且！

言衛之君臣威虐已甚，將與其所好去而避之。（呂記，段解）

北風其喈，雨雪其霏。惠而好我，攜手同歸。其虛其邪，既亟只且！

莫赤匪狐，莫黑匪烏。惠而好我，攜手同車。其虛其邪，既亟只且！

靜女

刺時也。衛君無道，夫人無德。

靜女其姝，俟我於城隅。愛而不見，搔首踟躕。

靜女其孌，貽我彤管。彤管有煒，說懌女美。

此女之美，又可悅懌，皆願見之辭也。（呂記，段解）

自牧歸荑，洵美且異。匪女之爲美，美人之貽。

新臺

刺衛宣公也。納伋之妻，作新臺于河上而要之，國人惡之，而作是詩也。

新臺有泚，河水瀰瀰。燕婉之求，籧篨不鮮。

言其不知醜之多也。（呂記，段解）

新臺有洒，河水浼浼。燕婉之求，籧篨不殄。

魚網之設，鴻則離之。燕婉之求，得此戚施。

二子乘舟

思伋壽也。衛宣公之二子争相爲死，國人傷而思之，作是詩也。

二子乘舟，汎汎其景。願言思子，中心養養。

景、影字通，景，古字也。（呂記，段解）

二子乘舟，汎汎其逝。願言思子，不瑕有害。

詩卷第三

鄘一之四

柏舟

共姜自誓也。衛世子共伯蚤死，其妻守義，父母欲奪而嫁之，誓而弗許，故作是詩以絶之。

汎彼柏舟，在彼中河。髧彼兩髦，實維我儀。之死矢靡它，母也天只，不諒人只。

髧，髮垂貌。（嚴緝）

以夫已死，不忍斥，故以兩髦言之也。（吕記，段解）

母恩如天。（嚴緝）

告其母而質之於天，曰：何其不信我也。序所謂「誓而不許」者如此。（吕記，段解）

汎彼柏舟，在彼河側。髧彼兩髦，實維我特。之死矢靡慝，母也天只，不諒人只。

特，有孤特之義，而以爲匹者。古人用字多如此，猶治之謂亂也。（吕記，段解）

墻有茨

衛人刺其上也。公子頑通乎君母，國人疾之，而不可道也。

墻有茨，不可埽也。中冓之言，不可道也。所可道也，言之醜也。

墻有茨，不可襄也。中冓之言，不可詳也。所可詳也，言之長也。

詳，詳言之也。不欲言，故託以長。（呂記，段解）

墻有茨，不可束也。中冓之言，不可讀也。所可讀也，言之辱也。

讀，誦言也。（呂記，嚴緝，段解）

君子偕老

刺衛夫人也。夫人淫亂，失事君子之道，故陳人君之德，服飾之盛，宜與君子偕老也。

君子偕老，副笄六珈。委委佗佗，如山如河。象服是宜，之子不淑，云如之何？

君子，其夫也。偕老，言偕生而偕死也。婦人夫死，稱未亡人，言待死也。今宣姜夫死而淫，是失偕老之義。（呂記，段解）

委委佗佗，雍容自得之貌。（吕記，嚴緝，段解）

如山，言其安重也。如河，言其弘廣也。（吕記，段解）

玼兮玼兮，其之翟也。鬒髮如雲，不屑髢也。玉之瑱也，象之揥也，揚且之皙也。胡然而天也，胡然而帝也！

且，語助也。（吕記，段解）

胡然而天，胡然而帝，言服飾容貌之美，見者驚猶鬼神也。（吕記，段解）

瑳兮瑳兮，其之展也。蒙彼縐絺，是紲袢也。子之清揚，揚且之顔也。展如之人兮，邦之媛也。

蒙，或謂加絺綌于褻之上。説文紲、褻字同，所謂表而出之也。（段解）

見其徒有美色，而無人君之德也。（段解）

桑中

刺奔也。衛之公室淫亂，男女相奔，至于世族，在位相竊妻妾，期於幽遠，政散民流而不可止。

爰采唐矣，沬之鄉矣。云誰之思，美孟姜矣。期我乎桑中，要我乎上宫，送我乎淇之上矣。

桑中、上宫，又沬鄉之中小地名也。（嚴緝）

爰采麥矣，沬之北矣。云誰之思，美孟弋矣。期我乎桑中，要我乎上宫，送我乎淇之上矣。

春秋定姒，公、穀作定弋。（吕記，嚴緝）

爰采葑矣，沬之東矣。云誰之思，美孟庸矣。期我乎桑中，要我乎上宫，送我乎淇之上矣。

鶉之奔奔

刺衛宣姜也。衛人以爲宣姜鶉鵲之不若也。

鶉之奔奔，鵲之彊彊。人之無良，我以爲兄。

鵲之彊彊，鶉之奔奔。人之無良，我以爲君。

定之方中

美衛文公也。衛爲狄所滅，東徙渡河，野處漕邑。齊桓公攘戎狄而封之。文公徙居楚丘，始建城市而營宫室，得其時制，百姓説之，國家殷富焉。

按春秋傳：「懿公九年冬，狄人入衛，懿公敗死。宋桓公迎衛之遺民，立宣姜子申，以廬于漕，是爲戴公。是年戴公卒，立其弟燬，是爲文公。於是齊桓公城楚丘而遷衛焉。文公大布之衣，大帛之冠，務財訓農，通商惠工，敬教勸學，授方任能。元年革車三十乘，季年乃三百乘。」（段解，吕記）

定之方中，作于楚宫。揆之以日，作于楚室。樹之榛栗，椅桐梓漆，爰伐琴瑟。

定，北方營室星也。此星昏而正中，夏正十月也。於時可以營制宫室，故謂之營室。（段解）

宫、室，互文以協韻也。（段解）

榛栗，可以備籩實。（吕記）

桐，梧桐。漆，木有液粘黑，可飾器物。（段解）

升彼虚矣，以望楚矣。望楚與堂，景山與京，降觀于桑。卜云其吉，終然允臧。

虚，故城也。（吕記，嚴緝）

楚，楚丘。（段解）

堂，楚丘之旁邑也。（吕記，段解）

景，測景以正方面也，與「既景乃岡」之景同。（段解）

桑，木名，葉可飼蠶。（段解）

既得其處，於是下而觀焉，則又多桑而宜蠶。（呂記，段解）

此章本其始之望景觀卜而言，以至於終而果獲其善也。（段解）

靈雨既零，命彼倌人，星言夙駕，説于桑田。匪直人也，秉心塞淵，騋牝三千。

塞，則多不明。塞淵，則塞而明，猶曰「誠明」云耳。是人也，亦小充此道矣。（呂記，段解）

言方春時，雨既降，而農桑之務作，文公於是命主駕者晨起駕車，亟往而勞勸之。詩人因言非獨此人誠實而淵深，其所蓄之騋牝亦三千矣。（段解，呂記）

記曰：「問國君之富，數馬以對。」（呂記，嚴緝）

蝃蝀

止奔也。衛文公能以道化其民，淫奔之耻，國人不齒也。

不齒，與禮所謂「終身不齒」者異，止謂耻之而不敢道，猶今人所謂不掛齒牙也。（段解）

蝃蝀在東，莫之敢指。女子有行，遠父母兄弟。

日與雨交，倏然成質，乃陰陽之氣不當交而交者，蓋天地之淫氣也。在東者，暮虹也。（嚴緝）

朝隮于西，崇朝其雨。女子有行，遠兄弟父母。

乃如之人也，懷昏姻也，大無信也，不知命也。

相鼠

刺無禮也。衛文公能正其群臣，而刺在位承先君之化，無禮儀也。

相鼠有皮，人而無儀。人而無儀，不死何爲！

人而無儀，則其不死，亦何爲哉！

相鼠有齒，人而無止。人而無止，不死何俟！

相鼠有體，人而無禮。人而無禮，胡不遄死！

干旄

美好善也。衛文公臣子多好善，賢者樂告以善道也。

衛本以淫亂無禮，不樂善道而亡，今人心危懼，正懲創往事，興起善端時也，故其爲詩如此。蓋所謂生於憂患，死於安樂者。小序之言，疑亦有所本。（段解）

孟子曰：「夫茍好善，則人將輕千里而來，告之以善。」此詩見之。（段解）

孑孑干旄，在浚之郊。素絲紕之，良馬四之。彼姝者子，何以畀之？

孑孑，特出之貌。（呂記，嚴緝，段解）

縿，旗之體也，旒，縿之垂也。旄、旟、旌，建之車後。（吕記）

旄、旟、旌，皆旗之類也，三者皆建於車之後。（段解）

四之，兩服兩驂。姝，美也。子，指衛之臣子。畀，與也。（段解）

子，指所見之賢者。（嚴緝）

此設爲賢者之言，言衛之卿大夫建此干旄，欲有所咨問於我，我將何以畀之乎。言不知所以副其意者。彼姝者子，言其德之美，指衛之臣子。（吕記）

此設爲賢者之言，言衛之卿大夫建於旄，駕四馬，來浚之郊，其禮竟之盛如此，德又甚美，欲有所咨問於我，我將何以畀之乎。惟恐無以副其意。（段解）

孑孑干旟，在浚之都。素絲組之，良馬五之。彼姝者子，何以予之？

上設旌旄，其下繫斿，斿下屬縿，皆畫鳥隼也。（段解）

都，居民所聚也。（吕記，嚴緝）

孑孑干旌，在浚之城。素絲祝之，良馬六之。彼姝者子，何以告之？

析翟羽，設於旌干之首也。（段解）

城，浚都之城也。（吕記）

傳：天子駕六，諸侯與卿駕四，大夫駕三，士駕二，庶人駕一。則凡車無駕五者，而衛臣子之車，

亦不得有駕六之制也。良馬五之、六之者，取協韵而極言其盛。凡詩之言類此者多矣。（段解，呂記）

載馳

許穆夫人作也。閔其宗國顛覆，自傷不能救也。衛懿公爲狄人所滅，國人分散，露於漕邑。許穆夫人閔衛之亡，傷許之小，力不能救，思歸唁其兄，又義不得，故賦是詩也。

露，未有宫室而廬居也。（呂記，段解，嚴緝）

聖人録泉水於前，所以著禮之經；列載馳於後，所以盡事之變。夫宗國覆滅，莫大之變，顧以父母既終而不得歸，則事變之微於是者可知矣。（呂記，段解）

載馳載驅，歸唁衛侯。驅馬悠悠，言至于漕。大夫跋涉，我心則憂。

悠悠，遠而未至之貌。（呂記，段解）

夫人父母不在，當使大夫寧其兄弟。夫人欲自歸唁其兄弟，而託以不欲勞其大夫之跋涉也。（呂記，段解）

既不我嘉，不能旋反。視爾不臧，我思不遠。

既不我嘉，不能旋濟。視爾不臧，我思不閟。

濟，渡也。自許歸衛，必有所渡之水也。（呂記，嚴緝，段解）

陟彼阿丘，言采其蝱。女子善懷，亦各有行。許人尤之，衆穉且狂。

漢書：「岸善崩。」（呂記，嚴緝）

將欲升高望遠，以舒憂想之情，言采其蝱，以療鬱結之疾。（呂記，段解）

我行其野，芃芃其麥。控于大邦，誰因誰極？大夫君子，無我有尤。百爾所思，不如我所之。

控，持而告之也。因，如「因魏莊子」之「因」。（呂記，嚴緝）

言我將行其野，涉芃芃之麥，而控告於大邦，然未知其將何所因而何所至乎。雖大夫君子爲我思所以處此者百方，然不如使我得自盡其心之爲愈也。（呂記，段解）

衛一之五

淇奧

美武公之德也。有文章，又能聽其規諫，以禮自防，故能入相于周，美而作是詩也。

武公年九十有五，猶箴儆于國曰：「自卿以下，至于師長士，苟在朝者，無謂我老耄而捨我，必恪恭于朝，以交戒我。」又作賓之初筵、抑之詩以自警。其能聽規諫，以禮自防可知矣。（呂記）

按國語：「武公年九十有五，猶箴儆於國曰：『自卿以下，至於師長，苟在朝者，無謂我老耄而捨我，必恪恭於朝，以交戒我。』又作賓之初筵、抑之詩以自儆。」（嚴緝）

瞻彼淇奥，緑竹猗猗。有匪君子，如切如磋，如琢如磨。瑟兮僩兮，赫兮咺兮，有匪君子，終不可諼兮。

漢書所謂「淇園之竹」是也。（呂記）

瞻彼淇奥，緑竹青青。有匪君子，充耳琇瑩，會弁如星。瑟兮僩兮，赫兮咺兮，有匪君子，終不可諼兮。

淇上多竹，漢世猶然，所謂淇園之竹是也。（嚴緝）

瞻彼淇奥，緑竹如簀。有匪君子，如金如錫，如圭如璧。寬兮綽兮，猗重較兮，善戲謔兮，不爲虐兮。

金、錫，言其鍛鍊之精純。（嚴緝）

圭、璧，言其生質之温潤。（嚴緝）

言其德稱，是重服也。（嚴緝）

言其寬廣而自如，和易而中節也。蓋寬綽無斂束之意，戲謔非莊嚴之時，皆常情所忽，而易致過差之地也。然猶可觀而必有節焉，則其動容周旋之間，無適而非禮，亦可見矣。（嚴緝）

考槃

刺莊公也。不能繼先公之業，使賢者退而窮處。

考槃在澗，碩人之寬。獨寐寤言，永矢弗諼。

自誓不忘此樂也。（嚴緝）

考槃在阿，碩人之薖。獨寐寤歌，永矢弗過。

考槃在陸，碩人之軸。獨寐寤宿，永矢弗告。

碩人

閔莊姜也。莊公惑於嬖妾，使驕上僭。莊姜賢而不答，終以無子，國人閔而憂之。

碩人其頎，衣錦褧衣。齊侯之子，衛侯之妻，東宮之妹，邢侯之姨，譚公維私。

大人尊貴之稱。（嚴緝）

褧，儀禮作景，禮記作絅。（吕記）

手如柔荑，膚如凝脂，領如蝤蠐，齒如瓠犀。螓首蛾眉，巧笑倩兮，美目盼兮。

茅之始生曰荑。脂之凝者曰膏。（呂記，嚴緝）

瓠犀，瓠中之子也，言其方正潔白而比次整齊也。（呂記，嚴緝）

蛾，蠶蛾也，其眉細而長。（呂記，嚴緝）

盼，白黑分明。（呂記）

碩人敖敖，說于農郊。四牡有驕，朱幩鑣鑣，翟茀以朝。大夫夙退，無使君勞。

四牡，車之四馬。（呂記）

言莊姜自齊來嫁，舍止近郊。乘是車馬之盛，以入君之朝。國人樂得以爲莊公之配，故謂諸大夫朝於君者宜早退，無使君劳於政事，而不得與夫人相親也。（呂記）

河水洋洋，北流活活。施罛濊濊，鱣鮪發發。葭菼揭揭，庶姜孽孽，庶士有朅。

濊濊，罟入水聲。（呂記，嚴緝）

氓

刺時也。宣公之時，禮義消亡，淫風大行，男女無別，遂相奔誘。華落色衰，復相棄背，或乃困而自悔，喪其妃耦，故序其事以風焉。美反正，刺淫泆也。

氓之蚩蚩，抱布貿絲。匪來貿絲，來即我謀。送子涉淇，至于頓丘。匪我衍期，子無良媒。將子無怒，秋以爲期。

氓，蓋男子不知其誰何之稱也。蚩蚩，無知之貌。（嚴緝，呂記）

初言氓者，始見其來，莫知其爲誰何也；既與之謀，則爾汝之矣。此言之次第。（呂記）

士君子立身一敗，而萬事瓦解，何以異此！（嚴緝）

乘彼垝垣，以望復關。復關不見，泣涕漣漣；既見復關，載笑載言。爾卜爾筮，體無咎言。以爾車來，以我賄遷。

垣，墻也。（嚴緝）

桑之未落，其葉沃若。于嗟鳩兮，無食桑葚。于嗟女兮，無與士耽。士之耽兮，猶可説也；女之耽兮，不可説也。

沃若，潤澤貌。（呂記，嚴緝）

桑之沃若，以比始者容色美盛，情好歡洽之時也；桑之黄落，以比色衰而愛弛也。（呂記）

士之耽猶可説，而女之耽不可説者，婦人深自愧悔之辭，主言婦人惟以貞信爲節，一失其正，則餘無可觀爾。非真以士之耽爲可説而恕之也。（呂記，嚴緝）

桑之落矣，其黄而隕。自我徂爾，三歲食貧。淇水湯湯，漸車帷裳。女也不爽，士貳其行。士也罔極，二三其德。

漸，漬也。（嚴緝）淇水漸其車之帷裳，言見棄而歸也。女未嘗差其所守，而士者自貳其行。蓋由其心無所至極，而二三其德故也。（呂記）

三歲爲婦，靡室勞矣。夙興夜寐，靡有朝矣。言既遂矣，至于暴矣。兄弟不知，咥其笑矣。静言思之，躬自悼矣。

靡，不也。夙，早也。興，起也。咥，笑貌。言我三歲爲婦，盡心竭力，不以室家之勞爲勞，早起夜臥，無有一朝不然者。與爾始相與謀約之言既已遂矣，而爾遽以暴戾加己。（呂記，嚴緝）然亦何所歸咎哉，但静而思之，躬自痛悼而已。蓋淫奔從人，不爲兄弟所齒故也。（呂記）

及爾偕老，老使我怨。淇則有岸，隰則有泮。總角之宴，言笑晏晏。信誓旦旦，不思其反。反是不思，亦已焉哉！

我總角之時，與爾宴樂言笑，成此信誓，曾不思其反復以至於此也。既不思其反復而至此矣，則亦如之何哉，亦已而已矣。左傳曰：「思其終也，思其復也。」思其反之謂也。（呂記）

竹竿

衛女思歸也。適異國而不見答，思而能以禮者也。

籊籊竹竿，以釣于淇。豈不爾思，遠莫致之。

我豈不思衛乎，遠而不可至爾。（呂記）

泉源在左，淇水在右。女子有行，遠兄弟父母。

淇水在右，泉源在左。巧笑之瑳，佩玉之儺。

瑳，鮮白色，笑而見齒，其色瑳然，猶所謂粲然，皆笑也。（嚴緝）

淇水滺滺，檜楫松舟。駕言出遊，以寫我憂。

駕言出遊，以寫我憂，與泉水之卒章同意。（呂記）

芄蘭

刺惠公也。驕而無禮，大夫刺之。

芄蘭之支，童子佩觿。雖則佩觿，能不我知。容兮遂兮，垂帶悸兮。

支、枝同。（呂記，嚴緝）

雖則佩觿，然無成人之德，但能傲然不我知而已。言驕而無禮，餘無所能也。容兮遂兮，舒緩放肆之貌。悸，帶下垂之貌。（呂記，嚴緝）

芄蘭之葉，童子佩韘。雖則佩韘，能不我甲。容兮遂兮，垂帶悸兮。

河廣

宋襄公母歸于衛，思而不止，故作是詩也。

誰謂河廣，一葦杭之。誰謂宋遠，跂予望之。

誰謂河廣，曾不容刀。誰謂宋遠，曾不崇朝。

伯兮

刺時也。言君子行役，爲王前驅，過時而不反焉。

先儒以此詩疑此時作，然無明文可考。（呂記）

伯兮朅兮，邦之桀兮。伯也執殳，爲王前驅。

婦人自言其君子之才之美如是，今乃執殳而爲王前驅也。（呂記）

自伯至東，首如飛蓬。豈無膏沐，誰適爲容。

蓬，草也。首如飛蓬，髮亂也。（呂記）

傳云：「女爲說己者容。」（嚴緝，呂記）

其雨其雨，杲杲出日。願言思伯，甘心首疾。

其者，冀其將然之辭。（呂記，嚴緝）

望其君子之歸而不歸也，是以不堪憂思之苦，而甘心於首疾也。（呂記）

焉得諼草，言樹之背。願言思伯，使我心痗。

思得草之美者，玩以忘憂。然世豈有是哉，則亦思之不已而心痗矣。爾心痗，則其病益深，非特首疾而已也。（呂記）

有狐

刺時也。衛之男女失時，喪其妃耦焉。古者國有凶荒，則殺禮而多昏，會男女之無夫家者，所以育人民也。

有狐綏綏，在彼淇梁。心之憂矣，之子無裳。

綏綏，獨行求匹之貌。（呂記）

有狐綏綏，在彼淇厲。心之憂矣，之子無帶。

有狐綏綏，在彼淇側。心之憂矣，之子無服。

木瓜

美齊桓公也。衛國有狄人之敗，出處于漕。齊桓公救而封之，遺之車馬器服焉。衛人思之，欲厚報之，而作是詩也。

投我以木瓜，報之以瓊琚。匪報也，永以爲好也。

投我以木瓜，而報之以瓊琚，報之厚矣，而猶曰非敢以爲報，姑欲長以爲好而不忘爾。蓋報人之施而曰如是報之足矣，則報者之情倦，而施者之德忘；惟其歉然常若無物可以報之，則報者之情，施者之德，兩無窮也。（呂記）

投我以木桃，報之以瓊瑶。匪報也，永以爲好也。

投我以木李，報之以瓊玖。匪報也，永以爲好也。

詩卷第四

王一之六

王，謂周東都洛邑王畿，方六百里。在豫州太華外方之間，北得河陽，漸冀州之南。周初，文居豐，武居鎬。成王時，周公始營洛，爲時會諸侯之所，以其土中，四方來者道里均故也。自是謂豐鎬爲西都，而洛邑爲東都。至幽王嬖褒姒，生伯服，廢申后及太子宜臼。宜臼奔申，申侯怒，與犬戎攻宗周，弑幽王於戲。晉文侯、鄭武公迎宜臼於申而立之，是爲平王，徙居東都王城。於是王室遂卑，與諸侯無異。其地在今河南府及懷、孟等州。（段解，呂記，嚴緝）

黍離

閔宗周也。周大夫行役至于宗周，過故宗廟宫室，盡爲禾黍，閔周室之顛覆，彷徨不忍去，而作是詩也。

彼黍離離，彼稷之苗。行邁靡靡，中心摇摇。知我者謂我心憂，不知我者謂我何求。悠悠蒼天，此何人哉！

彼黍離離，彼稷之穗。行邁靡靡，中心如醉。知我者謂我心憂，不知我者謂我何求。悠悠蒼天，此何人哉！

彼黍離離，彼稷之實。行邁靡靡，中心如噎。知我者謂我心憂，不知我者謂我何求。悠悠蒼天，此何人哉！

君子于役

刺平王也。君子行役無期度，大夫思其危難，以風焉。

君子于役，不知其期。曷至哉！鷄棲于塒，日之夕矣，羊牛下來。君子于役，如之何勿思！

君子之行役，不知其還反之期。且今亦何所至哉，鷄則棲于塒矣，日則夕矣，牛羊則下來矣。雖欲使我之不思，不可得也。（呂記，段解）（呂記，段解）

君子于役，不日不月。曷其有佸！鷄棲于桀，日之夕矣，羊牛下括。君子于役，苟無饑渴。

君子行役之久，不可計以日月，而又不知其何時可以來會也。亦庶幾其免於饑渴而已矣。（呂

記，段解）

君子陽陽

閔周也。君子遭亂，相招爲禄仕，全身遠害而已矣。

君子當衰世，知道之不行，爲貧而仕，亦免死而已。所以辭尊居卑，辭富居貧，豈惡富貴而不居哉，誠以處其尊與富，則任其責；位卑者，言責不加焉。是以相招爲禄仕，雖役於伶官之賤，而陽陽自得者若有所樂乎此者，其全身遠害之計深矣。雖非聖賢出處之正，然比於不自量其力不足，而昧於營利以没身者，豈不賢哉！觀是詩，則周室下衰，無可復振之理，可知其爲閔周也。（段解）

君子當衰世也，知道之不行，爲貧而仕，亦免死而已。所以辭尊居卑，辭富居貧，豈惡富貴而不居哉，誠以官尊而禄厚，則責重而憂深，非吾力之所能堪也。是以相招爲禄仕，雖役於伶官之賤，而陽陽自得，若誠有樂乎此者，其所以全身遠害之計深矣。雖非聖賢出處之正，然比於不自量其力之不足，而昧於榮利以没身者，豈不賢哉！此固聖賢之所與也。（嚴緝）

君子陽陽，左執簧，右招我由房，其樂只且。

笙竽，皆以竹管植於匏中，而竅其管底之側，以薄金葉障之，吹則鼓之而出聲，所謂簧也。故笙竽者皆謂之簧。笙，十三簧，或十九簧。竽，三十六簧也。（段解）

只且，語助聲。（呂記，嚴緝，段解）

君子陶陶，左執翿，右招我由敖，其樂只且。

揚之水

刺平王也。不撫其民，而遠屯戍于母家，周人怨思焉。

先王之制，諸侯有故，則方伯連帥以諸侯之師討之；王室有故，則方伯連帥以諸侯之師救之。天子鄉遂之民，供貢賦，衛王室而已。平王微弱，威令不行於天下，無以保其母家，而使畿甸之民遠爲諸侯戍守，周人以非其職而怨思也。又況幽王之禍，申侯實爲之，則平王所與不共戴天讎也。乃不能討，而反戍焉，愛母忘父，其悖理也亦甚矣！民之怨也，豈不亦以此歟？（呂記，段解）

先王之訓，諸侯有故，則方伯連率以諸侯之師討之；王室有故，則方伯連率以諸侯之師救之。天子鄉遂之民，供貢賦，衛王室而已。今平王微弱，威令不行於天下，無以保其母家，乃勞天子之民，遠爲諸侯屯守，故周人戍申者以非其職而怨思也。又況申侯實啟犬戎以致驪山之禍，乃平王及其臣民不共戴天之讎也。今平王知有母而不知有父，知其立己爲有德，而不知其弑父爲可怨，至使復讎討賊之師反爲報施酬恩之舉，則其絶滅天理而得罪於民，又益深矣。（嚴緝）

揚之水，不流束薪。彼其之子，不與我戍申。懷哉懷哉，曷月予還歸哉！

其，語助也。（嚴緝）

申，在今鄧州信陽軍之境。（嚴緝）

思之哉，思之哉，何月而得遄歸也。（呂記，嚴緝）

揚之水，不流束蒲。彼其之子，不與我戍甫。懷哉懷哉，曷月予還歸哉！

書呂刑，禮記作甫刑。（呂記，嚴緝）

揚之水，不流束蒲。彼其之子，不與我戍許。懷哉懷哉，曷月予還歸哉！

許，今潁昌府許昌縣是也。（嚴緝）

中谷有蓷

閔周也。夫婦日以衰薄，凶年饑饉，室家相棄爾。

中谷有蓷，暵其乾矣。有女仳離，嘅其歎矣。嘅其歎矣，遇人之艱難矣。

中谷有蓷，暵其修矣。有女仳離，條其歗矣。條其歗矣，遇人之不淑矣。

條，條然歗貌。（嚴緝）

中谷有蓷，暵其濕矣。有女仳離，啜其泣矣。啜其泣矣，何嗟及矣！

兔爰

閔周也。桓王失信，諸侯背叛，構怨連禍，王師傷敗，君子不樂其生焉。

按左傳：「鄭武公爲平王卿士，王貳於虢，鄭伯怨王，王曰：『無之。』故周鄭交質。桓王即位，將卒畀虢公政。鄭祭足帥師取溫之麥，又取成周之禾。五年，王遂奪鄭伯政，鄭伯不朝。王以諸侯伐鄭，鄭伯禦之，戰于繻葛。王卒大敗，祝聃射王中肩。」（呂記，段解）

左傳隱三年云：「鄭武公、莊公爲平王卿士，王貳於虢，鄭伯怨王，王曰：『無之。』周鄭交質。桓王即位，將卒畀虢公政。鄭祭足帥師取溫之麥，又取成周之禾。」桓五年云：「王奪鄭伯政，鄭伯不朝。王以諸侯伐鄭，鄭伯禦之，戰于繻葛。王卒大敗，祝聃射王中肩。」質，音致。祭，音再。繻，音須。射，音食。中，音衆。（嚴緝）

有兔爰爰，雉離于羅。我生之初，尚無爲；我生之後，逢此百罹，尚寐無吪！

爲此詩者，蓋及見西周之盛，故曰：方我生之初，天下尚無事；及我生之後，而逢時之多難如此。（呂記，段解）

寢而不動以死耳。（嚴緝）

有兔爰爰，雉離于罦。我生之初，尚無造；我生之後，逢此百憂，尚寐無覺！

有兔爰爰，雉離于罿。我生之初，尚無庸；我生之後，逢此百凶，尚寐無聰！

葛藟

王族刺平王也。周室道衰，棄其九族焉。

緜緜葛藟，在河之滸。終遠兄弟，謂他人父。謂他人父，亦莫我顧。

葛藟，其支蔓聯屬，自有宗族之義。（呂記，段解）

緜緜葛藟，在河之涘。終遠兄弟，謂他人母。謂他人母，亦莫我有。

緜緜葛藟，在河之漘。終遠兄弟，謂他人昆。謂他人昆，亦莫我聞。

采葛

懼讒也。

彼采葛兮，一日不見，如三月兮。

彼采蕭兮，一日不見，如三秋兮。

彼采艾兮，一日不見，如三歲兮。

大車

刺周大夫也。禮義陵遲，男女淫奔，故陳古以刺今，大夫不能聽男女之訟焉。

周衰，大夫猶有能以刑政治其私邑者，故淫奔者畏而歌之如此，然其去二南之化則遠矣。此可以觀世變也。（段解）

大車檻檻，毳衣如菼。豈不爾思，畏子不敢。

賦也。（段解）

子，大夫也。不敢，不敢奔也。（段解）

大車啍啍，毳衣如璊。豈不爾思，畏子不奔。

穀則異室，死則同穴。謂予不信，有如皦日。

民之欲相奔者，畏其大夫，自以終身不得如其志也，故曰：生不得相奔以同室，庶幾死得合葬以同穴而已。謂予不信，有如皎日，約誓之辭也。（呂記，段解）

丘中有麻

思賢也。莊王不明，賢人放逐，國人思之，而作是詩也。

丘中有麻，彼留子嗟。彼留子嗟，將其來施施。

麻，穀名，子可食，皮可績爲布者。（段解）

將其來施施，望之之辭也。（呂記，段解）

丘中有麥，彼留子國。彼留子國，將其來食。

子國，亦字也。（呂記，嚴緝，段解）

丘中有李，彼留之子。彼留之子，貽我佩玖。

貽我佩玖，冀其有以贈己也。（呂記，段解）

鄭一之七

鄭，邑名。本在西都畿内咸林之地。宣王以封其弟友爲采地，後爲幽王司徒，而死於犬戎之難，是爲桓公。其子武公掘突，定平王於東都，亦爲司徒。又得虢、檜之地，乃徙其封，而施舊號於新邑，是爲新鄭。咸林，在今華州鄭縣。新鄭，即今鄭州是也。其封域山川，詳見檜風。（段解）

鄭桓公食於西都畿内之鄭邑，今華之鄭是也。其後又得虢、鄶之地，施舊號於新邑，則今新鄭是也。（嚴緝）

鄭聲之淫，有甚於衛矣。故夫子論爲邦，獨以鄭聲爲戒，蓋舉重而言也。（嚴緝）

緇衣

美武公也。父子並爲周司徒，善於其職，國人宜之，故美其德，以明有國善善之功焉。

周人作是詩。（嚴緝）

周官：大司徒，掌邦教之官也。國人，鄭人也。（段解）

緇衣之宜兮，敝予又改爲兮。適子之館兮，還予授子之粲兮。

漢有白粲之刑，給舂導之役是也。（呂記，嚴緝，段解）

言子之服緇衣也甚宜，其或敝也，則予願爲子更爲之。（呂記，段解）

又將適子之館，既還，而又授子以粲也。（呂記）

緇衣之好兮，敝予又改造兮。適子之館兮，還予授子之粲兮。

緇衣之蓆兮，敝予又改作兮。適子之館兮，還予授子之粲兮。

將仲子

刺莊公也。不勝其母以害其弟，弟叔失道，而公弗制，祭仲諫，而公弗聽，小不忍以致大亂焉。

將仲子兮，無踰我里，無折我樹杞。豈敢愛之，畏我父母。仲可懷也，父母之言，亦可畏也。

雖知汝之言，誠可懷思，而父母之言，亦豈不可畏哉。（吕記，段解）

將仲子兮，無踰我墻，無折我樹桑。豈敢愛之，畏我諸兄。仲可懷也，諸兄之言，亦可畏也。

將仲子兮，無踰我園，無折我樹檀。豈敢愛之，畏人之多言。仲可懷也，人之多言，亦可畏也。

叔于田

刺莊公也。叔處于京，繕甲治兵以出于田，國人説而歸之。

叔于田，巷無居人。豈無居人，不如叔也，洵美且仁。

叔于狩，巷無飲酒。豈無飲酒，不如叔也，洵美且好。

叔適野，巷無服馬。豈無服馬，不如叔也，洵美且武。

大叔于田

刺莊公也。叔多才而好勇，不義而得衆也。

大叔于田，乘乘馬，執轡如組，兩驂如舞。叔在藪，火烈具舉，襢裼暴虎，獻于公所。將叔無狃，戒其傷女。

轡，今之韁也。（嚴緝）

烈，熾盛貌。（呂記，段解）

國人謂之曰：請叔無習此事，恐其或傷女也。言其得衆如此。（呂記，段解）

叔于田，乘乘黃，兩服上襄，兩驂雁行。叔在藪，火烈俱揚。叔善射忌，又良御忌，抑磬控忌，抑縱送忌。

馬之上者爲上駕，猶史所謂上駟也。（嚴緝，呂記，段解）

抑，發語之辭。（呂記，段解，嚴緝）

舍拔曰縱。拔，音跋。（嚴緝）

叔于田，乘乘鴇，兩服齊首，兩驂如手。叔在藪，火烈俱阜。叔馬慢忌，叔發罕忌，抑釋掤忌，抑鬯弓忌。

兩服並首在前，而兩驂在旁，稍出其後，如人之左右手也。（呂記，段解）

鬯，弓囊也。（呂記，段解）

言其田事將畢，而從容整暇如此。（呂記，段解）

清人

刺文公也。高克好利，而不顧其君，文公惡而欲遠之而不能，使高克將兵而禦狄于竟，陳其師旅，翱翔河上，久而不召，衆散而歸。高克奔陳，公子素惡高克進之不以禮，文公退之不以道，危國亡師之本，故作是詩也。

清人在彭，駟介旁旁，二矛重英，河上乎翱翔。

翱翔，無事之貌。（呂記，段解）

清人在消，駟介麃麃，二矛重喬，河上乎逍遥。

清人在軸，駟介陶陶，左旋右抽，中軍作好。

羔裘

刺朝也。言古之君子，以風其朝焉。

羔裘如濡，洵直且侯。彼其之子，舍命不渝。

羔裘，大夫服也。（段解）

直，順也。（段解）

其，語助也。（吕記，嚴緝，段解）

言此羔裘潤澤，毛順而美，彼服此者，當生死之際，又能以身居其所受之理，而不可奪也。（段解）

羔裘豹飾，孔武有力。彼其之子，邦之司直。

豹甚武而有力，故服其所飾之裘者如此。（段解）

羔裘晏兮，三英粲兮。彼其之子，邦之彦兮。

英，裘飾也。（吕記，段解）

粲，光明貌。（吕記）

粲，鮮明貌。（嚴緝）

遵大路

思君子也。莊公失道，君子去之，國人思望焉。

遵大路兮，摻執子之袪兮，無我惡兮，不寁故也。

君子去其國，國人思而望之，於其循大路而去也，攬持其袪以留之，曰：無惡我而不留，故舊不可以遽絶也。（呂記，段解）

遵大路兮，摻執子之手兮，無我魗兮，不寁好也。

女曰鷄鳴

刺不説德也。陳古義以刺今，不説德而好色也。

女曰鷄鳴，士曰昧旦。子興視夜，明星有爛。將翱將翔，弋鳧與雁。

明星，啟明之星也，先日而出者。（段解）

鳧，水鳥，如鴨，青色，背上有文。（段解）

女曰鷄鳴，以警其夫；而士曰昧旦，言不止於鷄鳴矣。婦又語其夫曰：若是，則子可以起而視之，意者明星已爛矣。如是則可以翱翔而往，弋取鳧雁而歸也。（呂記）

鷄鳴以警其夫，而士曰昧旦，言不止於鷄鳴矣。婦又語其夫曰：若是，則子可以起而視夜之如何，意者星已出而爛然。如是則可以翱翔而往，弋取鳧雁而歸矣。其相與警戒之言如此，則不流於宴昵之私可知矣。（段解）

弋言加之，與子宜之。宜言飲酒，與子偕老。琴瑟在御，莫不静好。

宜，和其所宜也。内則曰：「牛宜稌，羊宜黍，豕宜稷，犬宜粱，雁宜麥，魚宜苽。」（吕記，嚴緝）射者，男子之事，而中饋者，婦人之職也。婦人謂其夫既得其鳧雁以歸，則我當與子和其滋味之所宜，以之飲酒相樂，期於偕老，而其琴瑟之在御者，亦莫不安静而和好，言其和樂而不淫也。（吕記，段解）

知子之來，雜佩以贈之。知子之順之，雜佩以問之。知子之好之，雜佩以報之。

來之，致其來者，如所謂修文德以來之。（段解）

珩，佩之上横者也，下垂三道，貫以蠙珠。璜，如半璧，繫於兩旁之下端。琚，如圭，而兩端正方，在珩璜之中。瑀，如大珠，在中央之中，别以珠貫，下繫於璜，而交貫於瑀，復上繫於珩之兩端。衝牙，如牙，兩端皆鋭，横繫於瑀下，與璜齊，行則衝璜出聲也。（吕記，嚴緝）

順，愛。（段解）

婦又語其夫曰：我苟知子之所致而來及所親愛，則將解此雜佩，以送遺報答之。蓋不惟治其門内之職，又欲其君子親賢友善，結其驩心，而無所愛於佩飾之玩也。（段解）

有女同車

刺忽也。鄭人刺忽之不昏於齊。大子忽嘗有功於齊，齊侯請妻之。齊女賢而不取，卒以無大國之助，至於見逐，故國人刺之。

有女同車，顔如舜華。將翺將翔，佩玉瓊琚。彼美孟姜，洵美且都。

有女同行，顔如舜英。將翺將翔，佩玉將將。彼美孟姜，德音不忘。

將將，玉聲也。（吕記，段解）

山有扶蘇

刺忽也。所美非美然。

所美非美，所謂賢者佞，智者愚也。（吕記，段解）

山有扶蘇，隰有荷華。不見子都，乃見狂且。

山有橋松，隰有游龍。不見子充，乃見狡童。

蘀兮

刺忽也。君弱臣强，不倡而和也。

蘀兮蘀兮，風其吹女。叔兮伯兮，倡予和女。

蘀兮蘀兮，風其漂女。叔兮伯兮，倡予要女。

狡童

刺忽也。不能與賢人圖事，權臣擅命也。

彼狡童兮，不與我言兮。維子之故，使我不能餐兮。

彼狡童兮，不與我食兮。維子之故，使我不能息兮。

不與我食，猶不與我言也。（呂記，段解）

息，安也。（嚴緝）

褰裳

思見正也。狂童恣行，國人思大國之正己也。

子惠思我，褰裳涉溱。子不我思，豈無他人，狂童之狂也且！

所以然者，狂童之狂已甚而不可緩也。且，語助辭也。（呂記，段解）

子惠思我，褰裳涉洧。子不我思，豈無他士，狂童之狂也且！

丰

刺亂也。婚姻之道缺，陽倡而陰不和，男行而女不隨。

子之丰兮，俟我乎巷兮，悔予不送兮。

子之昌兮，俟我乎堂兮，悔予不將兮。

衣錦褧衣，裳錦褧裳。叔兮伯兮，駕予與行。

婦人既悔其始之不送，而失此人也；則曰叔兮伯兮，豈無有駕車而迎我以行者乎。（吕記，段解）

裳錦褧裳，衣錦褧衣。叔兮伯兮，駕予與歸。

東門之墠

刺亂也。男女有不待禮而相奔者也。

東門之墠，茹藘在阪。其室則邇，其人甚遠。

門之旁有墠，墠之外有阪，阪之上有草，誌其所欲奔之處也。其室則邇，其人甚遠者，思之切，欲奔而未得間之辭。（吕記，段解）

東門之栗，有踐家室。豈不爾思，子不我即。

門之旁有栗，栗之下有成行列之室家，亦誌其處也。豈不爾思，子不我即，俟其就己而俱往也。

（呂記，段解）

風雨

思君子也。亂世則思君子不改其度焉。

風雨淒淒，雞鳴喈喈。既見君子，云胡不夷。

我得見此人，則我心之所思，豈不坦然而平哉。（呂記，段解）

風雨瀟瀟，雞鳴膠膠。既見君子，云胡不瘳。

瀟瀟，風雨聲。（呂記，嚴緝，段解）

風雨如晦，雞鳴不已。既見君子，云胡不喜。

子衿

刺學校廢也。亂世則學校不修焉。

青青子衿，悠悠我心。縱我不往，子寧不嗣音？

青青子佩，悠悠我思。縱我不往，子寧不來？

挑兮達兮，在城闕兮。一日不見，如三月兮。

挑，輕儇跳躍之貌。達，放恣也。（嚴緝）

揚之水

閔無臣也。君子閔忽之無忠臣良士，終以死亡，而作是詩也。

揚之水，不流束楚。終鮮兄弟，維予與女。無信人之言，人實迋女。

揚之水，不流束薪。終鮮兄弟，維予二人。無信人之言，人實不信。

兄弟既不相容，所與親者二人而已，然亦不能自保於讒間。此忽之所以亡也。（呂記，段解）

出其東門

閔亂也。公子五争，兵革不息，男女相棄，民人思保其室家焉。

五争，首尾二十年。（呂記，段解）

出其東門，有女如雲。雖則如雲，匪我思存。縞衣綦巾，聊樂我員。

出其闉闍，有女如荼。雖則如荼，匪我思且。縞衣茹藘，聊可與娱。

茅蒐，可以染絳。（呂記，段解）

野有蔓草

思遇時也。君之澤不下流，民窮於兵革，男女失時，思不期而會焉。

野有蔓草，零露漙兮。有美一人，清揚婉兮。邂逅相遇，適我願兮。

野有蔓草，則零露漙矣。有美一人，則清揚婉矣。邂逅相遇，則得以適我願矣。（呂記，段解）

野有蔓草，零露瀼瀼。有美一人，婉如清揚。邂逅相遇，與子偕臧。

瀼瀼，露多貌。（嚴緝）

與子偕臧，猶言各得其所欲也。（呂記，段解）

溱洧

刺亂也。兵革不息，男女相棄，淫風大行，莫之能救焉。

溱與洧，方渙渙兮。士與女，方秉蕑兮。女曰觀乎，士曰既且。且往觀乎，洧之外，洵訏且樂。維士與女，伊其相謔，贈之以勺藥。

士與女既相與戲謔，又以勺藥爲贈，所以結恩情之厚也。（呂記，段解）

溱與洧，瀏其清矣。士與女，殷其盈矣。女曰觀乎，士曰既且。且往觀乎，洧之外，洵訏且樂。維士與女，伊其將謔，贈之以勺藥。

詩卷第五

齊一之八

齊，國名。本少昊時爽鳩氏所居之地，在禹貢青州岱山之陰，濰淄之野。周武王以封太公望，東至於海，西至於河，南至於穆陵，北至於無棣。太公姜姓，本四岳之後。既封於齊，通工商之業，便魚鹽之利，民多歸之，遂爲大國。今青齊濰淄等州，是其地也。（段解）

鷄鳴

思賢妃也。哀公荒淫怠慢，故陳賢妃貞女，夙夜警戒相成之道焉。

鷄既鳴矣，朝既盈矣。匪鷄則鳴，蒼蠅之聲。

會朝之臣，既已盈矣。（吕記）

言古之賢妃御於君所，至於將旦之時，必告君曰：鷄既鳴矣，會朝之臣既已盈矣，欲令君早起而視朝也。然其實非鷄之鳴也，乃蒼蠅之聲也。蓋賢妃當夙興之時，心常恐晚，故聞其似者，而以爲真。非其心存警畏而不留於逸欲，何以能此！故詩人叙其事而美之。（段解）

東方明矣，朝既昌矣。匪東方之明，月出之光。

東方明，則日將出矣。（段解）

蟲飛薨薨，甘與子同夢。會且歸矣，無庶予子憎。

蟲飛，夜將旦，而百蟲作也。（段解）

薨薨，群飛貌。（嚴緝）

甘，樂也。會，大夫朝也。此三告也，言當此時，我豈不樂與子同寢而夢哉；然群臣之會於朝者，俟君不出，將散而歸矣，無乃以我之故，而並以子爲憎乎。（段解）

還

刺荒也。哀公好田獵，從禽獸而無厭，國人化之，遂成風俗。習於田獵謂之賢，閑於馳逐謂之好焉。

子之還兮，遭我乎猺之間哉。並驅從兩肩兮，揖我謂我儇兮。

子之茂兮，遭我乎猺之道兮。並驅從兩牡兮，揖我謂我好兮。

子之昌兮，遭我乎猺之陽兮。並驅從兩狼兮，揖我謂我臧兮。

山南曰陽。（吕記，嚴緝，段解）

著

刺時也。時不迎親也。

俟我於著乎而，充耳以素乎而，尚之以瓊華乎而。

尚，加也。（嚴緝）

俟我於庭乎而，充耳以青乎而，尚之以瓊瑩乎而。

俟我於堂乎而，充耳以黄乎而，尚之以瓊英乎而。

東方之日

刺衰也。君臣失道，男女淫奔，不能以禮化也。

東方之日兮，彼姝者子，在我室兮。在我室兮，履我即兮。

履，隨也。（呂記，嚴緝）

履，躡也。言躡我而相就也。（段解）

東方之月兮，彼姝者子，在我闥兮。在我闥兮，履我發兮。

發，行去也。謂隨我而行去也。（呂記，嚴緝，段解）

東方未明

刺無節也。朝廷興居無節，號令不時，挈壺氏不能掌其職焉。

東方未明，顛倒衣裳。顛之倒之，自公召之。

東方未晞，顛倒裳衣。倒之顛之，自公令之。

令，號令也，猶召之也。（呂記，段解，嚴緝）

折柳樊圃，狂夫瞿瞿。不能晨夜，不夙則莫。

瞿瞿，驚顧之貌。（呂記，嚴緝）

南山

刺襄公也。鳥獸之行，淫乎其妹，大夫遇是惡，作詩而去之。

南山崔崔，雄狐綏綏。魯道有蕩，齊子有歸。既曰歸止，曷又懷止。

葛屨五兩，冠緌雙止。魯道有蕩，齊子庸止。既曰庸止，曷又從止。

庸，用此道而嫁於魯也。（呂記，嚴緝，段解）

從，相從也。（呂記，嚴緝，段解）

蓺麻如之何？衡從其畝。取妻如之何？必告父母。既曰告止，曷又鞠止。

欲樹麻者，必先縱横耕治其田畝，然後可以得麻。人之欲娶妻者，必先告之於父母，然後可以得妻也。今魯桓公之娶文姜也，既告而成禮矣，曷爲不能禁制。（吕記，段解）。

析薪如之何？匪斧不克。取妻如之何？匪媒不得。既曰得止，曷又極止。

極，窮也。（吕記，段解）

甫田

大夫刺襄公也。無禮義而求大功，不修德而求諸侯，志大心勞，所以求者非其道也。

無田甫田，維莠驕驕。無思遠人，勞心忉忉。

驕驕，茂盛也。（嚴緝）

無田甫田，維莠桀桀。無思遠人，勞心怛怛。

婉兮孌兮，總角丱兮。未幾見兮，突而弁兮。

丱，總角貌。（嚴緝）

盧令

刺荒也。襄公好田獵畢弋，而不修民事，百姓苦之，故陳古以風焉。

盧令令，其人美且仁。

令令，犬頷下之環聲。（段解）

盧重環，其人美且鬈。

鬈，鬚好貌。（嚴緝）

盧重鋂，其人美且偲。

偲，多鬚之貌，傳所謂「于思」，即此字，通用也。（嚴緝）

敝笱

刺文姜也。齊人惡魯桓公微弱，不能防閑文姜，使至淫亂，爲二國患焉。

敝笱在梁，其魚魴鰥。齊子歸止，其從如雲。

防，所以止水，閑，所以扞物。故防閑有禁制之意。（呂記，段解）

敝笱在梁，其魚魴鱮。齊子歸止，其從如雨。

敝笱在梁，其魚唯唯。齊子歸止，其從如水。

言其從之者，多如水之流也。（呂記，段解）

載驅

齊人刺襄公也。無禮義，故盛其車服，疾驅於通道大都，與文姜淫，播其惡於萬民焉。

按春秋：「魯莊公之二年，冬十有二月，夫人姜氏享齊侯于祝丘。五年，夫人姜氏如齊師。七年春，夫人姜氏會齊侯于防。冬，夫人姜氏會齊侯于穀。」

載驅薄薄，簟茀朱鞹。魯道有蕩，齊子發夕。

夕，猶宿也。發夕，言離於所宿之舍。（呂記，段解）

四驪濟濟，垂轡濔濔。魯道有蕩，齊子豈弟。

驪，馬黑色也。（嚴緝）

汶水湯湯，行人彭彭。魯道有蕩，齊子翺翔。

汶水滔滔，行人儦儦。魯道有蕩，齊子遊敖。

遊敖，猶翺翔也。（呂記，嚴緝，段解）

猗嗟

刺魯莊公也。齊人傷魯莊公有威儀技藝，然而不能以禮防閑其母，失子之道，人以爲齊侯之子焉。

猗嗟昌兮，頎而長兮，抑若揚兮。美目揚兮，巧趨蹌兮，射則臧兮。

抑而若揚，美之盛也。揚，目之動也。（呂記，段解）

極稱其威儀技藝之美，所以刺其不能以禮防其母也，若曰惜乎其特少此耳。（呂記，段解）

猗嗟名兮，美目清兮，儀既成兮。終日射侯，不出正兮，展我甥兮。

名，猶稱也，言其威儀技藝之可名也。清，目清明也。（呂記，段解，嚴緝）侯，張布而射之也。（呂記，段解）

言稱其爲齊之甥也，而又以見其非齊侯之子，此詩人之微辭也。（呂記，段解）

猗嗟孌兮，清揚婉兮，舞則選兮。射則貫兮，四矢反兮，以禦亂兮。

目清而眉揚，故謂目爲清，眉爲揚。（呂記，段解）

魏一之九

魏，國名，本舜、禹故都，在禹貢冀州雷首之北，析城之西，南枕河曲，北涉汾水。其地陿隘，而民貧俗儉，蓋有聖賢之遺風焉。周初以封同姓，後爲晉獻公所滅，而取其地，今河中府解州，即其地也。（段解）

魏，本姬姓之國，不知其始封之自。（嚴緝）

蘇氏曰：「魏地入晉久矣，其詩疑皆爲晉而作，故列於唐風之前，猶邶鄘之於衛也。」今按：篇中公行、公路、公族，皆晉官，疑實晉詩。又恐魏亦嘗有此官，蓋不可考矣。（段解）

葛屨

刺褊也。魏地陿隘，其民機巧趨利，其君儉嗇褊急，而無德以將之。

糾糾葛屨，可以履霜。摻摻女手，可以縫裳。要之襋之，好人服之。

糾糾，繚戾寒凉之意。（呂記，段解）

女，婦未見之稱也。（呂記）

好人，猶言大夫也。（嚴緝）

好人提提，宛然左辟，佩其象揥。維是褊心，是以爲刺。

宛然，讓之貌也。（呂記，段解）

揥，所以摘髮，用象爲之，貴者之飾也。（呂記，嚴緝，段解）

汾沮洳

刺儉也。其君儉以能勤，刺不得禮也。

彼汾沮洳，言采其莫。彼其之子，美無度。美無度，殊異乎公路。

汾，水名。沮洳，水浸處，下濕之地也。（呂記，段解，嚴緝）

儉嗇不似貴人也。（呂記，段解）

彼汾一方，言采其桑。彼其之子，美如英。美如英，殊異乎公行。

一方，彼一方也。史記：「扁鵲視見垣一方人。」（呂記，段解）

彼汾一曲，言采其藚。彼其之子，美如玉。美如玉，殊異乎公族。

一曲，謂水曲流處。（呂記，嚴緝，段解）

園有桃

刺時也。大夫憂其君，國小而迫，而儉以嗇，不能用其民，而無德教，日以侵削，故作是詩也。

園有桃，其實之殽。心之憂矣，我歌且謡。不我知者，謂我士也驕。彼人是哉，子曰何其？心之憂矣，其誰知之。其誰知之，蓋亦勿思。

或云比也。園有桃，則食其實；國有民，則國用其力。或云賦也。詩固有一章而三義者，在人觀之如何耳。（嚴緝）

彼不知我心之所憂者，反以我爲驕慢，而曰：彼君之所爲已是矣，而子之言獨何爲哉。蓋舉國之人莫覺其非，而反以憂之者爲驕也。故曰心之憂矣，其誰知之。重言其誰知之，而曰蓋亦勿思，蓋曰：此之可憂，較然易知；彼之非我，特未之思耳。誠思之，則將不暇非我而自憂矣。（呂記，段解）

園有棘，其實之食。心之憂矣，聊以行國。不我知者，謂我士也罔極。彼人是哉，子曰何其？心之憂矣，其誰知之。其誰知之，蓋亦勿思。

陟岵

孝子行役，思念父母也。國迫而數侵削，役乎大國，父母兄弟離散，而作是詩也。

陟彼岵兮，瞻望父兮。父曰：嗟予子行役，夙夜無已。上慎旃哉，猶來無止。

尚庶幾慎之哉，猶可以來歸，無止於彼而不來也。蓋生則必歸，死則止而不來矣。（呂記，段解）

陟彼屺兮，瞻望母兮。母曰：嗟予季行役，夙夜無寐。上慎旃哉，猶來無棄。

陟彼岡兮，瞻望兄兮。兄曰：嗟予弟行役，夙夜必偕。上慎旃哉，猶來無死。

十畝之間

刺時也。言其國削小，民無所居焉。

十畝之間兮，桑者閑閑兮，行與子還兮。

十畝之外兮，桑者泄泄兮，行與子逝兮。

伐檀

刺貪也。在位貪鄙，無功而受禄，君子不得進仕爾。

坎坎伐檀兮，寘之河之干兮，河水清且漣猗。不稼不穡，胡取禾三百廛兮。不狩不獵，胡瞻爾庭有縣貆兮。彼君子兮，不素餐兮！

坎坎，用力之聲。檀，木可以爲車者。寘，與置同。（段解）

檀木性堅，可爲車。（嚴緝）

猗，與兮同，語辭也。按書：「斷斷猗，無他技。」大學作「兮」。（呂記）

猗，義與兮同。書「斷斷猗」，大學作「兮」。莊子亦云：「我猶爲人猗。」（嚴緝）

貆，貉類。餐，食也。（段解）

遂歎彼君子者，不肯無事，而空食人之食，則此無功而受禄者之爲空食而可賤，明矣。（段解）

有人於此用力伐檀，將以爲車而行陸也；今乃置之河干，則但見河水之清漣，而無所用。以比君子進德修業，將以有爲，而不遇其時。（段解）

坎坎伐輻兮，寘之河之側兮，河水清且直猗。不稼不穡，胡取禾三百億兮。不狩不獵，胡瞻爾庭有縣特兮。彼君子兮，不素食兮！

輻，車輻也，伐木以爲輻也。直，波文之直也。（段解）

坎坎伐輪兮，寘之河之漘兮，河水清且淪猗。不稼不穡，胡取禾三百囷兮。不狩不獵，胡瞻爾庭有縣鶉兮。彼君子兮，不素飧兮！

輪，車輪也，伐木以爲輪也。（段解）

碩鼠

刺重斂也。國人刺其君重斂，蠶食於民，不修其政，貪而畏人，若大鼠也。

碩鼠碩鼠，無食我黍。三歲貫女，莫我肯顧。逝將去女，適彼樂土。樂土樂土，爰得我所。

爰，語辭也。（呂記，段解）

今將去女，以適彼樂土，而得我之所也。（呂記，段解）

碩鼠碩鼠，無食我麥。三歲貫女，莫我肯德。逝將去女，適彼樂國。樂國樂國，爰得我直。

碩鼠碩鼠，無食我苗。三歲貫女，莫我肯勞。逝將去女，適彼樂郊。樂郊樂郊，誰之永號！

詩卷第六

唐一之十

唐，唐叔所都，在今太原府。曲沃及絳，皆在今絳州。

蟋蟀

刺晉僖公也。儉不中禮，故作是詩以閔之，欲其及時以禮自虞樂也。此晉也，而謂之唐，本其風俗憂深思遠，儉而用禮，乃有堯之遺風焉。

蟋蟀在堂，歲聿其莫。今我不樂，日月其除。無已大康，職思其居。好樂無荒，良士瞿瞿。

太康，過於樂也。（呂記，嚴緝）

瞿瞿，驚懼之貌。（嚴緝）

蟋蟀在堂，歲聿其逝。今我不樂，日月其邁。無已大康，職思其外。好樂無荒，良士蹶蹶。

逝，邁，皆去也。（呂記）

蟋蟀在堂，役車其休。今我不樂，日月其慆。無已大康，職思其憂。好樂無荒，良士休休。

休休，安閑之貌。樂也有節，不至於淫，所以安也。（呂記，嚴緝）

山有樞

刺晉昭公也。不能修道以正其國，有財不能用，有鍾鼓不能以自樂，有朝廷不能灑埽，政荒民散，將以危亡，四鄰謀取其國家而不知，國人作詩以刺之也。

山有樞，隰有榆。子有衣裳，弗曳弗婁。子有車馬，弗馳弗驅。宛其死矣，他人是愉。

宛，坐見死貌。（呂記）

山則有樞矣，隰則有榆矣，子有衣裳車馬而不服不乘，若一旦宛然以死，則它人取之以爲己樂矣。（呂記）

山有栲，隰有杻。子有廷内，弗灑弗埽。子有鍾鼓，弗鼓弗考。宛其死矣，他人是保。

山有漆，隰有栗。子有酒食，何不日鼓瑟。且以喜樂，且以永日。宛其死矣，他人入室。

人多憂，則覺日短，飲食作樂可以引長此日也。（呂記）

揚之水

刺晉昭公也。昭公分國以封沃，沃盛強，昭公微弱，國人將叛而歸沃焉。

按左傳、史記：晉穆侯之大子曰仇，其弟曰成師。穆侯薨，仇立，是爲文侯。文侯薨，昭侯立，封成師於曲沃。師服諫曰：「吾聞國家之立也，本大而末小，是以能固。故天子建國，諸侯立家，今晉甸侯也而建國，本既弱矣，其能久乎？」成師卒，謚曰桓叔。（吕記）

揚之水，白石鑿鑿。素衣朱襮，從子于沃。既見君子，云何不樂。

揚之水，白石皓皓。素衣朱繡，從子于鵠。既見君子，云何其憂。

揚之水，白石粼粼。我聞有命，不敢以告人。

粼粼，水清石見之貌。（嚴緝）

椒聊

刺晉昭公也。君子見沃之盛彊，能修其政，知其蕃衍盛大，子孫將有晉國焉。

椒聊之實，蕃衍盈升。彼其之子，碩大無朋。椒聊且，遠條且。

椒聊之實，蕃衍盈匊。彼其之子，碩大且篤。椒聊且，遠條且。

綢繆

刺晉亂也。國亂則昏姻不得其時焉。

綢繆束薪，三星在天。今夕何夕，見此良人。子兮子兮，如此良人何！

良人，夫稱也。（嚴緝）

綢繆束芻，三星在隅。今夕何夕，見此邂逅。子兮子兮，如此邂逅何！

綢繆束楚，三星在户。今夕何夕，見此粲者。子兮子兮，如此粲者何！

杕杜

刺時也。君不能親其宗族，骨肉離散，獨居而無兄弟，將爲沃所并爾。

有杕之杜，其葉湑湑。獨行踽踽，豈無他人，不如我同父。嗟行之人，胡不比焉。人無兄弟，胡不佽焉。

有杕之杜，其葉菁菁。獨行睘睘，豈無他人，不如我同姓。嗟行之人，胡不比焉。人無兄弟，胡不佽焉。

羔裘

刺時也。晉人刺其在位不恤其民也。

羔裘豹袪，自我人居居。豈無他人，維子之故。

在位者不恤其民，故在下者謂之曰：彼服是羔裘豹袪之人。（呂記）

羔裘豹褎，自我人究究。豈無他人，維子之好。

鴇羽

刺時也。昭公之後大亂五世，君子下從征役，不得養其父母，而作是詩也。

昭公七年，潘父弒昭公，而納桓叔，不克。晉人立昭公之子平，是爲孝侯。孝侯八年，曲沃桓叔卒，子鱓立，是爲莊伯。伐翼，殺孝侯。晉人立其弟鄂侯。六年，莊伯伐翼，鄂侯奔隨。王命虢公伐曲沃，而立鄂侯之子光，是爲哀侯。元年，翼人復逆鄂侯，而納諸鄂。二年，莊伯卒，子稱立，是爲武公。九年，武公伐翼，逐翼侯於汾隰，夜獲之。晉人立哀侯之子，是爲小子侯。小子侯四年，武公殺之，明年遂滅翼。王命虢仲立哀侯之弟緡。二十八年，武公又殺之。自孝侯至是，大亂五世矣。（呂記）

肅肅鴇羽，集于苞栩。王事靡盬，不能蓺稷黍，父母何怙。悠悠蒼天，曷其有所？

肅肅鴇翼，集于苞棘。王事靡盬，不能蓺黍稷，父母何食。悠悠蒼天，曷其有極？

肅肅鴇行，集于苞桑。王事靡盬，不能蓺稻粱，父母何嘗。悠悠蒼天，曷其有常？

稻，即今南方所食稻米。粱，粟類也，有數色。（嚴緝）

嘗，食也。（呂記，嚴緝）

無衣

美晉武公也。武公始并晉國，其大夫爲之請命乎天子之使，而作是詩也。

豈曰無衣七兮，不如子之衣，安且吉兮。

豈曰無衣六兮，不如子之衣，安且燠兮。

天子之卿六命，變七言六者，謙也。不敢必當侯伯七命之服，得受六命之服，列於天子之卿，猶愈於無天子之命也。（嚴緝）

有杕之杜

刺晉武公也。武公寡特，兼其宗族，而不求賢以自輔焉。

有杕之杜，生于道左。彼君子兮，噬肯適我。中心好之，曷飲食之。

噬，發語辭也。（呂記，嚴緝）

寡特不足恃賴，則彼君子亦不肯適我矣。（呂記）

有杕之杜，生于道周。彼君子兮，噬肯來遊。中心好之，曷飲食之。

葛生

刺晉獻公也。好攻戰，則國人多喪矣。

葛生蒙楚，蘞蔓于野。予美亡此，誰與獨處。

予之所美者，獨不在是。（呂記）

葛生蒙棘，蘞蔓于域。予美亡此，誰與獨息。

角枕粲兮，錦衾爛兮。予美亡此，誰與獨旦。

粲、爛，華美鮮明之貌。（呂記，嚴緝）

旦，自夜至旦也。（呂記）

夏之日，冬之夜。百歲之後，歸于其居。

夏之日，日永之時也。冬之夜，夜永之時也。（呂記，嚴緝）

冬之夜，夏之日。百歲之後，歸于其室。

采苓

刺晉獻公也。獻公好聽讒焉。

獻公好聽讒，觀驪譖殺太子及逐群公子之事，可見也。（呂記，嚴緝）

采苓采苓，首陽之巔。人之爲言，苟亦無信。舍旃舍旃，苟亦無然。人之爲言，胡得焉。

采，有聽取之義，故以采苓起興。（呂記）

采苦采苦，首陽之下。人之爲言，苟亦無與。舍旃舍旃，苟亦無然。人之爲言，胡得焉。

與，許與也。（呂記，嚴緝）

采葑采葑，首陽之東。人之爲言，苟亦無從。舍旃舍旃，苟亦無然。人之爲言，胡得焉。

秦一之十一

鄭氏詩譜曰：「秦者，隴西國名，於禹貢近雍州鳥鼠山。」今秦州是也。（呂記）

岐豐之地，文王用之，以興二南之化，如彼其忠且厚也。秦人用之，未幾而一變其俗，見於詩者，大抵尚氣概，先勇力，已悍然有招八州而朝同列之氣矣。蓋雍州土厚水深，其民敦重質直，無鄭衛浮靡之習，以善導之，則易以興起，而篤於仁義；以猛驅之，則其彊毅果敢之資，亦足以彊兵力農，而成富彊之業也。論至於此，以見厚重者之可與有爲，而又以見上之導民不可不謹其所之也。（段解，嚴緝，吕記）

車鄰

美秦仲也。秦仲始大有車馬禮樂侍御之好焉。

有車鄰鄰，有馬白顛。未見君子，寺人之令。

是時，秦君始有車馬及此寺人之官，將見者必先寺人通之。故國人創見而誇美之也。（段解）

阪有漆，隰有栗。既見君子，並坐鼓瑟。今者不樂，逝者其耋。

阪則有漆矣，隰則有栗矣。既見君子，則並坐鼓瑟矣。

阪有桑，隰有楊。既見君子，並坐鼓簧。今者不樂，逝者其亡。

簧，笙中金葉，吹笙，則鼓動之以出聲者也。（段解）

駟驖

美襄公也。始命有田狩之事，園囿之樂焉。

秦自非子以來，世爲附庸。及周幽王爲犬戎所敗，秦仲之孫襄公救周有功，平王賜之以岐西之地，於是始命爲諸侯。（段解）

駟驖孔阜，六轡在手。公之媚子，從公于狩。

駟驖，四馬皆黑色如鐵也。阜，肥大也。六轡者，兩服兩驂各兩轡，而驂馬内兩轡納之於觖，故惟六轡在手也。（段解）

媚，愛也。（嚴緝）

媚子，所親愛之人也。（呂記，段解）

奉時辰牡，辰牡孔碩。公曰左之，舍拔則獲。

牡，獸之牡者也。辰牡者，冬獻狼，夏獻麋，春秋獻鹿豕之類。奉之者，虞人翼以待射也。孔，甚也。碩，肥大也。公曰左之者，命御者使左其車，以獻獸之左也。蓋射必中其左，乃爲中殺，五御所謂「逐禽左者爲是」故也。（段解）

左之而舍拔，無有不獲者，言禽之多而射御之善也。（段解）

遊于北園，四馬既閑。輶車鸞鑣，載獫歇驕。

鸞，鈴也，效鸞鳥之聲。鑣，馬銜也。（呂記，嚴緝，段解）

田事已畢，故遊於北園，以車載犬，蓋以休其足力也。韓愈畫記有「騎擁田犬」者，亦此類。（呂

記，段解）

小戎

美襄公也。備其兵甲，以討西戎，西戎方强，則征伐不休，國人則矜其車甲，婦人能閔其君子焉。

西戎方强，則征伐宜休矣，而不休征伐。不休，則國人宜怨矣，而不怨，反爲詩以美其上，而聖人亦有取焉，何哉？西戎者，秦之臣子，不共戴天之讎也。襄公上承天子之命，以報君父之讎，其所以不能自已者，豈忮忿之私心哉，乃人倫之正，天理之發，以大義驅其人而戰之，敵之强弱，戰之勝負，皆不暇有所顧，而惟知仇讎之不可以不復，此襄公所以能用其人，而秦人所以樂爲之用也。聖人有取乎此，亦春秋大復讎而與討賊之意歟？（段解）

小戎俴收，五楘梁輈。游環脅驅，陰靷鋈續。文茵暢轂，駕我騏馵。言念君子，温其如玉。在其板屋，亂我心曲。

游環，靷環也。以皮爲之，引兩驂馬之外轡，貫其中而執之，所以制驂馬，使不得外出也。環當兩服馬之背上，游移前却，無定處，故謂之游環，亦謂之靳，左傳曰：「如驂之有靳。」脅驅，亦以皮爲之，前繫於衡之兩端，後繫於軫之兩端，當服馬兩脅外，以驅驂馬，使不得内入也。（段解）

揜軓，在軾前軫上。靷者，以皮二條，前繫驂馬之頸，後繫陰板之上。鋈續，陰板之上有續靷之處，白金沃其環，以爲飾也。（吕記，段解）

轂，所以貫車輪者。（吕記，段解）

君子，婦人目其夫也。温其如玉，美之辭。板屋者，西戎之俗，以板爲屋。心曲，心中委曲之處也。（段解，吕記）

四牡孔阜，六轡在手。騏駵是中，騧驪是驂。龍盾之合，鋈以觼軜。言念君子，温其在邑。方何爲期，胡然我念之！

中，兩服馬也。（嚴緝）

盾，干也。畫龍於盾，合而載之，以爲車上之衛。必載二者，備破毀也。觼，環之有舌者。軜，驂内轡也。置觼於軾前，以繫軜，故謂之觼軜，亦銷沃白金以爲飾也。（段解，吕記，嚴緝）

邑，西鄙之邑也。方，將也。將以何時爲歸期乎，何爲使我思念之極也。（吕記，段解，嚴緝）

俴駟孔群，厹矛鋈錞。蒙伐有苑，虎韔鏤膺。交韔二弓，竹閉緄縢。言念君子，載寢載興。厭厭良人，秩秩德音。

俴駟，四馬皆以淺薄之金爲甲，欲其輕而易於馬之旋習也。（段解）

鋈錞，亦以白金鋈之也。（吕記）

蒙，雜也。伐，中干也，盾之别名。苑，文貌，畫雜羽之文於盾上也。（段解）

鏤膺，鏤金以飾馬當胸帶也。（段解）

閉，弓檠也，儀禮作䩛。緄，繩。縢，約也。以竹爲閉，而以繩約之於弛弓之裏。檠，弓體使正也。（段解，呂記，嚴緝）

載寢載興，言思之深，既寢而又興也。（呂記）

蒹葭

刺襄公也。未能用周禮，將無以固其國焉。

蒹葭蒼蒼，白露爲霜。所謂伊人，在水一方。遡洄從之，道阻且長。遡游從之，宛在水中央。

伊人，猶言彼人也。一方，彼一方也。（呂記，嚴緝，段解）

蒹葭凄凄，白露未晞。所謂伊人，在水之湄。遡洄從之，道阻且躋。遡游從之，宛在水中坻。

蒹葭采采，白露未已。所謂伊人，在水之涘。遡洄從之，道阻且右。遡游從之，宛在水中沚。

采采，言其盛而可采也。（呂記，嚴緝）

右，不相值，而出其右也。（段解）

終南

戒襄公也。能取周地，始爲諸侯受顯服，大夫美之，故作是詩，以戒勸之。

襄公雖未能遽有周地，然既有天子之命矣。穀梁子曰：「王者無外，命之則成矣。」（呂記，嚴緝，段解）

終南何有？有條有梅。君子至止，錦衣狐裘。顔如渥丹，其君也哉。

終南，在今京兆府之南。（段解）

君子，指其君也。（呂記，段解）

言其容貌衣服，稱其爲君也。（嚴緝）

欲其修德以稱之，故盛陳容貌衣服之美，以戒勸之也。（段解）

終南何有？有紀有堂。君子至止，黻衣繡裳。佩玉將將，壽考不忘。

紀，山之廉角也。堂，山之寬平處也。（呂記，段解）

黻之狀亞，兩己相戾矣。（嚴緝，段解，呂記）

繡，刺繡。（呂記，段解）

將將，佩玉聲也。壽考不忘者，欲其居此位，服此服，長久而安寧也。亦戒勸之辭。（呂記，段解）

黄鳥

哀三良也。國人刺穆公以人從死，而作是詩也。

三人者，不食其言，以死從君，而詩人不以爲美者，死不爲義，不足美也。（呂記，段解）

春秋傳云：「秦穆公之不爲盟主也宜哉。死而棄民，先王遺世，猶貽之法，而况奪之善人乎。今縱無法以遺後嗣，而又收其良以死，難以在上矣。君子是以知秦之不復東征也。」又按史記：「秦武公卒，以人從死者六十六人。至穆公遂用百七十七人，而三良與焉。」蓋特其初特出於戎翟之俗，而無明王賢伯以討其罪，於是習以爲常，則雖穆公之賢，而不免論其事者，亦徒閔三良之不幸，而歎秦之衰。至於王政不綱，諸侯擅命，殺人不忌，至於如此，則莫知其爲非也。嗚呼，俗之敝也久矣！其後始皇之葬，後宫皆令從死，工匠生閉墓中，尚何怪哉！（嚴緝）

交交黄鳥，止于棘。誰從穆公？子車奄息。維此奄息，百夫之特。臨其穴，惴惴其慄。彼蒼天者，殲我良人。如可贖兮，人百其身。

以所見起興也。（呂記，段解）

此奄息之死，若可以他人贖之，則人雖有百身，亦皆願贖之矣。愛之甚也。（呂記，段解）

三人死非其義，詩人特哀之而已。死不爲義，不足美也。（嚴緝）

交交黄鳥，止于桑。誰從穆公？子車仲行。維此仲行，百夫之防。臨其穴，惴惴其慄。彼蒼者天，殲我良人。如可贖兮，人百其身。

交交黄鳥，止于楚。誰從穆公？子車鍼虎。維此鍼虎，百夫之禦。臨其穴，惴惴其慄。彼蒼者天，殲我良人。如可贖兮，人百其身。

晨風

刺康公也。忘穆公之業，始棄其賢臣焉。

鴥彼晨風，鬱彼北林。未見君子，憂心欽欽。如何如何，忘我實多。

山有苞櫟，隰有六駮。未見君子，憂心靡樂。如何如何，忘我實多。

靡樂，憂之深也。（呂記，段解）

山有苞棣，隰有樹檖。未見君子，憂心如醉。如何如何，忘我實多。

如醉，憂又甚矣。（呂記，段解）

無衣

刺用兵也。秦人刺其君好攻戰，亟用兵，而不與民同欲焉。

襄公以王命攘戎狄，報君父之讎，故征伐不休，而詩人美之。康公令狐、河曲之戰，修私怨，逞小忿，故好攻戰，亟用兵，而詩人刺之。詩可以觀，於此見矣。（呂記，嚴緝，段解）

豈曰無衣，與子同袍。王于興師，修我戈矛，與子同仇。

其懽愛之心，足以相死如此。（段解）

豈曰無衣，與子同澤。王于興師，修我矛戟，與子偕作。

澤，裏也。以其親膚，近於垢澤，故謂之澤。汙，音烏。垢，古口反。（呂記，嚴緝）

豈曰無衣，與子同裳。王于興師，修我甲兵，與子偕行。

渭陽

康公念母也。康公之母，晉獻公之女。文公遭麗姬之難未反，而秦姬卒。穆公納文公，康公時爲太子，贈送文公於渭之陽，念母之不見也。「我見舅氏，如母存焉。」及其即位，而作是詩也。

「我見舅氏，如母存焉」，蓋爲康公之語。（呂記）

我送舅氏，曰至渭陽。何以贈之？路車乘黄。

乘黄，四馬皆黄也。（呂記，嚴緝，段解）

我送舅氏，悠悠我思。何以贈之？瓊瑰玉佩。

權輿

刺康公也。忘先君之舊臣，與賢者有始而無終也。

於我乎夏屋渠渠，今也每食無餘。于嗟乎，不承權輿。

言康公其初有渠渠之夏屋，以待賢者，而其後待賢之意寖衰，供億寖薄，賢者每食而無餘，於是歎之，言不能繼其始也。漢楚元王敬禮申公、白公、穆生，穆生不耆酒，元王每置酒，嘗爲穆生設醴。及王戊即位，常設，後忘設焉。穆生退曰：「可以逝矣。醴酒不設，王之意怠，不去，楚人將鉗我於市。」稱疾。申公、白公强起之，曰：「獨不念先王之德歟？今王一旦失小禮，何足至此？」穆生曰：「先王之所以禮吾三人者，爲道之存故也。今而忽之，是忘道也。忘道之人，胡可久處，豈爲區區之禮哉！」遂謝病去。此詩其當之矣。（呂記，段解）

於我乎每食四簋，今也每食不飽。于嗟乎，不承權輿。

四簋，禮食之盛也。（呂記，段解）

詩卷第七

陳一之十二

今陳州是也。（嚴緝）

宛丘

刺幽公也。淫荒昏亂，游蕩無度焉。

子之湯兮，宛丘之上兮。洵有情兮，而無望兮。

言此人遊蕩於宛丘之上，信有情思而可樂矣，然無威儀可瞻望也。（呂記，段解）

坎其擊鼓，宛丘之下。無冬無夏，值其鷺羽。

值，遇也。（呂記，嚴緝，段解）

言無時不遇其出遊而舞於是也。（呂記，段解）

坎其擊缶，宛丘之道。無冬無夏，值其鷺翿。

東門之枌

疾亂也。幽公淫荒，風化之所行，男女棄其舊業，亟會於道路，歌舞於市井爾。

東門之枌，宛丘之栩。子仲之子，婆娑其下。

穀旦于差，南方之原。不績其麻，市也婆娑。

穀旦于逝，越以鬷邁。視爾如荍，貽我握椒。

衡門

誘僖公也。愿而無立志，故作是詩，以誘掖其君也。

誘，進也。（嚴緝）

衡門之下，可以棲遲。泌之洋洋，可以樂饑。

洋洋，水安流廣長之貌。（吕記，段解，嚴緝）

豈其食魚，必河之魴。豈其取妻，必齊之姜。

豈其食魚，必河之鯉。豈其取妻，必宋之子。

東門之池

刺時也。疾其君之淫昏，而思賢女以配君子也。

東門之池，可以漚麻。彼美淑姬，可與晤歌。

東門之池，可以漚紵。彼美淑姬，可與晤語。

紵，麻屬也。

東門之池，可以漚菅。彼美淑姬，可與晤言。

東門之楊

刺時也。昏姻失時，男女多違親迎，女猶有不至者也。

東門之楊，其葉牂牂。昏以爲期，明星煌煌。

明星，啟明星也。煌煌，大明貌。東門，蓋此人親迎之所，以其所見起興，曰：東門之楊，則其葉牂牂矣，昏以爲期，而明星煌煌矣。

東門之楊，其葉肺肺。昏以爲期，明星晳晳。

墓門

刺陳佗也。陳佗無良師傅，以至於不義，惡加於萬民焉。

陳佗，文公子，桓公鮑之弟也。桓公疾病，佗殺其太子免而代之。桓公卒，而佗立。明年，爲蔡人所殺。此詩刺佗，而追咎先君不能爲佗置良師傅，以至於此也。（呂記，段解）

墓門有棘，斧以斯之。夫也不良，國人知之。知而不已，誰昔然矣。

墓門有梅，有鴞萃止。夫也不良，歌以訊之。訊予不顧，顛倒思予。

夫也不良，則有歌其惡以訊之者矣。訊之而不予顧，至於顛倒，然後思予，則豈有所及哉。亦追咎之辭也。（呂記）

防有鵲巢

憂讒賊也。宣公多信讒，君子憂懼焉。

防有鵲巢，邛有旨苕。誰侜予美，心焉忉忉。

侜張，欺誑也。忉忉，憂勞之貌。（呂記，段解）

中唐有甓，邛有旨鷊。誰侜予美，心焉惕惕。

月出

刺好色也。在位不好德，而説美色焉。

月出皎兮，佼人僚兮。舒窈糾兮，勞心悄兮。

當月出之時，而思佼人之好，欲一見之，以舒窈糾之情而不可得，是以爲之勞心悄然也。（呂記，段解）

月出皓兮，佼人懰兮。舒懮受兮，勞心慅兮。

懮受，憂思也。（呂記，段解）

月出照兮，佼人燎兮。舒夭紹兮，勞心慘兮。

夭紹，糾緊之意。（呂記，段解）

株林

刺靈公也。淫乎夏姬，驅馳而往，朝夕不休息焉。

胡爲乎株林，從夏南。匪適株林，從夏南。

駕我乘馬，説于株野。乘我乘駒，朝食于株。

澤陂

刺時也。言靈公君臣淫於其國，男女相説，憂思感傷焉。

彼澤之陂，有蒲與荷。有美一人，傷如之何。寤寐無爲，涕泗滂沱。

彼澤之陂，有蒲與蕑。有美一人，碩大且卷。寤寐無爲，中心悁悁。

彼澤之陂，有蒲菡萏。有美一人，碩大且儼。寤寐無爲，輾轉伏枕。

輾轉伏枕，卧而不寐，思之深且久也。（吕記，段解）

檜一之十三

今鄭州即其地。（段解）

周衰，檜爲鄭桓公所滅，其世次微不傳，故其作詩之世不可得而推。蘇氏則以爲檜詩皆爲鄭而作，正如邶、鄘之於衛。（段解）

羔裘

大夫以道去其君也。國小而迫，君不用道，好絜其衣服，逍遥遊燕，而不能自强於政治，故作是詩也。

羔裘逍遥，狐裘以朝。豈不爾思，勞心忉忉。

孟子去齊，其心蓋如此云。（吕記，段解）

羔裘翱翔，狐裘在堂。豈不爾思，我心憂傷。

羔裘如膏，日出有曜。豈不爾思，中心是悼。

羔裘之色，潤澤如脂膏所漬，日出照之，則有光曜。（吕記，段解）

素冠

刺不能三年也。

喪禮：爲父爲君，斬衰三年。爲母，齊衰三年。（吕記，段解）

庶見冠兮，棘人欒欒兮，勞心慱慱兮。

喪事欲其揔揔耳，哀遽之狀也。（吕記，段解）

喪事欲其縱縱耳，哀遽之狀。音總。（嚴緝）

庶見素衣兮，我心傷悲兮，聊與子同歸兮。

與子同歸，言其愛慕之辭也。（吕記，段解）

庶見素韠兮，我心蘊結兮，聊與子如一兮。

韠，蔽膝也，以韋爲之。冕服謂之韍，其餘曰韠。韠從裳色，素衣素裳，則素韠也。蘊結者，思之不解也。與子如一，甚於同歸矣。（呂記，嚴緝，段解）

隰有萇楚

疾恣也。國人疾其君之淫恣，而思無情欲者也。

隰有萇楚，猗儺其枝。夭之沃沃，樂子之無知。

隰有萇楚，猗儺其華。夭之沃沃，樂子之無家。

隰有萇楚，猗儺其實。夭之沃沃，樂子之無室。

無室，猶無家也。（呂記，嚴緝，段解）

匪風

思周道也。國小政亂，憂及禍難，而思周道焉。

匪風發兮，匪車偈兮，顧瞻周道，中心怛兮。

發，飄揚貌。偈，疾驅貌。（段解）

周道，適周之路也。顧瞻周道而思王室。（呂記）

周道，適周之路。言常時風發而車偈，則中心怛然。今非風發也，非車偈也，特顧瞻周道而思王室之陵遲，故中心爲之怛然耳。（段解）

匪風飄兮，匪車嘌兮，顧瞻周道，中心弔兮。

嘌，漂摇不安之車。弔，傷也。（段解）

嘌，嘌摇不安之貌。（嚴緝）

誰能亨魚，溉之釜鬵。誰將西歸，懷之好音。

誰能亨魚乎，有則我願爲之溉其釜鬵。誰將西歸乎，有則我願慰勞之以好音而勉之。言能有與周道者，則己將歸之也。（呂記，段解）

曹一之十四

今之曹州是也。（段解）

蜉蝣

刺奢也。昭公國小而迫，無法以自守，好奢而任小人，將無所依焉。

蜉蝣之羽，衣裳楚楚。心之憂矣，於我歸處。

蜉蝣之羽翼，猶人衣裳之楚楚然也。然朝生暮死，蓋以比人之玩細娛，而無遠慮者耳。（呂記，段解）

蜉蝣之翼，采采衣服。心之憂矣，於我歸息。

蜉蝣掘閱，麻衣如雪。心之憂矣，於我歸說。

候人

刺近小人也。共公遠君子而好近小人焉。

彼候人兮，何戈與祋。彼其之子，三百赤芾。

維鵜在梁，不濡其翼。彼其之子，不稱其服。

維鵜在梁，不濡其咮。彼其之子，不遂其媾。

薈兮蔚兮，南山朝隮。婉兮孌兮，季女斯饑。

鳲鳩

刺不壹也。在位無君子，用心之不壹也。

鳲鳩在桑，其子七兮。淑人君子，其儀一兮。其儀一兮，心如結兮。

鳲鳩在桑，其子在梅。淑人君子，其帶伊絲。其帶伊絲，其弁伊騏。

其帶伊絲，其弁伊騏，言其有常度，不差忒也。（呂記，段解）

鳲鳩在桑，其子在棘。淑人君子，其儀不忒。其儀不忒，正是四國。

忒，差忒也。有常度而其心一，故儀不忒；儀不忒，則足以正四國矣。大學傳曰：「其爲父子兄弟足法，而後民法之也。」（呂記，段解）

鳲鳩在桑，其子在榛。淑人君子，正是國人。正是國人，胡不萬年。

下泉

思治也。曹人疾共公侵刻，下民不得其所，憂而思明王賢伯也。

洌彼下泉，浸彼苞稂。愾我寤歎，念彼周京。

或曰：苞稂微草，猶得下泉之潤，而己不被明王賢伯之澤。（段解）

洌彼下泉，浸彼苞蕭。愾我寤歎，念彼京周。

洌彼下泉，浸彼苞蓍。愾我寤歎，念彼京師。

蓍，筮草也。京師，高丘而聚居之地。（段解，呂記，嚴緝）

芃芃黍苗，陰雨膏之。四國有王，郇伯勞之。

黍苗既芃芃然矣，而又有陰雨以膏之。四國既有王矣，而又有郇伯以勞之。傷今之不然也。（呂記，段解）

詩卷第八

豳一之十五

豳，在今邠州三水縣。邰，在今京兆府武功縣。（段解）

七月

陳王業也。周公遭變，故陳后稷先公風化之所由，致王業之艱難也。

周禮籥章：「中春，晝擊土鼓，歈豳詩以逆暑。中秋，夜迎寒，亦如之。」即此詩也。（段解）

公劉以下，太王以前，先公之通稱。（段解）

陳此詩，使瞽矇朝夕諷誦以教之。（段解）

使成王知其積累之艱難如此，而思奉承之不易，且以見己之所以當國而不辭之意。（呂記，段解）

七月流火，九月授衣。一之日觱發，二之日栗烈。無衣無褐，何以卒歲。三之日于耜，四之日舉趾。同我婦子，饁彼南畝，田畯至喜。

三王之正不同，周既用天正矣，而此詩月數，皆以人正爲紀，何也？曰：所謂改正朔者，以是月爲歲首也，月固不易也。況此詩陳后稷先公之舊曆，夏商之世，而成於周公之年，則安得遽以天正爲紀。（段解，吕記，嚴緝）

火以六月之昏，加於正南午位，當東西之中。至七月之昏，則下而西流矣。（吕記，段解）一之日，一陽之月。二之日，二陽之月。變月言日者，猶言是月之日。後凡言日者放此。蓋周之先公已用此以紀候。有周有天下，遂以爲一代之正朔也。（段解，嚴緝，吕記）

歲，夏正之歲也。（段解）

我，家長自謂也。老者率婦子而餉之。（段解）

此章前段言衣之始，後段言食之始。二章至五章，終前段意。六章至八章，終後段意。（嚴緝，段解）

言所以授衣爲是故也。（吕記，段解）

治天早而用力齊，是以田畯至而喜之也。（段解）

七月流火，九月授衣。春日載陽，有鳴倉庚。女執懿筐，遵彼微行，爰求柔桑。春日遲遲，采蘩祁祁。女心傷悲，殆及公子同歸。

遵，循也。（吕記，段解）

采蘩祁祁，蠶生未齊，未可食桑，故以此啖之也。（段解）

公子，豳公之子也。蓋是時公子猶娶於國中，而貴家大族連姻公室者，亦無不力於蠶桑之事，故其許嫁之女，預以將及公子同歸，而遠其父母爲悲也。此其風俗之厚，而上下之情交相忠愛如此。後章言公子者倣此。（段解，嚴緝，吕記）

七月流火，八月萑葦，蠶月條桑。取彼斧斨，以伐遠揚，猗彼女桑。七月鳴鵙，八月載績。載玄載黄，我朱孔陽，爲公子裳。

條而取之，則蠶長而桑盛，與求柔桑之時異矣。（段解）

七月暑退將寒，而是歲禦冬之備，亦庶幾成矣。又當預擬來歲治蠶之用，故於八月萑葦既成之際而收蓄之。（段解）

取葉存條曰猗。（嚴緝）

采桑而大小畢取，見蠶盛而人力至也。（段解）

凡此女功之所成者，皆染之，或玄或黄，而朱者尤鮮明。（吕記，段解）

以上二章，專言蠶績之事，以終首章前段無衣之意。（段解）

四月秀葽，五月鳴蜩。八月其獲，十月隕蘀。一之日於貉，取彼狐狸，爲公子裘。二之日其同，載纘武功，言私其豵，獻豜于公。

獻豜於公，亦愛其上之無已也。豵小者私之以爲己有，而大者則獻之於上。（呂記，段解）

此專言狩獵，以終首章前段無褐之意。（段解）

五月斯螽動股，六月莎鷄振羽。七月在野，八月在宇，九月在户，十月蟋蟀入我牀下。穹室熏鼠，塞向墐户。嗟我婦子，曰爲改歲，入此室處。

宇，簷下也。（呂記，嚴緝，段解）

塞向，以當北風也。（呂記，段解）

天既寒而事亦已，可以入此室處矣。（段解）

此章亦以終首章前段御寒之意。（段解）

六月食鬱及薁，七月亨葵及菽。八月剥棗，十月穫稻。爲此春酒，以介眉壽。七月食瓜，八月斷壺，九月叔苴。采荼薪樗，食我農夫。

菽，豆也。（呂記，嚴緝，段解）

果酒嘉蔬，以養老疾，奉賓祭，介眉壽者，頌禱之辭也。（呂記，段解）

瓜瓠苴荼，以爲常食，少長之義，豐儉之節然也。（呂記，段解）

自此章至卒章，皆言農圃飲食祭祀燕樂，以終首章後段之意。（嚴緝，段解）

九月築場圃，十月納禾稼，黍稷重穋，禾麻菽麥。嗟我農夫，我稼既同，上入執宫功。晝爾于茅，宵爾索綯。亟其乘屋，其始播百穀。

言納於場者，無所不備，則我稼同矣。（呂記）

宫，邑居者之宅也。古者民受五畝之宅，二畝半爲廬，在田，春夏居之；二畝半爲宅，在邑，秋冬居之。功，葺治之事也。（段解）

二之日鑿冰沖沖，三之日納于凌陰。四之日其蚤，獻羔祭韭。九月肅霜，十月滌場。朋酒斯饗，曰殺羔羊。躋彼公堂，稱彼兕觥，萬壽無疆。

鑿冰，謂取冰於山也。（嚴緝）

豳土多寒，故正月風未解凍，冰猶可藏也。（呂記，嚴緝，段解）

鄉飲酒之禮，尊兩壺於房户之間是也。（段解）

鴟鴞

周公救亂也。成王未知周公之志，公乃爲詩以遺王，名之曰鴟鴞焉。

管蔡流言，使成王疑周公。周公雖已滅之，然成王之疑未釋，則亂未弭也。故周公作此鴟鴞之詩以遺王，而告以王業艱難，不忍毁壞之意，所以爲救亂也。（呂記，段解）

管蔡流言，使成王疑周公矣。其挾武庚及淮夷以叛，蓋以周公爲亂也。周公雖已滅之，然成王

之疑未釋，則亂未泯也。故周公作此鴟鴞之詩以遺王，告之以王業艱難，不忍毁壞之意，所以爲救亂也。（嚴緝）

鴟鴞鴟鴞，既取我子，無毁我室。恩斯勤斯，鬻子之閔斯。

鬻養此子，誠可憫憐。今既取之，其毒甚矣，況又毁我室耶。蓋周公托爲鳥言以自比。（呂記，段解）

喻同管蔡作亂者。（段解）

迨天之未陰雨，徹彼桑土，綢繆牖户。今女下民，或敢侮予。

徹，取也。（呂記，嚴緝）

牖者，巢之通氣處，户，其出入處也。（呂記，段解）

亦爲鳥言及天之未陰雨之時，而往取桑根，以纏綿巢之隙穴，使之堅固，以備陰雨之患。（呂記，段解）

予手拮据，予所捋荼，予所蓄租，予口卒瘏，曰予未有室家。

捋，取也。（呂記，嚴緝，段解）

荼，苕華，可藉巢者。（呂記，嚴緝）

亦爲鳥言所以拮据捋荼蓄租，勞苦而至於病者，以巢之未成也。以比己之所以勤勞如此者，以

王室新造而未集故也。（呂記，段解）

予羽譙譙，予尾翛翛，予室翹翹。風雨所漂摇，予維音嘵嘵。

翹翹，成而未定也，風雨又從而漂摇之，以比己既勞悴，王室未安，而多難乘之，則其作詩以喻王，亦不得不汲汲也。（呂記，段解）

東山

周公東征也。周公東征，三年而歸，勞歸士，大夫美之，故作是詩也。一章言其完也，二章言其思也，三章言其室家之望女也，四章樂男女之得及時也。君子之于人，序其情而閔其勞，所以説也。説以使民，民忘其死，其唯東山乎！

皆其心之所願而不敢言者。上之人乃先其未發而歌詠以勞苦之，則其歡欣感激之情爲如何哉。夫古之人上下之際，情志交孚，雖家人父子之相語，無以過此，其所以維持鞏固數十百年而無一旦土崩之勢也與？（呂記，段解）

我徂東山，慆慆不歸。我來自東，零雨其濛。我東曰歸，我心西悲。制彼裳衣，勿士行枚。蜎蜎者蠋，烝在桑野。敦彼獨宿，亦在車下。

烝，發語聲。（呂記）

敦，獨處不移之貌。（呂記，嚴緝，段解）

其在塗也，覩物起興，而自歎曰：彼蜎蜎者蠋，則在桑野矣；此敦然而獨宿者，則亦在車下也。（呂記，段解）

我徂東山，慆慆不歸。我來自東，零雨其濛。果蠃之實，亦施于宇。伊威在室，蠨蛸在户。町畽鹿場，熠燿宵行。不可畏也，伊可懷也。

螢火夜飛，其光熠燿也。（呂記，嚴緝，段解）

此則述其歸未至而思家之情也。（呂記，段解）

我徂東山，慆慆不歸。我來自東，零雨其濛。鸛鳴于垤，婦歎于室。洒掃穹窒，我征聿至。有敦瓜苦，烝在栗薪。自我不見，于今三年。

栗，周土之所宜木。（呂記，段解）

我徂東山，慆慆不歸。我來自東，零雨其濛。倉庚于飛，熠燿其羽。之子于歸，皇駁其馬。親結其縭，九十其儀。其新孔嘉，其舊如之何。

士昏禮曰：「父送女，命之曰：『戒之敬之，夙夜無違命。』母施衿結帨，曰：『勉之敬之，夙夜無愆而事。』」此親結其縭之事然也。（段解）

九其儀，十其儀，言其儀之多也。（呂記）

此言東征之歸士，其未有室家者，及時而昏姻，既其善矣；其舊有室家者，相見而喜，當如何耶。（吕記，段解）

破斧

美周公也。周大夫以惡四國焉。

既破我斧，又缺我斨。周公東征，四國是皇。哀我人斯，亦孔之將。

四國，四方之國，從管蔡之亂者。（吕記，嚴緝，段解）

言東征之役，既破我斧，而缺我斨，其勞甚矣。然周公之意，蓋將使四方莫敢不一於正而後已。其哀我人也，豈不大哉。然則雖破斧而缺斨，義有所不得辭矣。夫管蔡流言以謗周公，而公征之，不知者以爲公之爲是，以爲其身而已，故爲此詩者，爲之發明其心如此。學者於此玩味而有得焉，則正大而天地之情可見矣。（吕記，段解）

既破我斧，又缺我錡。周公東征，四國是吪。哀我人斯，亦孔之嘉。

既破我斧，又缺我銶。周公東征，四國是遒。哀我人斯，亦孔之休。

遒，斂而固之也。（吕記，段解）

伐柯

美周公也。周大夫刺朝廷之不知也。

伐柯如何，匪斧不克。取妻如何，匪媒不得。

克，能也。（呂記，嚴緝，段解）

此章之興，以題後章之義。詩之爲體，優游不迫，有至於如此者。而學者求之於崎嶇蹙狹之中，寸量銖較，如治法律，失之遠矣。（段解）

伐柯伐柯，其則不遠。我覯之子，籩豆有踐。

執柯以伐柯，即此手中之柯，而得其法。以比王欲迎周公，亦不過反之於吾心，則知所以迎之之道，則我得見公，而陳其籩豆之列，將有日矣。（呂記，段解）

九罭

美周公也。周大夫刺朝廷之不知也。

九罭之魚鱒魴，我覯之子，衮衣繡裳。

衮衣繡裳，九章：一曰龍，二曰山，三曰華蟲，雉也，四曰火，五曰宗彝，虎蜼也，皆繢於衣；六曰藻，七曰粉米，八曰黼，九曰黻，皆繡於裳。天子之龍，一升二降。上公但有降龍。以龍首卷然，故謂之衮也。蜼，位、抽、壘三音。卷，音捲。（嚴緝）

鴻飛遵渚，公歸無所，於女信處。

鴻飛遵陸，公歸不復，於女信宿。

是以有衮衣兮，無以我公歸兮，無使我心悲兮。

狼跋

美周公也。周公攝政，遠則四國流言，近則王不知，周大夫美其不失其聖也。

狼跋其胡，載疐其尾。公孫碩膚，赤舄几几。

胡，頷下懸肉也。（呂記，嚴緝）

胡，頷下垂肉也。（段解）

赤舄几几，安重貌。士冠禮：「屨，夏用葛，玄端黑屨，青絇繶純。」注：「絇之言拘，以爲行戒。狀如刀衣鼻，在屨頭繶縫中紃也。」繶，於力反。縫，扶用反。（呂記）

公之被毁，以四國之流言也。而詩人以爲此非四國之所爲，乃公自讓其大美而弗居耳。蓋不使讒邪之口得以加乎公之忠聖，此可見其愛公之深，敬公之至，而其立言亦有法矣。（段解）

狼疐其尾，載跋其胡。公孫碩膚，德音不瑕。

詩卷第九

小雅二

舊説自鹿鳴至魚麗，文武之世燕勞樂歌之辭，周公所删定也。南陔至菁菁者莪，周公相成王所制之樂歌也。蓋國之常政，每事爲詩，以寫其至誠和樂，而被之音聲，舉是事，則奏是詩焉。（吕記，段解）

正小雅，燕饗之樂也。正大雅，會朝之樂，受釐陳戒之辭也。故或懽欣和悦，以盡群下之情；或恭敬齋莊，以發先王之德。詞氣不同，音節亦異，多周公制作時所定也。及其變也，則事未必同，而各以其聲附之歟？（段解）

鹿鳴之什二之一

鹿鳴

燕群臣嘉賓也。既飲食之，又實幣帛筐篚，以將其厚意，然後忠臣嘉賓得盡其心矣。

按：序以爲燕群臣嘉賓之詩，而燕禮亦云：「工歌鹿鳴、四牡、皇皇者華。」即謂此也。鄉飲酒用樂亦然。而學記言：「大學始教，宵雅肄三。」亦謂此三詩。然則又爲上下通用之樂矣。豈本爲燕群臣嘉賓而作，其後乃推而用之鄉人也與？（段解）

於朝曰君臣焉，於燕曰賓主焉。先王以禮使臣之厚也，蓋亦有諸侯之使焉。（呂記，段解）

呦呦鹿鳴，食野之苹。我有嘉賓，鼓瑟吹笙。吹笙鼓簧，承筐是將。人之好我，示我周行。

將，行也。（呂記，段解）

周行，大道也。（呂記，嚴緝，段解）

蓋所求於群臣嘉賓者如此。夫如是，是以君臣上下誠意交孚，而莫不一出於正，所以和樂而不流也。（呂記，段解）

此燕饗賓客之詩，蓋君臣之分以嚴爲主，朝廷之禮以敬爲主。然一於嚴敬，則情或不通，而無以盡其忠告之益。故先王因其飲食聚會而製爲燕饗之禮，以通上下之情。（段解）

呦呦鹿鳴，食野之蒿。我有佳賓，德音孔昭，示民不恌，君子是則是傚。我有旨酒，嘉賓式燕以敖。

恌，愉薄也。（呂記，段解，嚴緝）

言嘉賓之德，足以示民，使不愉薄，而君子所當則傚也。（呂記）

言嘉賓之德音甚明，足以示民，使不愉薄，而君子所當則傚，則亦不待言語之間，而其所以示我者，蓋亦深矣。（段解）

呦呦鹿鳴，食野之芩。我有佳賓，鼓瑟鼓琴。鼓瑟鼓琴，和樂且湛。我有旨酒，以燕樂嘉賓之心。

四牡

勞使臣之來也。有功而見知，則説矣。

四牡騑騑，周道倭遲。豈不懷歸，王事靡盬，我心傷悲。

駕此四牡而出使於外，其道路之回遠如此，當是時豈不思歸乎，特以王事不可以不堅固，不敢徇私而廢公，是以内顧而傷悲也。（呂記，段解）

爲臣者奔走王事，特以盡其職分之當爲，何敢自以爲勞哉。然君子之心則不以是而自安也。臣勞於事而不自言，君探其情而代之言，上下之間可謂各盡其道矣。（嚴緝，段解）

四牡騑騑，嘽嘽駱馬。豈不懷歸，王事靡盬，不遑啟處。

翩翩者鵻，載飛載下，集于苞栩。王事靡盬，不遑將父。

興也。翩翩，飛貌。（呂記，嚴緝）

或曰：鵻，俗字也。當作隹。凡鳥之短尾，皆隹屬。（呂記，段解）

今使臣勤勞於外，乃不遑養其父，則鵻之不如也。（呂記，段解）

翩翩者鵻，載飛載止，集于苞杞。王事靡盬，不遑將母。

駕彼四駱，載驟駸駸。豈不懷歸，是用作歌，將母來諗。

非使臣作是歌也，設言其情以勞之爾。夫使臣將命，以賦政於四方，乃其職分之所當然，而先王之意，殷勤惻怛，惟恐勞之不至，乃爲之探其情意之所不能已而未敢言者，於其燕勞而詠歌之。孔子曰：「體群臣，則士之報禮重。」於此其見之矣。（呂記，段解）

皇皇者華

君遣使臣也，送之以禮樂，言遠而有光華也。

送之以禮樂，歌是詩以遺之也。（呂記，段解）

皇皇者華，于彼原隰。駪駪征夫，每懷靡及。

興也。（呂記，段解）

懷，思也。（呂記，段解）

唯恐不能宣上之德而達下情也。（呂記，段解）

此詩若以戒夫使臣者，而託於其自道之辭以發之。詩之忠厚如此。（呂記，段解）

我馬維駒，六轡如濡。載馳載驅，周爰咨諏。

使臣自以每懷靡及，故廣詢博訪，以補其不及，而盡其職也。（呂記，段解）

叔孫穆子所謂「君教使臣曰：『每懷靡及，諏謀度詢，必咨於周。』敢不拜教！」可謂得詩之意矣。（段解）

我馬維騏，六轡如絲。載馳載驅，周爰咨謀。

我馬維駱，六轡沃若。載馳載驅，周爰咨度。

沃若，猶如濡也。（呂記，段解）

我馬維駰，六轡既均。載馳載驅，周爰咨詢。

常棣

燕兄弟也。閔管蔡之失道，故作常棣焉。

舊説以鹿鳴以下至魚麗爲文武燕勞之樂歌，而此詩之序又以爲閔管蔡之失道而作者，何也？

曰：文武之際，固有燕兄弟之詩矣，周公以管蔡之爲亂也，故制作之際，更爲是詩，委曲致意，以申兄弟之好。蓋燕兄弟者，文武之政；而閔管蔡者，周公之心也。夫燕兄弟之詩，當極其和樂，以篤兄弟之好，而此詩專言死喪急難之事，其志切，其詞哀，蓋處兄弟之變，孟子所謂「其兄關弓而射之，則已垂涕泣而道之」之義也。文武燕兄弟之詩，雖不可見，然意其詞意和平，必異於此，故序者以閔管蔡之失道發之。（呂記，段解，嚴緝）

常棣之華，鄂不韡韡。凡今之人，莫如兄弟。

死喪之威，兄弟孔懷。原隰裒矣，兄弟求矣。

脊令在原，兄弟急難。每有良朋，況也永歎。

雖有良朋，不過爲之長歎息而已，力或不能相及也。（呂記，段解）

兄弟鬩于墻，外禦其務。每有良朋，烝也無戎。

烝，發語聲。（呂記，段解）

戎，助也。（呂記，段解）

此章正爲管蔡啟商之事而發，以明兄弟恩情之篤也。呂與叔解鬩爲窺伺，謂寇至而兄弟同力以相死也，此意亦甚美矣，然以文意及一篇之全指觀之，則未安也。蓋此詩首章略言至親莫如兄弟之意，次章乃以意外不測之事言之，以明兄弟之情，其切如此。三章但言急難，則淺於死喪矣。至於此章則又以其情義之甚薄，而猶有所不能已者言之。其序若曰：死喪不能相收，急難猶相助，又不幸而至於或有小忿，猶當共禦外侮，其所以責之者，可謂益輕以約，而所以著夫兄弟之義者，益深且切矣。至於又不能然，乃或無事而相忘，則兄弟真如路人矣，故下章始深責之。然其詞氣和平，怨而不怒，讀者猶或以是爲當然而未之悟也。其後兩章乃始極道兄弟至親，雖有籩豆室家之樂，然非兄弟，則無與同之，以備見兄弟之恩，異形同氣，死生苦樂無適而不相濡之意。卒章又申告之，使之反復窮極，驗其信然，可謂委曲漸次說盡人情矣。然其詞意高深，初若簡質闊疏，而不切於事者，故說有所不察，又以小忿爲嫌，而曲其說以避之，於是一篇之意無復統紀，而失聖人之意遠矣。（呂記，段解）

喪亂既平，既安且寧。雖有兄弟，不如友生。

儐爾籩豆，飲酒之飫。兄弟既具，和樂且孺。

妻子好合，如鼓琴瑟。兄弟既翕，和樂且湛。

言妻子好合如琴瑟之和，而兄弟有不合焉，則無以久其樂矣。（呂記，段解）

宜爾室家，樂爾妻帑。是究是圖，亶其然乎。

伐木

燕朋友故舊也。自天子至于庶人，未有不須友以成者。親親以睦，友賢不棄，不遺故舊，則民德歸厚矣。

伐木丁丁，鳥鳴嚶嚶。出自幽谷，遷于喬木。嚶其鳴矣，求其友聲。相彼鳥矣，猶求友聲，矧伊人矣，不求友生！神之聽之，終和且平。

嚶嚶，鳥聲之和也。（呂記，段解）

伐木許許，釃酒有藇，既有肥羜，以速諸父，寧適不來，微我弗顧。於粲洒掃，陳饋八簋，既有肥牡，以速諸舅，寧適不來，微我有咎。

許許，衆人共力之聲。淮南子云：「舉大木者，呼邪許。」蓋舉重勸力之歌也。（嚴緝）

諸父，朋友之同姓而尊者也。諸舅，朋友之異姓而尊者也。（呂記，嚴緝）

先諸父而後諸舅者，親疏之殺也。（段解）

寧適不來，寧使其適然而不來。（呂記，段解）

顧，念也。於，歎辭。（呂記，段解）

言具酒食以樂朋友如此，寧使彼有故而不來，而無使我恩意之不至也。孔子曰：「所求乎朋友，先施之未能也。」此可謂能先施矣。（呂記，段解）

伐木於阪，釃酒有衍。籩豆有踐，兄弟無遠。民之失德，乾餱以愆。有酒湑我，無酒酤我。坎坎鼓我，蹲蹲舞我。迨我暇矣，飲此湑矣。

兄弟朋友之同儕者，無遠皆在也。（呂記，嚴緝，段解）

湑，亦釃也。釃酒者，或以筐，或以草，泲之而去其糟也。禮所謂「縮酌用茅」是也。（呂記，段解）

人之所以至於失朋友之義者，非必有大故也，或以乾餱之薄物而至於有愆耳。故我不計有無，但及閒暇，則飲酒以相樂也。（呂記，段解）

天保

下報上也。君能下下以成其政，臣能歸美以報其上焉。

天保定爾，亦孔之固。俾爾單厚，何福不除。俾爾多益，以莫不庶。

爾，指君也。（呂記，嚴緝，段解）

除，除舊而生新。（呂記，嚴緝，段解）

言天之安定我君，使之如此也。（呂記，段解）

天保定爾，俾爾戩穀。罄無不宜，受天百禄。降爾遐福，維日不足。

戩，與剪同，盡也。穀，善也。言盡善云者，猶其曰單厚多益也。（嚴緝，呂記，段解）

爾有以受天之禄矣，而天又降爾以福，言天人之際交相與也。書所謂「昭受上帝，天其申命用

休」，語意正如此。（呂記，段解）

天保定爾，以莫不興。如山如阜，如岡如陵，如川之方至，以莫不增。

川之方至，言其盛長未可量也。（呂記，段解）

吉蠲爲饎，是用孝享。禴祠烝嘗，于公先王。君曰卜爾，萬壽無疆。

公，謂后稷以下，至公叔祖類也。史記：「公叔祖類生古公亶父。」索隱云：「古公亶父之父。世本作太公組紺、諸盩，三代世表作叔類。」（段解，呂記）

先王，太王以下也。文王時周未有曰先王者，此詩非武王時作，則或周公所更定者與？君，謂先公先王也。卜，猶期也。（呂記，段解，嚴緝）

神之弔矣，詒爾多福。民之質矣，日用飲食。群黎百姓，徧爲爾德。

至，猶所謂祖考來格也。（段解）

言其質實無爲，日用飲食而已。（呂記，段解）

徧爲爾德者，言助爾爲德也。（呂記）

如月之恒，如日之升。如南山之壽，不騫不崩。如松柏之茂，無不爾或承。

承，奉也。（呂記，段解）

采薇

遣戍役也。文王之時，西有昆夷之患，北有獫狁之難，以天子之命，命將率，遣戍役，以守衛中國，故歌采薇以遣之，出車以勞還，杕杜以勤歸也。

文王既受命爲西伯，得專征伐，而其征伐也，亦必稱天子之命以行之，此足以見服事殷之實矣。而或者謂文王受命而稱王，則是二天子也，而可乎！（呂記）

采薇采薇，薇亦作止。曰歸曰歸，歲亦莫止。靡室靡家，玁狁之故。不遑啟居，玁狁之故。

此設爲戍役者之言也。（呂記，段解）

凡此所以使我舍其室家，而不暇啟居者，非上之人故爲是以苦我也；直以玁狁之故，有所不得已而然耳。蓋序其勤苦悲傷之情，而又風之以義也。（段解，呂記）

采薇采薇，薇亦柔止。曰歸曰歸，心亦憂止。憂心烈烈，載饑載渴。我戍未定，靡使歸聘。

雖憂之深，然戍事未已，將誰使歸問其室家之安否乎。（呂記，段解）

采薇采薇，薇亦剛止。曰歸曰歸，歲亦陽止。王事靡盬，不遑啟處。憂心孔疚，我行不來。

不來，不反也。見士之歇力致死，無還心也。（段解）

彼爾維何？維常之華。彼路斯何？君子之車。戎車既駕，四牡業業。豈敢定居，一月三捷。

戎車既駕，而四牡盛矣，則何敢以定居乎。庶乎一月之間，三戰而三捷也。（呂記，段解）

駕彼四牡，四牡騤騤。君子所依，小人所腓。四牡翼翼，象弭魚服。豈不日戒，玁狁孔棘。

言將士豈不日相警戒乎，玁狁之難甚急，誠不可以忘備也。（呂記，段解）

依，猶乘也。（嚴緝）

昔我往矣，楊柳依依；今我來思，雨雪霏霏。行道遲遲，載饑載渴。我心傷悲，莫知我哀。

此章設爲役人預自道其歸時事，言勤勞之甚也。（呂記，段解）

出車

勞還率也。

我出我車，于役牧矣。自天子所，謂我來矣。召彼僕夫，謂之載矣。王事多難，維其棘矣。

我出我車，于彼郊矣。設此旐矣，建彼旄矣。彼旟旐斯，胡不旆旆？憂心悄悄，僕夫況瘁。

郊在牧内，蓋前軍已至牧，而後軍猶在郊也。（段解）

建，立也。（嚴緝）

此章所謂旐者，玄武也，旟者，朱雀也。下章所謂旂者，青龍也。（吕記，段解）

鳥隼龜蛇，曲禮所謂「前朱雀而後玄武」也。（嚴緝）

旆旆，飛揚之貌。（嚴緝）

王命南仲，往城于方。出車彭彭，旂旐央央。天子命我，城彼朔方。赫赫南仲，玁狁于襄。

南仲，文王之臣，此時大將也。（吕記，段解）

往城于方，今靈夏州，西夏所居之地。（吕記，嚴緝，段解）

交龍爲旂，所謂青龍也。（嚴緝）

天子命我城彼朔方者，文王以商王之命，命南仲，而南仲語其軍士以天子之命也。（吕記，段解）

襄，上也，與「懷山襄陵」之襄同。（段解）

昔我往矣，黍稷方華；今我來思，雨雪載塗。王事多難，不遑啟居。豈不懷歸，畏此簡書。

或曰：簡書，册命臨遣之辭也。（呂記，段解）

本其往時所見，與今還時所遭，以見其出之久。（呂記，段解）

喓喓草蟲，趯趯阜螽。未見君子，憂心忡忡；既見君子，我心則降。赫赫南仲，薄伐西戎。

豈既却玁狁，而還師以伐昆夷也歟？（呂記，段解）

薄之爲言，聊也，蓋不勞餘力也。（段解）

此章言其室家相望之情。（嚴緝）

春日遲遲，卉木萋萋。倉庚喈喈，采蘩祁祁。執訊獲醜，薄言還歸。赫赫南仲，玁狁于夷。

此章言其振旅而凱還之時也。（呂記，段解）

杕杜

勞還役也。

此詩首末皆述其室家思望之情以勞之。（段解）

有杕之杜，有睆其實。王事靡盬，繼嗣我日。日月陽止，女心傷止，征夫遑止。

軍事在外，其室家感時物之變而思之。（呂記）

有杕之杜，其葉萋萋。王事靡盬，我心傷悲。卉木萋止，女心悲止，征夫歸止。

陟彼北山，言采其杞。王事靡盬，憂我父母。檀車幝幝，四牡痯痯，征夫不遠。

憂我父母，詒我父母之憂也。（呂記，段解）

檀車之堅而敝矣，四牡之壯而罷矣，則征夫之歸亦不遠矣。（段解）

匪載匪來，憂心孔疚。期逝不至，而多爲恤。卜筮偕止，會言近止，征夫邇止。

期已過而猶不至，則使我多爲憂恤宜矣。（呂記，段解）

且卜且筮，其繇皆曰近矣，則征夫其亦邇而將至也與。（呂記，段解）

魚麗

美萬物盛多，能備禮也。文武以天保以上治内，采薇以下治外，始于憂勤，終于逸樂，故美萬物盛多，可以告于神明矣。

此燕饗通用之樂歌，極道物多且盛，見主人禮意之勤以優賓也。（嚴緝）

魚麗于罶，鱨鯊。君子有酒，旨且多。

凡此皆先王之政也。然必有至誠惻怛之心，仁厚愷悌之化，使人不知其所以爲之者，然後可行耳。不然，則叢脞已甚矣，豈所恃以爲治哉。（呂記，段解）

舊説「君子有酒旨」爲句，「且多」爲句，非是。當以「有酒」爲句，「旨且多」爲句。言酒旨而又多也，且罶、酒、鯊、多，亦隔句協韻也。（呂記）

魚麗于罶，魴鱧。君子有酒，多且旨。

魚麗于罶，鰋鯉。君子有酒，旨且有。

物其多矣，維其嘉矣。物其旨矣，維其偕矣。物其有矣，維其時矣。

南陔之什二之二

南陔

孝子相戒以養也。

白華

孝子之絜白也。

華黍

時和歲豐，宜黍稷也。

由庚

萬物得由其道也。

此笙詩也。鄉飲酒禮：鼓瑟而歌鹿鳴、四牡、皇皇者華，然後笙入，堂下磬南北面立，樂南陔、白華、華黍。燕禮亦鼓瑟歌鹿鳴、四牡、皇皇，然後笙入，立於縣中，奏南陔、白華、華黍。南陔以下，今無以考其名篇之義，然曰笙、曰樂、曰奏，而不言歌，則有聲而無詞明矣。所以知其篇第在此者，意古經篇題之下必有譜焉，如投壺「魯鼓、薛鼓」之節而亡之耳。（段解，呂記）

按儀禮鄉飲酒及燕禮，前樂既畢，皆間歌魚麗，笙由庚；歌南有嘉魚，笙崇丘；歌南山有臺，笙由儀。間，代也，言一歌一吹也。然則此六者蓋一時之詩，而皆爲燕饗賓客、上下通用之樂。毛詩分魚

麗以足前什，而説不察，遂分魚麗以上爲文武詩，嘉魚以下爲成王詩，其失甚矣。（段解）

南有嘉魚

樂與賢也。大平之君子至誠，樂與賢者共之也。

此亦燕饗通用之樂。（嚴緝）

南有嘉魚，烝然罩罩。君子有酒，嘉賓式燕以樂。

樂，協韻，去聲，其義則與音洛者同。（呂記）

興也。（呂記，段解）

烝然，發語聲也。（呂記，段解）

南有嘉魚，烝然汕汕。君子有酒，嘉賓式燕以衎。

南有樛木，甘瓠纍之。君子有酒，嘉賓式燕綏之。

此興之取義者，似比而實興也。（段解）

翩翩者鵻，烝然來思。君子有酒，嘉賓式燕又思。

來思之思，語辭也。又思，既燕而又思之，以見其至誠有加而無已也。凡思之爲語助者，上字協韻；爲思慮之思者，本字協韻。此章則來字與末句思字協韻。（呂記，段解）

崇丘

萬物得極其高大也。

南山有臺

樂得賢也。得賢則能爲邦家立太平之基矣。

南山有臺，北山有萊。樂只君子，邦家之基。樂只君子，萬壽無期。

萊，草名，葉香可食者。（嚴緝）

南山有桑，北山有楊。樂只君子，邦家之光。樂只君子，萬壽無疆。

南山有杞，北山有李。樂只君子，民之父母。樂只君子，德音不已。

南山有栲，北山有杻。樂只君子，遐不眉壽。樂只君子，德音是茂。

遐、何通。（呂記，段解）

南山有枸，北山有楰。樂只君子，遐不黄耇。樂只君子，保艾爾後。

由儀

萬物之生各得其宜也。

蓼蕭

澤及四海也。

蓼彼蕭斯，零露湑兮。既見君子，我心寫兮。燕笑語兮，是以有譽處兮。

蓼彼蕭斯，零露瀼瀼。既見君子，爲龍爲光。其德不爽，壽考不忘。

蓼彼蕭斯，零露泥泥。既見君子，孔燕豈弟。宜兄宜弟，令德壽豈。

諸侯朝於天子，天子與之燕，以示慈惠，故歌此詩。宜兄宜弟，猶曰宜其家人。蓋諸侯繼世而立，多疑忌其兄弟，如晉詛無畜群、公子秦鍼懼選之類，故以宜其兄弟美之，亦所以警戒之也。此詩曰既見，蓋於其初燕而歌之；後詩言不醉則不歸，蓋於其夜飲之終而歌之也。（段解）

蓼彼蕭斯，零露濃濃。既見君子，鞗革沖沖，和鸞雝雝，萬福攸同。

此但言諸侯車服之飾，如庭燎之稱其鸞旂之美也。（段解）

湛露

天子燕諸侯也。

文四年左傳：「甯武子云：『昔諸侯朝正於王，王宴樂之，於是賦湛露。』」（嚴緝）

湛湛露斯，匪陽不晞。厭厭夜飲，不醉無歸。

湛湛露斯，在彼豐草。厭厭夜飲，在宗載考。

宗室，蓋路寢之屬。（呂記，嚴緝，段解）

湛湛露斯，在彼杞棘。顯允君子，莫不令德。

君子，指諸侯爲賓者也。（呂記，嚴緝，段解）

謂其飲多而不亂德。（段解）

其桐其椅，其實離離。豈弟君子，莫不令儀。

詩卷第十

彤弓之什二之三

彤弓

天子賜有功諸侯也。

此天子燕有功諸侯，而賜以弓矢之樂歌也。（嚴緝，段解）

彤弓弨兮，受言藏之。我有嘉賓，中心貺之。鐘鼓既設，一朝饗之。

諸侯受而藏之。（段解）

彤弓弨兮，受言載之。我有嘉賓，中心喜之。鐘鼓既設，一朝右之。

彤弓弨兮，受言櫜之。我有嘉賓，中心好之。鐘鼓既設，一朝醻之。

菁菁者莪

樂育材也。君子能長育人材，則天下喜樂之矣。

先王盛時，家有塾，黨有庠，術有序，國有學，其制見於周官、孟子與夫禮記漢儒之説者，皆不同也，蓋其詳不可得而考矣。至以爲教之以孝弟忠信，詩書禮樂，養其良知良能之善，以俟其成德而賴其用焉，則其意未嘗不同也。故孟子曰：「學則三代共之，皆所以明人倫也。」此所謂長育人材者，能如是，則天下喜樂之宜矣。（呂記，段解）

菁菁者莪，在彼中阿。既見君子，樂且有儀。

言其得所如此。（段解）

菁菁者莪，在彼中沚。既見君子，我心則喜。

菁菁者莪，在彼中陵。既見君子，錫我百朋。

汎汎楊舟，載沉載浮。既見君子，我心則休。

載，則也。（嚴緝）

載沉載浮，猶言載清載濁、載馳載驅之類，以比未見君子而心不定也。既見君子，心休休然安定也。（呂記，段解）

六月

宣王北伐也。鹿鳴廢，則和樂缺矣；四牡廢，則君臣缺矣；皇皇者華廢，則忠信缺矣；常棣廢，則兄弟缺矣；伐木廢，則朋友缺矣；天保廢，則福禄缺矣；采薇廢，則征伐缺矣；出車廢，則功力缺矣；杕杜廢，則師衆缺矣；魚麗廢，則法度缺矣；南陔廢，則孝友缺矣；白華廢，則廉耻缺矣；華黍廢，則蓄積缺矣；由庚廢，則陰陽失其道理矣；南有嘉魚廢，則賢者不安，下不得其所矣；崇丘廢，則萬物不遂矣；南山有臺廢，則爲國之基隊矣；由儀廢，則萬物失其道理矣；蓼蕭廢，則恩澤乖矣；湛露廢，則萬國離矣；彤弓廢，則諸夏衰矣；菁菁者莪廢，則無禮儀矣；小雅盡廢，則四夷交侵，中國微矣。

成康既没，文武之政，侵尋弛壞。至於夷厲，而小雅盡廢矣。蓋其人亡，其政息，雖鐘鼓管弦之聲未廢，然其實不舉，則無所施之，所謂廢也。宣王中興，内修政事，外攘夷狄，北伐南征，以復文武之境土，故序詩者詳記其所由廢興者如此，以發其端，而小雅之見於經者，於是變矣。（吕記，嚴緝，段解）

六月棲棲，戎車既飭。四牡騤騤，載是常服。玁狁孔熾，我是用急。王于出征，以匡王國。

六月，建未也。司馬法：「冬夏不興師。」（嚴緝）

孔，甚也。（吕記，段解）

比物四驪，閑之維則。維此六月，既成我服。我服既成，于三十里。王于出征，以佐天子。

是月之中，即成我服。既成我服，即日遂行，不徐不疾，盡舍而至，又見其應變之速，從事之敏，而不失其常度也。（呂記，段解）

四牡修廣，其大有顒。薄伐玁狁，以奏膚公。有嚴有翼，共武之服。共武之服，以定王國。

共，與供同。（呂記，段解）

玁狁匪茹，整居焦穫。侵鎬及方，至于涇陽。織文鳥章，白旆央央。元戎十乘，以先啟行。

是以建旐旗，選鋒鋭，進聲其罪而致討焉。直而壯，律而臧，有所不戰，戰必勝矣。（呂記，段解）

戎車既安，如輊如軒。四牡既佶，既佶且閑。薄伐玁狁，至于大原。文武吉甫，萬邦爲憲。

輊，車之覆而前也；軒，車之却而後也。（呂記，嚴緝，段解）

大原，地名，亦曰大鹵，今在太原陽曲。（呂記，嚴緝，段解）

吉甫燕喜，既多受祉。來歸自鎬，我行永久。飲御諸友，炰鱉膾鯉。侯誰在矣？張仲孝友。

言其所與燕者之賢，所以賢吉甫而善是燕也。（段解）

采芑

宣王南征也。

薄言采芑，于彼新田，于此菑畝。方叔涖止，其車三千。師干之試，方叔率止。乘其四騏，四騏翼翼。路車有奭，簟茀魚服，鉤膺鞗革。

芑，此即今苦蕒菜，宜馬食，行軍采之，人馬皆可食也。（呂記，段解）

其車三千，孔氏以爲兼起鄉遂公邑之兵，王氏謂會諸侯之師。此皆以文害辭、辭害意之過。詩人但極其盛而稱之耳，豈必實有此數哉。（呂記）

其車三千，法當用三十萬衆。蓋兵車一乘，甲士三人，步卒七十二人，又二十五人將重車在後，凡百人也。（段解）

翼翼，順序貌。（呂記，段解）

薄言采芑，于彼新田，于此中鄉。方叔涖止，其車三千。旂旐央央，方叔率止。約軝錯衡，八鸞瑲瑲。服其名服，朱芾斯皇，有瑲蔥珩。

鈴在鑣曰鸞。馬口兩旁各一，四馬故八也。（呂記，嚴緝，段解）

命服，所受命於天子之服。（呂記，段解）

葱，如葱之色。（呂記，段解）

鴥彼飛隼，其飛戾天，亦集爰止。方叔涖止，其車三千。師干之試，方叔率止。鉦人伐鼓，陳師鞠旅。顯允方叔，伐鼓淵淵，振旅闐闐。

蠢爾蠻荆，大邦爲讎。方叔元老，克壯其猶。方叔率止，執訊獲醜。戎車嘽嘽，嘽嘽焞焞。如霆如雷，顯允方叔。征伐玁狁，蠻荆來畏。

大邦，猶言中國也。（呂記，嚴緝，段解）

方叔元老，克壯其猶，言方叔雖老，而謀則壯也。（呂記，段解）

嘽嘽，衆盛貌。（嚴緝）

方叔蓋嘗與於北伐之功者，是以蠻荆聞其名而皆來畏服也。（呂記，段解）

車攻

宣王復古也。宣王能内修政事，外攘夷狄，復文武之竟土，修車馬，備器械，復會諸侯於東都，因田獵而選車徒焉。

周之文武，以天保以上治内，以采薇以下治外。而宣王中興，其事亦曰「内修政事，外攘夷狄」而已，無二道也。苟政事之不修，而囂囂然務以外攘夷狄爲功，亦見其弊内以事外，而適所以爲亂亡之資也。此詩所賦，自修車馬、備器械以下，其修政事，攘夷狄則前乎此矣。東都，洛邑也，周公營之，而成王會諸侯焉。（吕記，嚴緝，段解）

我車既攻，我馬既同。四牡龐龐，駕言徂東。

田車既好，四牡孔阜。東有甫草，駕言行狩。

之子于苗，選徒囂囂。建旐設旄，搏獸于敖。

不敢斥王，故以有司言之。（吕記，段解）

選，數也。囂囂，聲衆盛也。數車徒者，其聲囂囂，則車徒之衆可知。且車徒不譁，而惟數者有聲，又見其静治也。（吕記，段解）

駕彼四牡，四牡奕奕。赤芾金舄，會同有繹。

奕奕，連絡布散之貌。（吕記，段解）

繹，陳列聯屬之貌。（吕記，段解）

決拾既佽，弓矢既調。射夫既同，助我舉柴。

使諸侯之人助舉之，言獲多也。（吕記，段解）

四黄既駕，兩驂不猗。不失其馳，舍矢如破。

馳，馳驅之法也。（呂記，段解）

蕭蕭馬鳴，悠悠旆旌。徒御不驚，大庖不盈。

徒，步卒也。御，車御也。驚，如漢書「夜軍中驚」之驚。（呂記，嚴緝，段解）

蕭蕭，悠悠，皆閒暇之貌。（呂記，段解）

大庖不盈，言擇取而用之有度，不極欲也。此言畢事而頒禽也。（呂記，段解，嚴緝）

此章言其終事嚴而頒禽均也。（段解）

之子于征，有聞無聲。允矣君子，展也大成。

信矣，其君子也，誠哉，其大成也。此章序其事既畢，而深美之也。（呂記，段解）

吉日

美宣王田也。能慎微接下，無不自盡以奉其上焉。

得禽獸，則爲醴酒以御賓客，而不專享，足以見其接下矣；從田之人，悉左右以燕天子，足以見無不自盡以奉其上矣。宣王慎微，接下得人，自盡有大於此者，此特美其田，而序因詩文以發之耳。（段解）

吉日維戊，既伯既禱。田車既好，四牡孔阜。升彼大阜，從其群醜。

以下章推之，是日也，其戊辰歟？（吕記，嚴緝，段解）

蓋曰可以田矣。（吕記，段解）

吉日庚午，既差我馬。獸之所同，麀鹿麌麌。漆沮之從，天子之所。

庚午，亦剛日也。（吕記，嚴緝，段解）

漆沮，二水名，在西都畿内。涇渭之北，所謂洛水。今自監章流入鄜防，至同州入河也。（段解）

視獸之所聚，麀鹿最多之處而從之，惟漆沮之旁爲盛，宜爲天子田獵之所也。（段解）

瞻彼中原，其祁孔有。儦儦俟俟，或群或友。悉率左右，以燕天子。

從王者視彼禽獸之多，於是率其同事左右之人，各共其事以樂天子也。（吕記，段解）

既張我弓，既挾我矢，發彼小豝，殪此大兕。以御賓客，且以酌禮。

兕，野牛也，青色，重千斤。御，進也。（吕記，段解，嚴緝）

鴻雁

美宣王也。萬民離散，不安其居，而能勞來還定安集之，至于矜寡，無不得其所焉。

鴻雁于飛，肅肅其羽。之子于征，劬勞于野。爰及矜人，哀此鰥寡。

征，行也。（吕記，段解）

鴻雁于飛，集于中澤。之子于垣，百堵皆作。雖則劬勞，其究安宅。

究，終也。（呂記，段解）

鴻雁于飛，哀鳴嗸嗸。維此哲人，謂我劬勞。維彼愚人，謂我宣驕。

之子以鴻雁哀鳴自比，而作此歌也。知者聞我歌，知其出於劬勞；不知者謂我閒暇而宣驕也。韓詩曰：「勞者歌其事。」魏風亦云：「我歌且謠，不知我者，謂我士也驕。」大抵歌多出於勞苦，而不知者常以爲驕也。（段解）

庭燎

美宣王也。因以箴之。

夜如何其？夜未央，庭燎之光。君子至止，鸞聲將將。

夜雖未央，而庭燎光矣。（段解）

夜如何其？夜未艾，庭燎晣晣。君子至止，鸞聲噦噦。

晣晣，小明也。噦噦，近而聞其徐行有節之聲也。（呂記，段解，嚴緝）

夜如何其？夜鄉晨，庭燎有煇。君子至止，言觀其旂。

鄉晨，近曉也。有煇，天明而光散也。（呂記，段解，嚴緝）

沔水

規宣王也。

沔彼流水，朝宗于海。鴥彼飛隼，載飛載止。嗟我兄弟，邦人諸友，莫肯念亂，誰無父母。

沔彼流水，其流湯湯。鴥彼飛隼，載飛載揚。念彼不蹟，載起載行。心之憂矣，不可弭忘。

鴥彼飛隼，率彼中陵。民之訛言，寧莫之懲。我友敬矣，讒言其興。

鶴鳴

誨宣王也。

鶴鳴于九皋，聲聞于野。魚潛在淵，或在于渚。樂彼之園，爰有樹檀，其下維蘀。它山之石，可以爲錯。

鶴，鳥名，長頸，竦身，高脚，頂赤，身白，頸尾黑。（段解）

此詩之作，不可知其所由，然必陳善納誨之辭也。蓋鶴鳴於九皋，而聲聞於野，言誠之不可揜也。魚潛在淵，而或在于渚，言理之無定在也。園有樹檀，而其下維蘀，言愛當知其惡也。它山之石，而可以爲錯，言憎當知其善也。由是四者引而伸之，觸類而長之，天下之理，其庶幾乎。（段解）

鶴鳴于九皋，聲聞于天。魚在于渚，或潛在淵。樂彼之園，爰有樹檀，其下維穀。它山之石，可以攻玉。

詩卷第十一

祈父之什二之四

祈父

刺宣王也。

祈父，予王之爪牙，胡轉予于恤，靡所止居。

鄭氏曰：「書曰：『若疇圻父。』謂司馬。」案：左傳：「襄十六年，穆叔見中行獻子，賦圻父。」其字用酒誥「若疇圻父」之圻。則知鄭説有據也。（段解）

祈父，予王之爪士，胡轉予于恤，靡所厎止。

祈父，亶不聰，胡轉予于恤，有母之尸饔。

白駒

大夫刺宣王也。

皎皎白駒，食我場苗。縶之維之，以永今朝。所謂伊人，於焉逍遥。

伊人，指賢者也。（吕記，段解）

託以其所乘之駒，食於場苗而縶維之，若後人留客而投其轄於井中也。（段解）

皎皎白駒，食我場藿。縶之維之，以永今夕。所謂伊人，於焉嘉客。

皎皎白駒，賁然來思。爾公爾侯，逸豫無期。慎爾優游，勉爾遁思。

慎，勿過也。勉，毋決也。遁思，猶言去意也。言此乘白駒者，若其肯來，則以爾爲公，以爾爲侯，而逸樂無期矣。猶言横來大者王，小者侯也，豈可以過於優游，決於遁思而終不我顧哉。蓋愛之切，而不知好爵之不足縻，留之苦，而不恤其志之不得遂也。（段解）

皎皎白駒，在彼空谷。生芻一束，其人如玉。毋金玉爾音，而有遐心。

歎其乘白駒入空谷，生芻以秣之，而其人之德美如玉。蓋邈乎其不可親矣，然猶冀其相聞而無絶也。（吕記，段解）

黄鳥

刺宣王也。

自祈父至我行其野，四詩之序皆不言所刺，而祈父、白駒詩辭明白，故無異説。獨此與下篇詩辭

不明，説者不一。今以文意求之，或者民不安居，適異國而不見收恤之詩也歟？（呂記，嚴緝）

黄鳥黄鳥，無集于穀，無啄我粟。此邦之人，不我肯穀。言旋言歸，復我邦族。

民適異國，不得其所，故呼黄鳥而告之曰：爾無集於穀，而啄我之粟，此邦之人不以善道相與，我亦不久於此而將歸矣，無以侵迫爲也。（呂記，段解）

黄鳥黄鳥，無集于桑，無啄我粱。此邦之人，不可與明。言旋言歸，復我諸兄。

黄鳥黄鳥，無集于栩，無啄我黍。此邦之人，不可與處。言旋言歸，復我諸兄。

我行其野

刺宣王也。

使民如此，異於還定安集之時也。（嚴緝）

我行其野，蔽芾其樗。昏姻之故，言就爾居。爾不我畜，復我邦家。

我行其野，言采其蓫。昏姻之故，言就爾宿。爾不我畜，言歸思復。

我行其野，言采其葍。不思舊姻，求爾新特。成不以富，亦祇以異。

爾之不思舊姻，而求新匹也。雖實不以彼之富而厭我之貧，亦祇以其新而異故爾。此見詩人責人之忠厚之意。（呂記，段解）

斯干

宣王考室也。

秩秩斯干，幽幽南山。如竹苞矣，如松茂矣。兄及弟矣，式相好矣，無相猶矣。

其下之固，如竹之苞，其上之密，如松之茂。（吕記，段解）

張子曰：「猶，似也。人情大抵施之不報，則輟。故恩不能終，兄弟之間，各盡己之所宜施者，無學其不相報而廢息也。君臣父子朋友之間，亦莫不用此道盡己而已。」愚按：此於義或未必然，然意則善矣。或曰：猶，當作尤。（段解）

似續妣祖，築室百堵。西南其户，爰居爰處，爰笑爰語。約之閣閣，椓之橐橐。風雨攸除，鳥鼠攸去，君子攸芋。

蓋頌禱之辭。（吕記）

除，亦去也。（吕記，嚴緝，段解）

如跂斯翼，如矢斯棘，如鳥斯革，如翬斯飛，君子攸躋。

言其大勢嚴正，如人之竦立，而其恭翼之也；其廉隅整飭，如矢之急而直也；其棟宇峻起，如鳥之警而革也；其簷阿華采，而軒翔如翬之飛而矯其翼也。（段解）

殖殖其庭，有覺其楹。噲噲其正，噦噦其冥，君子攸寧。

覺，高大而直也。（呂記，段解）

正，向明之處也。（段解）

下莞上簟，乃安斯寢。乃寢乃興，乃占我夢。吉夢維何？維熊維羆，維虺維蛇。

大人占之，維熊維羆，男子之祥；維虺維蛇，女子之祥。

先王建官設屬，其於天人相與之際，察之詳而敬之至矣，故曰：王前巫而後史，宗祝瞽侑，皆在左右，王中心無爲也，以守至正。（呂記）

乃生男子，載寢之牀，載衣之裳，載弄之璋。其泣喤喤，朱芾斯皇，室家君王。

子之生於是室者，皆將服朱芾，煌煌然有室有家，爲君爲王矣。（呂記）

乃生女子，載寢之地，載衣之裼，載弄之瓦。無非無儀，唯酒食是議，無父母詒罹。

在易家人六二曰：「無攸遂，在中饋，貞吉。」象曰：「六二之吉，順以巽也。」而孟子之母亦曰：「婦人之禮，精五飯，冪酒漿，養舅姑，縫衣裳而已。故有閨門之修，而無境外之志。」此之謂也。（呂記）

無羊

宣王考牧也。

誰謂爾無羊，三百維群。誰謂爾無牛，九十其犉。爾羊來思，其角濈濈。爾牛來思，其耳濕濕。

或降于阿，或飲于池，或寢或訛。爾牧來思，何蓑何笠，或負其餱。三十維物，爾牲則具。

爾牧來思，以薪以蒸，以雌以雄。爾羊來思，矜矜兢兢，不騫不崩。麾之以肱，畢來既升。

既，盡也。（呂記）

牧人乃夢，衆維魚矣，旐維旟矣。大人占之：衆維魚矣，實維豐年；旐維旟矣，室家溱溱。

占夢之説未詳，豈古者卜筮之家有是説與？（呂記）

節南山

家父刺幽王也。

節彼南山，維石巖巖。赫赫師尹，民具爾瞻。憂心如惔，不敢戲談。國既卒斬，何用不監！

卒，終也。（呂記，嚴緝，段解）

節彼南山，有實其猗。赫赫師尹，不平謂何？天方薦瘥，喪亂弘多。民言無嘉，憯莫懲嗟！

尹氏大師，維周之氐。秉國之均，四方是維。天子是毗，俾民不迷。不弔昊天，不宜空我師。

言尹氏大師，維周之氐，而秉國之均，則宜有以維持四方，毗輔天子，而使民不迷，乃其職也。

弔，愍也。（呂記，嚴緝，段解）

不宜久在，曠我大師之官。（嚴緝）

（呂記，段解）

弗躬弗親，庶民弗信。弗問弗仕，勿罔君子。式夷式已，無小人殆。瑣瑣姻亞，則無膴仕。

君子，指王也。（呂記，段解）

言尹氏委政於小人，而以其未嘗事者，罔幽王而欺之，故戒之曰：汝之弗躬弗親，庶民已不信矣。其所弗問弗事，則不可以罔君子也。當平其心，視所任之人，有不當者則已之，無以小人之故，而至於危殆其國也。（呂記，段解）

昊天不傭，降此鞠訩。昊天不惠，降此大戾。君子如屆，俾民心闋。君子如夷，惡怒是違。

昊天不均，而降此窮極之亂，昊天不順，而降此乖戾之變，蓋無所歸咎，而歸之於天也。雖然，所以靖之者，亦在夫人而已。君子用其至，則民之亂心息矣。君子平其心，則民之惡怒遠矣。（呂記，段解）

不弔昊天，亂靡有定。式月斯生，俾民不寧。憂心如酲，誰秉國成？不自爲政，卒勞百姓。

夫爲政不平以召禍亂者，人也。而詩人以爲天實爲之者，蓋無所歸咎而歸之於天也。抑有以見君臣隱諱之義焉，有以見天人合一之理焉。後皆放此。（呂記，段解）

駕彼四牡，四牡項領。我瞻四方，蹙蹙靡所騁。

方茂爾惡，相爾矛矣。既夷既懌，如相醻矣。

茂，盛也。（呂記，嚴緝，段解）

言方盛其惡以相加，則視其矛戟如欲戰鬥；及既夷平悅懌，則相與歡然如賓主而相醻酢，不以爲怪也。（呂記，段解）

昊天不平，我王不寧。不懲其心，覆怨其正。

尹氏之不平，若天使之，故曰昊天不平。若是，則我王亦不得寧矣。（呂記，段解）

家父作誦，以究王訩。式訛爾心，以畜萬邦。

家父作爲此誦，以窮究王致昏亂之所由，冀其改心易慮，以畜養萬邦也。（呂記，段解）

正月

大夫刺幽王也。

此詩刺幽王昏亂，不能懲察訛言，以謹天變，而小人得志，君子困迫，將至滅亡也。（段解）

正月繁霜，我心憂傷。民之訛言，亦孔之將。念我獨兮，憂心京京。哀我小心，癙憂以痒。

父母生我，胡俾我瘉？不自我先，不自我後。好言自口，莠言自口。憂心愈愈，是以有侮。

憂心惸惸，念我無禄。民之無辜，并其臣僕。哀我人斯，于何從禄？瞻烏爰止，于誰之屋？

并，俱也。古者以罪人爲臣僕，亡國所虜，亦以爲臣僕。故箕子曰：「商其淪喪，我罔爲臣僕。」言不幸遭國之將亡，與此無罪之民，將隨以淪陷而并爲臣僕，未知將復從何人而受禄，如烏飛不知其將

止於誰之屋也。（呂記，嚴緝，段解）

瞻彼中林，侯薪侯蒸。民今方殆，視天夢夢。既克有定，靡人弗勝。有皇上帝，伊誰云憎？

皇，大也。上帝，天之神也。以其形體謂之天，以其主宰謂之帝。（呂記，段解）

謂山蓋卑，爲岡爲陵。民之訛言，寧莫之懲。召彼故老，訊之占夢。具曰予聖，誰知烏之雌雄！

方且召彼故老，而問之以不急之事。（呂記，段解）

謂天蓋高，不敢不局。謂地蓋厚，不敢不蹐。維號斯言，有倫有脊。哀今之人，胡爲虺蜴！

遭世之亂，天雖高而不敢不局，地雖厚而不敢不蹐。（呂記，段解）

哀今之人，胡爲肆毒以害人，而使之至此乎。（呂記，段解）

瞻彼阪田，有菀其特。天之扤我，如不我克。彼求我則，如不我得；執我仇仇，亦不我力。

力，猶用力也。（呂記，嚴緝，段解）

求之甚艱，而棄之甚易，言其無常耳。（呂記，段解）

心之憂矣，如或結之。今兹之正，胡然厲矣。燎之方揚，寧或滅之？赫赫宗周，褒姒威之。

赫赫之宗周，而一褒姒足以滅之，蓋傷之也。（吕記，段解）

終其永懷，又窘陰雨。其車既載，乃棄爾輔。載輸爾載，將伯助予。

陰雨則泥濘，而車易以陷也。（吕記，段解）

無棄爾輔，員于爾輻。屢顧爾僕，不輸爾載。終踰絶險，曾是不意！

輔，所以益輻也。（吕記，嚴緝，段解）

魚在于沼，亦匪克樂。潛雖伏矣，亦孔之炤。憂心慘慘，念國之爲虐。

彼有旨酒，又有佳殽。洽比其鄰，昏姻孔云。念我獨兮，憂心慇慇。

佌佌彼有屋，蔌蔌方有穀。民今之無禄，夭夭是椓。哿矣富人，哀此惸獨。

椓，害也。（吕記，嚴緝，段解）

十月之交

大夫刺幽王也。

十月之交，朔月辛卯，日有食之，亦孔之醜。彼月而微，此日而微。今此下民，亦孔之哀。

此則繫乎人事之感。蓋臣子背君父，妾婦乘其夫，小人陵君子，夷狄侵中國，所感如是，則陰盛陽微，而日爲之食矣。是以聖人於春秋每食必書，而詩人亦以爲醜也。（呂記，段解）

晦朔而日月之合，東西同度，南北同道，則月揜日，而日爲食之。望而日月之對，同度同道，則月亢日，而月爲之食。（嚴緝）

日月告凶，不用其行；四國無政，不用其良。彼月而食，則維其常；此日而食，于何不臧。

不用其行者，月不避日，失其道也。（嚴緝）

陰亢陽而不勝，猶可言也；陰勝陽而揜之，不可言也。（嚴緝）

爗爗震電，不寧不令。百川沸騰，山冢崒崩。高岸爲谷，深谷爲陵。哀今之人，胡憯莫懲！

寧，安也。令，善也。十月而雷電，山崩水溢，災異之甚。（嚴緝，呂記，段解）

災異之衆如此，是宜恐懼修省，改紀其政，而幽王曾莫之懲也。董子曰：「國家將有失道之敗，而天乃先出災異以譴告之；不知自省，又出怪異以驚懼之；尚不知變，而傷敗乃至。」此見天心仁愛人君，而欲止其亂也。（呂記，段解）

皇父卿士，番維司徒。家伯爲宰，仲允膳夫。棸子内史，蹶維趣馬。楀維師氏，豔妻煽方處。

卿士，六卿之外，更爲都官，以總六官之事也。（吕記，段解）

抑此皇父，豈曰不時。胡爲我作，不即我謀。徹我牆屋，田卒汙萊。曰予不戕，禮則然矣。

抑，發語辭。（吕記，嚴緝，段解）

作，動也。即，就也。卒，盡也。（吕記，嚴緝，段解）

或曰：廢其田宅，以爲池，以爲囿也。（吕記，段解）

皇父孔聖，作都于向。擇三有事，亶侯多藏。不憖遺一老，俾守我王。擇有車馬，以居徂向。

向，今孟州河陽縣是也。（嚴緝）

徂，往也。（吕記，段解）

以卿士出封，而其國之故老與其富民無不徙者，其貪恣可知。（段解）

黽勉從事，不敢告勞。無罪無辜，讒口囂囂。下民之孽，匪降自天。噂沓背憎，職競由人。

黽勉從皇父之役，未嘗敢以爲勞也。（段解）且無罪而見讒，皆皇父詩人之怨辭也。（段解）

悠悠我里，亦孔之痗。四方有羨，我獨居憂。民莫不逸，我獨不敢休。天命不徹，我不敢傚我友自逸。

競，力也。（段解）

雨無止

大夫刺幽王也。雨自上下者也，衆多如雨，而非所以爲政也。

浩浩昊天，不駿其德。降喪饑饉，斬伐四國。旻天疾威，弗慮弗圖。舍彼有罪，既伏其辜；若此無罪，淪胥以鋪。

周宗既滅，靡所止戾。正大夫離居，莫知我勩。三事大夫，莫肯夙夜。邦君諸侯，莫肯朝夕。庶曰式臧，覆出爲惡。

周宗，姬姓之宗也。既滅，言將有易姓之禍，其兆既見矣。（呂記，段解）臧，善也。（呂記，段解）

如何昊天，辟言不信。如彼行邁，則靡所臻。凡百君子，各敬爾身。胡不相畏，不畏于天。

臻，至也。（吕記，嚴緝，段解）

凡百君子，不可以王惡而自恣也，亦各敬爾身而已。不敬爾身，不相畏也；不相畏，不畏天也。（吕記，段解）

戎成不退，饑成不遂。曾我暬御，憯憯日瘁。凡百君子，莫肯用訊。聽言則答，譖言則退。

凡百君子，莫肯以是告王者，雖王有問而欲聽其言，則亦答之而已，不敢盡言也。一有譖言及己，則皆退而離居，莫肯夙夜朝夕於王矣。其意若曰：王雖不善，而君臣之義豈可以若是恝乎。（吕記，段解）

哀哉不能言，匪舌之出，維躬是瘁。哿矣能言，巧言如流，俾躬處休。

使其身處於安樂之地。（吕記，段解）

言此所以深歎之。（吕記，段解）

維曰于仕，孔棘且殆。云不可使，得罪于天子；亦云可使，怨及朋友。

謂爾遷于王都，曰予未有室家。鼠思泣血，無言不疾。昔爾出居，誰從作爾室？

詩卷第十二

小旻之什二之五

小旻

大夫刺幽王也。

此詩刺王惑於邪謀，不能斷以從善，將致亂也。（呂記，段解）

旻天疾威，敷于下土。謀猶回遹，何日斯沮？謀臧不從，不臧覆用。我視謀猶，亦孔之邛。

猶，謀也。（呂記，段解）

謀臧不從，不臧覆用，故我視其謀猶亦甚病也。（呂記，段解）

潝潝訿訿，亦孔之哀。謀之其臧，則具是違；謀之不臧，則具是依。我視謀猶，伊于胡底！

具，猶俱也。（呂記，段解）

我龜既厭，不我告猶。謀夫孔多，是用不集。發言盈庭，誰敢執其咎？如匪行邁謀，是用不得于道。

哀哉爲猶，匪先民是程，匪大猶是經。維邇言是聽，維邇言是爭。如彼築室于道謀，是用不潰于成。

先民，古之聖賢也。（呂記，段解）

哀哉今之爲謀，不以先民爲法，不以大道爲常，其所聽而争者，皆淺末之言。以是相持，如將築室而與行道之人謀之，人人得爲異論，其能有成哉。古語曰：「作舍道旁，三年不成。」蓋出於此。（呂記，段解）

國雖靡止，或聖或否。民雖靡膴，或哲或謀，或肅或艾。如彼泉流，無淪胥以敗。

聖哲謀肅乂，即洪範五事之德。（嚴緝）

淪，陷也。（呂記，段解）

不敢暴虎，不敢馮河。人知其一，莫知其他。戰戰兢兢，如臨深淵，如履薄冰。

小宛

大夫刺幽王也。

宛彼鳴鳩，翰飛戾天。我心憂傷，念昔先人。明發不寐，有懷二人。

人之齊聖，飲酒温克；彼昏不知，壹醉日富。各敬爾儀，天命不又。

言齊聖之人雖醉，猶温恭自持以勝，所謂不爲酒困也。（吕記，段解）

中原有菽，庶民采之。螟蛉有子，蜾蠃負之。教誨爾子，式穀似之。

題彼脊令，載飛載鳴。我日斯邁，而月斯征。夙興夜寐，無忝爾所生。

交交桑扈，率場啄粟。哀我填寡，宜岸宜獄。握粟出卜，自何能穀？

言握粟以見其貧窶之甚。卜之曰：何自而能善乎。（吕記，段解）

温温恭人，如集于木。惴惴小心，如臨于谷。戰戰兢兢，如履薄冰。

小弁

刺幽王也。大子之傅作焉。

幽王娶於申，生大子宜白。後得褒姒而惑之，信其讒，黜申后，逐宜白。宜白之傅知其無罪而憫之，故述大子之情，而爲之作是詩也。（嚴緝）

弁彼鸒斯，歸飛提提。民莫不穀，我獨于罹。何辜于天，我罪伊何？心之憂矣，云如之何！

心之憂矣，云如之何，則其無可奈何而安之之辭也。（呂記，段解）

踧踧周道，鞫爲茂草。我心憂傷，惄焉如擣。假寐永歎，維憂用老。心之憂矣，疢如疾首。

精神憒眊，至於假寐之中，不忘永歎，憂之之深，未老而老也。疢如疾首，則又憂之甚矣。（呂記，段解）

維桑與梓，必恭敬止。靡瞻匪父，靡依匪母。不屬于毛，不離于裏。天之生我，我辰安在？

桑梓以遺子孫，給蠶食、具器用者也。（呂記，段解）

毛，體膚之餘氣，末屬也。（呂記，嚴緝，段解）

裏，心腹也。（呂記，嚴緝，段解）

然父母之不我愛，豈我不屬於父母之毛乎，豈我不離於父母之裏乎。（呂記，段解）

無所歸咎，則推之於天，曰：豈我生之辰不善哉，何不祥至是也。（呂記，段解）

菀彼柳斯，鳴蜩嘒嘒。有漼者淵，萑葦淠淠。譬彼舟流，不知所届。心之憂矣，不遑假寐。

菀，茂盛貌。（呂記，段解）

鹿斯之奔，維足伎伎。雉之朝雊，尚求其雌。譬彼壞木，疾用無枝。心之憂矣，寧莫之知。相彼投兔，尚或先之。行有死人，尚或墐之。君子秉心，維其忍之。心之憂矣，涕既隕之。

幽王信讒，棄逐其子，曾視投兔死人之不如，則其秉心亦忍矣，是以心憂而涕隕也。（呂記，段解）

君子信讒，如或醻之。君子不惠，不舒究之。伐木掎矣，析薪扡矣。舍彼有罪，予之佗矣。

舒，緩也。究，察也。（呂記，段解，嚴緝）

苟舒緩而究察之，則讒者之情得矣。（呂記，段解）

莫高匪山，莫浚匪泉。君子無易由言，耳屬于垣。無逝我梁，無發我笱，我躬不閱，遑恤我後。

山極高矣，而或陟其巔；泉極深矣，而或入其底。故君子不可易於其言，恐耳屬于垣者，有所觀望而生讒譖者也。王於是卒以褒姒爲后，伯服爲太子，故告之曰：毋逝我梁，毋發我笱，我躬不閱，遑恤我後。（呂記，段解）

巧言

刺幽王也。大夫傷于讒，故作是詩也。

悠悠昊天，曰父母且。無罪無辜，亂如此幠。昊天已威，予慎無罪。昊天泰幠，予慎無辜。

此自訴之辭，欲其察己也。（呂記，段解）

亂之初生，僭始既涵。亂之又生，君子信讒。君子如怒，亂庶遄沮。君子如祉，亂庶遄已。

僭始，始不信之端也。（呂記，嚴緝，段解）

祉，猶喜也。（呂記，嚴緝，段解）

君子見讒人之言，若怒而責之，則亂庶幾遄沮矣。見賢者之言，若喜而納之，則亂庶幾遄已矣。今涵容不斷，讒信不分，是以讒者益勝，而君子病也。（呂記，段解）

君子屢盟，亂是用長。君子信盜，亂是用暴。盜言孔甘，亂是用餤。匪其止共，維王之邛。

盟，邦國有疑，則殺牲歃血，告神以相要束也。（呂記，段解）

然此讒人不能供其職事，徒以爲王之病而已。（呂記，段解）

奕奕寢廟，君子作之。秩秩大猷，聖人莫之。他人有心，予忖度之。躍躍毚兔，遇犬獲之。

興也。（呂記，段解）

秩秩，序也。（呂記，段解）

此章言讒人之心，我既皆得之，無所隱情，而前後六句，皆反覆興此耳。（呂記，段解）

荏染柔木，君子樹之。往來行言，心焉數之。蛇蛇碩言，出自口矣。巧言如簧，顔之厚矣。

行言，行道之言也。（呂記，段解）

小人之情不可測，安閒而爲大言也。（段解）

彼何人斯，居河之麋。無拳無勇，職爲亂階。既微且尰，爾勇伊何？爲猶將多，爾居徒幾何？

居河之麋，則非高明爽塏之地也。（呂記，段解）

何人斯

蘇公刺暴公也。暴公爲卿士，而譖蘇公焉，故蘇公作是詩而絶之。

彼何人斯，其心孔艱。胡逝我梁，不入我門？伊誰云從，維暴之云。

彼何人斯，不欲斥其人而言也。（呂記，段解）

逝我梁，則必過我門，然而不入者，其必有故矣。既而詰其所從者，則暴公也。夫以從暴而不入我門，則暴公之譖己也明矣。（呂記，段解）

二人從行，誰爲此禍？胡逝我梁，不入唁我？始者不如今，云不我可。

彼何人斯，胡逝我陳？我聞其聲，不見其身。不愧于人，不畏于天。

彼何人斯，其爲飄風。胡不自北，胡不自南，胡逝我梁，祇攪我心。

言往來疾，若飄風然。（呂記）

自北自南，則與我不相值也。今乃逝我之梁，則適所以攪亂我心而已。（呂記，段解）

爾之安行，亦不遑舍。爾之亟行，遑脂爾車。壹者之來，云何其盱？

今脂其車，則非急也，乃託以亟行，而不及見我，則非其情矣。（段解）

盱，望也。字林云：「盱，張目也。」易云：「盱，豫悔。」三都賦云「盱衡而語」是也。何不一來見我，如何而使我望汝之切乎。（呂記，段解）

爾還而入，我心易也。還而不入，否難知也。壹者之來，俾我祇也。

爾之往也，既不入我門矣。（呂記，段解）

其或一來見我，而使我心安乎。（呂記，段解）

伯氏吹壎，仲氏吹篪。及爾如貫，諒不我知。出此三物，以詛爾斯。

諒，誠也。（呂記，嚴緝，段解）

言其心相親愛，而聲相應和也。（段解）

爲鬼爲蜮，則不可得。有靦面目，視人罔極。作此好歌，以極反側。

上篇先刺聽者，此篇專責讒者耳。（段解）

巷伯

刺幽王也。寺人傷於讒，故作是詩也。

萋兮斐兮，成是貝錦。彼譖人者，亦已大甚。

萋、斐，小文之貌。貝，水介蟲也，有文彩，似錦，則文之盛也。言因萋斐之形而文致之以成貝錦，以比讒人者因人之小過而飾成大罪也。彼爲是者，亦已大甚矣。（段解，呂記）

哆兮侈兮，成是南箕。彼譖人者，誰適與謀？

緝緝翩翩，謀欲譖人。慎爾言也，謂爾不信。

捷捷幡幡，謀欲譖言。豈不爾受，既其女遷。

驕人好好，勞人草草。蒼天蒼天，視彼驕人，矜此勞人。彼譖人者，誰適與謀？取彼譖人，投畀豺虎。豺虎不食，投畀有北。有北不受，投畀有昊。

再言彼譖人者，誰適與謀者，甚嫉之，故重言之也。不食不受，言讒譖之人，物所共惡也。（呂記，段解）

楊園之道，猗于畝丘。寺人孟子，作爲此詩。凡百君子，敬而聽之。

谷風

刺幽王也。天下俗薄，朋友道絶焉。

習習谷風，維風及雨。將恐將懼，維予與女。將安將樂，女轉棄予。

習習谷風，維風及頹。將恐將懼，寘予于懷。將安將樂，棄予如遺。

習習谷風，維山崔嵬。無草不死，無木不萎。忘我大德，思我小怨。

習習谷風，維山崔嵬，言其所被者廣，然猶無不死之草，無不萎之木，況於朋友，豈可以忘大德而思小怨乎。（呂記，段解）

蓼莪

刺幽王也。民人勞苦，孝子不得終養爾。

晉王裒以父死非罪，每讀詩至「哀哀父母，生我劬勞」，未嘗不三復流涕，受業者爲廢此篇。詩之感人如此。（呂記，嚴緝，段解）

蓼蓼者莪，匪莪伊蒿。哀哀父母，生我劬勞。

蓼蓼者莪，匪莪伊蔚。哀哀父母，生我勞瘁。

缾之罄矣，維罍之耻。鮮民之生，不如死之久矣。無父何怙，無母何恃。出則銜恤，入則靡至。

言缾資於罍，而罍資於缾，猶父母與子相依爲命也。故缾之罄矣，乃罍之耻，猶父母不得其所，乃子之責，所以窮獨之民，生不如死也。（段解）

父兮生我，母兮鞠我。拊我畜我，長我育我，顧我復我，出入腹我。我欲報之德，昊天罔極。

畜，亦養也。（呂記，段解，嚴緝）

父母之恩如此，欲報之以德，而父母之恩如天之無窮，不知所以爲報也。（呂記，段解）

南山烈烈，飄風發發。民莫不穀，我獨何害。

民莫不善，而我獨何爲遭此害也哉。（段解）

南山律律，飄風弗弗。民莫不穀，我獨不卒。

大東

刺亂也。東國困於役而傷於財，譚大夫作是詩以告病焉。

有饛簋飧，有捄棘匕。周道如砥，其直如矢。君子所履，小人所視。睠言顧之，潸焉出涕。

小東大東，杼柚其空。糾糾葛屨，可以履霜。佻佻公子，行彼周行。既往既來，使我心疚。

柚，受經者也。（呂記，嚴緝，段解）

佻，輕薄不耐勞苦之貌。（呂記，嚴緝，段解）

周行，大路也。（呂記，嚴緝，段解）

奔走往來，不勝其勞，使我心憂而病也。（呂記，段解）

有洌氿泉，無浸穫薪。契契寤歎，哀我憚人。薪是穫薪，尚可載也，哀我憚人，亦可息也。

載，載以歸也。（呂記，段解）

東人之子，職勞不來。西人之子，粲粲衣服。舟人之子，熊羆是裘。私人之子，百僚是試。

東人，諸侯之人也。（呂記，嚴緝，段解）職，專主也。（呂記，嚴緝，段解）

此言賦役不均，群小得志也。（呂記，段解）

或以其酒，不以其漿。鞙鞙佩璲，不以其長。維天有漢，監亦有光。跂彼織女，終日七襄。

織女，星名，在漢旁。（呂記，段解）

東人或饋之以酒，西人曾不以爲漿。東人或與之以鞙然之佩，而西人曾不以爲長。維天之有漢，則庶乎其有以監我。而織女之七襄，則庶乎其能成文章以報我矣。無所赴愬，而言惟天庶乎其恤我爾。（呂記，段解）

雖則七襄，不成報章。睆彼牽牛，不以服箱。東有啓明，西有長庚。有捄天畢，載施之行。

易曰：「服牛乘車。」（呂記）

至是則天亦無若我何矣。（呂記，段解）

維南有箕，不可以簸揚。維北有斗，不可以挹酒漿。維南有箕，載翕其舌。維北有斗，西柄之揭。

箕星，夏秋之間見於南方。斗，北斗也。（呂記，段解，嚴緝）

斗西柄，亦秋時也。（呂記，段解）

是天非徒無若我何，乃亦若助西人而見困，甚怨之辭也。（呂記，段解）

四月

大夫刺幽王也。在位貪殘，下國構禍，怨亂并興焉。

四月維夏，六月徂暑。先祖匪人，胡寧忍予！

興也。（呂記，段解）

四月維夏，則六月徂暑矣。先祖豈非人乎，而何寧忍使我遭此禍也。無所歸咎之辭也。（呂記，段解）

秋日淒淒，百卉具腓。亂離瘼矣，爰其適歸。

秋日、冬日，猶云秋時、冬時也。（嚴緝）

爰，家語作奚。（嚴緝）

冬日烈烈，飄風發發。民莫不穀，我獨何害。

穀，善也。（呂記，段解）

民莫不善，而我獨何以遭此害乎。夏則暑，秋則腓，冬則烈，禍亂日進，無時而息也。（呂記，段解）

山有嘉卉，侯栗侯梅。廢爲殘賊，莫知其尤。

相彼泉水，載清載濁。我日構禍，曷云能穀。

載，則也。（呂記，嚴緝，段解）

相彼泉水，猶有時而清，有時而濁，而我乃日日構害，則曷云能善乎。（呂記，段解）

滔滔江漢，南國之紀。盡瘁以仕，寧莫我有。

紀，綱紀也，謂經帶包絡之也。（呂記，嚴緝，段解）

有，識有也。（呂記，段解）

今也盡瘁以仕，而王何其不我有哉。（呂記，段解）

匪鶉匪鳶，翰飛戾天。匪鱣匪鮪，潛逃于淵。

山有蕨薇，隰有杞桋。君子作歌，維以告哀。

詩卷第十三

北山之什二之六

北山

大夫刺幽王也。役使不均，己勞於從事，而不得養其父母焉。

陟彼北山，言采其杞。偕偕士子，朝夕從事。王事靡盬，憂我父母。

大夫行役，陟彼北山，采杞而食也。（呂記，段解）

王事靡盬，憂我父母，言以王事而貽親憂也。（呂記，段解）

溥天之下，莫非王土。率土之濱，莫非王臣。大夫不均，我從事獨賢。

言土之廣，臣之衆，而王不均平，使我從事獨勞也。不斥王而曰大夫，詩人之忠厚如此。（呂記，段解）

四牡彭彭，王事傍傍。嘉我未老，鮮我方將。旅力方剛，經營四方。

旅，與膂同。（呂記，段解）

或燕燕居息，或盡瘁事國。或息偃在床，或不已于行。
或不知叫號，或慘慘劬勞。或棲遲偃仰，或王事鞅掌。
或湛樂飲酒，或慘慘畏咎。或出入風議，或靡事不爲。

無將大車

大夫悔將小人也。

無將大車，祇自塵兮。無思百憂，祇自疧兮。
無將大車，維塵冥冥。無思百憂，不出于熲。

冥冥，昏晦也。熲，與耿同，小明也。在憂中耿耿然不能出也。（吕記，段解，嚴緝）

無將大車，維塵雝兮。無思百憂，祇自重兮。

小明

大夫悔仕於亂世也。

明明上天，照臨下土。我征徂西，至于艽野。二月初吉，載離寒暑。心之憂矣，其毒大苦。念彼共人，涕零如雨。豈不懷歸，畏此罪罟。

二月，建卯也。（呂記，嚴緝，段解）

此大夫以二月西征，至於歲莫而未得歸，故呼天而訴之。其毒大苦，謂憂之甚。（呂記，段解）

昔我往矣，日月方除。曷云其還，歲聿云莫。念我獨兮，我事孔庶。心之憂矣，憚我不暇。念彼共人，睠睠懷顧。豈不懷歸，畏此譴怒。

身獨而事衆。（嚴緝）

昔以是時往，至今未知何時可還，而歲已莫矣。蓋身獨而事衆，是以勤勞而不暇也。（呂記）

昔我往矣，日月方奥。曷云其還，政事愈蹙。歲聿云莫，采蕭穫菽。心之憂矣，自詒伊戚。念彼共人，興言出宿。豈不懷歸，畏此反覆。

今未知還期，而政事益以促急，是以至此歲莫采蕭穫菽之時，而不得歸也。（呂記，段解）

不能見幾遠去，而自遺此憂。（段解）

畏此反覆，王政險側，不可知也。（呂記，段解）

嗟爾君子，無恒安處。靖共爾位，正直是與。神之聽之，式穀以女。

以，猶與也。（呂記，嚴緝，段解）

無以安處爲恒，言尚有勞時，勿懷安也。（段解）

嗟爾君子，無恒安息。靖共爾位，好是正直。神之聽之，介爾景福。

好是正直，愛此正直之人也。（段解）

鼓鐘

刺幽王也。

鼓鐘將將，淮水湯湯，憂心且傷。淑人君子，懷允不忘。

淮水，出信陽軍桐柏山，至楚州漣水軍入海。（嚴緝，段解）

鼓鐘喈喈，淮水湝湝，憂心且悲。淑人君子，其德不回。

回，邪也。（嚴緝）

鼓鐘伐鼛，淮有三洲，憂心且妯。淑人君子，其德不猶。

不猶，言不若今王之荒亂。（呂記，段解）

鼓鐘欽欽，鼓瑟鼓琴，笙磬同音。以雅以南，以籥不僭。

僭，亂也。（呂記，嚴緝，段解）

琴瑟在堂，笙磬在下。同音，言其和也。以雅以南，以籥不僭，言三者皆不僭也。（呂記，段解）

楚茨

刺幽王也。政煩賦重，田萊多荒，饑饉降喪，民卒流亡，祭祀不饗，故君子思古焉。

楚楚者茨，言抽其棘。自昔何爲，我蓺黍稷。我黍與與，我稷翼翼。我倉既盈，我庾維億。以爲酒食，以享以祀，以妥以侑，以介景福。

抽，謂其條抽發。（呂記，嚴緝，段解）

郊特牲曰：「詔妥尸。」蓋祭祀筮族人之子爲尸，既奠迎之，使處神坐，而拜以安之也。又懼其不敢飽也，使祝進而勸之食，所以侑之也。（段解）

濟濟蹌蹌，絜爾牛羊，以往烝嘗。或剥或亨，或肆或將，祀祭于祊。祀事孔明，先祖是皇，神保是饗。孝孫有慶，報以介福，萬壽無疆。

鄭氏讀肆爲剔，謂剔其骨體而升之俎也，亦通。（呂記，段解）

明，猶備也，著也。（呂記，嚴緝，段解）

神保，鬼神之嘉號。楚辭曰：「思靈保兮賢姱（匈于反）。」蓋古語然也。（呂記，段解）

姱，音誇，協韻音尸。（嚴緝）

執爨踖踖，爲俎孔碩，或燔或炙。君婦莫莫，爲豆孔庶，爲賓爲客。獻醻交錯，禮儀卒度，笑語卒獲。神保是格，報以介福，萬壽攸酢。

爲賓爲客，言既以此豆獻尸，又與賓客相獻酬也。（呂記，段解）獲，得其宜也。（呂記，嚴緝，段解）

我孔熯矣，式禮莫愆。工祝致告，徂賚孝孫。苾芬孝祀，神嗜飲食。卜爾百福，如幾如式。既齊既稷，既匡既敕。永錫爾極，時萬時億。

卜，猶期也。（呂記）

禮儀既備，鐘鼓既戒。孝孫徂位，工祝致告。神具醉止，皇尸載起。鼓鐘送尸，神保聿歸。諸宰君婦，廢徹不遲。諸父兄弟，備言燕私。

鬼神無形，言其醉而歸者，誠敬之至，如見之也。（呂記，段解）皇尸者，尊稱也。（呂記，嚴緝，段解）

樂具入奏，以綏後禄。爾殽既將，莫怨具慶。既醉既飽，小大稽首。神嗜飲食，使君壽考。孔惠孔時，維其盡之。子子孫孫，勿替引之。

凡廟之制，前廟後寢，祭於廟，而燕於寢。（呂記，段解）故於此將燕而祭之時之樂，皆入奏於寢也。（嚴緝）且於祭既受禄矣，故以燕爲將受後禄而綏之也。爾殽既進，與燕之人無有怨者，而皆歡慶醉飽，稽首而言曰：向者之祭神，既嗜君之飲食矣，是以使君壽考也。又言君之祭祀甚順甚時，無所不盡，子子孫孫當不廢而引長之也。（呂記，段解）

信南山

刺幽王也。不能修成王之業，疆理天下以奉禹功，故君子思古焉。

信彼南山，維禹甸之。畇畇原隰，曾孫田之。我疆我理，南東其畝。

將言原隰墾闢之事，故推其始。（呂記，段解）

上天同雲，雨雪雰雰。益之以霢霂，既優既渥。既霑既足，生我百穀。

同雲，雲一色也，將雪之候如此。（呂記，嚴緝，段解）

疆場翼翼，黍稷彧彧。曾孫之穡，以爲酒食。畀我尸賓，壽考萬年。

中田有廬，疆場有瓜。是剥是菹，獻之皇祖。曾孫壽考，受天之祜。

祭以清酒，從以騂牡，享于祖考。執其鸞刀，以啟其毛，取其血膋。

是烝是享，苾苾芬芬。祀事孔明，先祖是皇。報以介福，萬壽無疆。

烝，或曰冬祭名。（呂記，段解）

甫田

刺幽王也。君子傷今而思古焉。

倬彼甫田，歲取十千。我取其陳，食我農人，自古有年。今適南畝，或耘或耔，黍稷薿薿。攸介攸止，烝我髦士。

十千，公田所取之數。（呂記，段解）

陳，舊粟也。（呂記，嚴緝，段解）

薿，茂盛貌。（呂記，段解）

取其陳以食農人，言積之久而有餘，於是存其新，而散其舊，以補不足，助不給也。蓋以自古有年，是以陳陳相因，所積如此。然其用之節，又合宜而有序如此，則無紅腐而不可食之患矣。（呂記，段解）

進我俊士而勞之也。（呂記，段解）

以我齊明，與我犧羊。以社以方，我田既臧。農夫之慶，琴瑟擊鼓。以御田祖，以祈甘雨，以介我稷黍，以穀我士女。

齊，與粢同，曲禮曰：「稷曰明粢。」此言齊明，便文以協韻爾。（呂記，嚴緝，段解）

言奉其齊盛犧牲以祭方社，而曰：我田之所以臧善者，非我之所以致也，乃賴農夫之福而致之耳。（段解）

四時迎五行之氣於郊，以五帝五官配焉。木之帝曰太皞，官曰句芒；火之帝曰炎帝，官曰祝融；土之帝曰黄帝，官曰后土；金之帝曰少皞，官曰蓐收；水之帝曰顓頊，官曰玄冥。（呂記）

曾孫來止，以其婦子，饁彼南畝。田畯至喜，攘其左右，嘗其旨否。禾易長畝，終善且有。曾孫不怒，農夫克敏。

有，猶多也。（呂記，段解）

言其上下相親之甚也。（呂記，段解）

曾孫之稼，如茨如梁。曾孫之庾，如坻如京。乃求千斯倉，乃求萬斯箱。黍稷稻粱，農夫之慶。報以介福，萬壽無疆。

箱，車箱也。如茨，言其密比也。如梁，言其穹然也。（呂記，嚴緝，段解）

大田

刺幽王也。言矜寡不能自存焉。

大田多稼，既種既戒，既備乃事。以我覃耜，俶載南畝，播厥百穀。既庭且碩，曾孫是若。

戒，飭其具也。（呂記，嚴緝，段解）

既方既皁，既堅既好，不稂不莠。去其螟螣，及其蟊賊，無害我田穉。田祖有神，秉畀炎火。

稂、莠，皆害苗之草也。（段解）

螟、螣、蟊、賊，皆害苗之蟲也。（段解）

田祖有神乎，則爲我持此四蟲而付之炎火之中，使消亡也。此禱辭也。姚崇遣使捕蝗，引此爲證。夜中設火，火邊設坑，且焚且瘞。（呂記，段解）

有渰萋萋，興雨祁祁。雨我公田，遂及我私。彼有不穫穉，此有不斂穧。彼有遺秉，此有滯穗，伊寡婦之利。

萋萋，盛貌。（嚴緝）

冀怙君德，而蒙其福耳。書所謂「一人有慶，兆民賴之」也。（段解）

此見其豐成有餘，而不盡取，又與鰥寡共之。蓋既足爲不費之惠，而亦不棄於地也。不然，則粒米狼戾，不殆於輕視天物而慢棄之乎。（呂記，段解）

曾孫來止，以其婦子，饁彼南畝，田畯至喜。來方禋祀，以其騂黑，與其黍稷，以享以祀，以介景福。

瞻彼洛矣

刺幽王也。思古明王能爵命諸侯，賞善罰惡焉。

瞻彼洛矣，維水泱泱。君子至止，福禄如茨。韎韐有奭，以作六師。

君子，指天子也。（嚴緝）

言諸侯至此洛水之上，受寵賜之厚，而又帥天子之六師以討有罪也。（呂記，段解）

瞻彼洛矣，維水泱泱。君子至止，鞞琫有珌。君子萬年，保其家室。

瞻彼洛矣，維水泱泱。君子至止，福禄既同。君子萬年，保其家邦。

同，猶聚也。（呂記，段解）

裳裳者華

刺幽王也。古之仕者世禄，小人在位，則讒諂並進，棄賢者之類，絶功臣之世焉。

此詩四章，皆美賢者之類，功臣之世，德譽文章威儀之盛，似其先人，以見不可廢絶之意。蓋周之先王，於國之子弟，盡其教養之方，故其成就若此。雖更幽厲之衰，而不忘也。（呂記，段解）

裳裳者華，其葉湑兮。我覯之子，我心寫兮。我心寫兮，是以有譽處兮。

夫能使見者悦慕如此，則其有譽處宜矣。（呂記，段解）

裳裳者華，芸其黄矣。我覯之子，維其有章矣。維其有章矣，是以有慶矣。

有文章，斯有福慶矣。（呂記，段解）

裳裳者華，或黄或白。我覯之子，乘其四駱。乘其四駱，六轡沃若。

言其車馬威儀之盛。（呂記，段解）

左之左之，君子宜之。右之右之，君子有之。維其有之，是以似之。

言其先世之君子，才德全備，以左之則無所不宜，以右之則無所不有，是以其子孫肖似之而如此也。（呂記，段解）

詩卷第十四

桑扈之什二之七

桑扈

刺幽王也。君臣上下動無禮文焉。

交交桑扈，有鶯其羽。君子樂胥，受天之祐。

君子，諸侯也。（嚴緝）

交交桑扈，有鶯其領。君子樂胥，萬邦之屏。

之屏之翰，百辟爲憲。不戢不難，受福不那。

兕觵其觩，旨酒思柔。彼交匪敖，萬福來求。

觩，角上曲貌。頌作捄，春秋穀梁傳作斛，與此字同。旨，美也。思，語辭也。（吕記，段解，嚴緝）

交際之間，無所傲慢，則無事於求福，而福反求之矣。（吕記，段解）

鴛鴦

刺幽王也。思古明王，交於萬物有道，自奉養有節焉。

鴛鴦于飛，畢之羅之。君子萬年，福禄宜之。鴛鴦在梁，戢其左翼。君子萬年，宜其遐福。乘馬在厩，摧之秣之。君子萬年，福禄艾之。乘馬在厩，秣之摧之。君子萬年，福禄綏之。

頍弁

諸公刺幽王也。暴戾無親，不能宴樂同姓，親睦九族，孤危將亡，故作是詩也。

有頍者弁，實維伊何？爾酒既旨，爾殽既嘉，豈伊異人，兄弟匪他。蔦與女蘿，施于松柏。未見君子，憂心奕奕。既見君子，庶幾説懌。

匪他，非他人也。（呂記，段解）

以比兄弟親戚纏綿依附之意。（段解）

有頍者弁，實維何期？爾酒既旨，爾殽既時，豈伊異人，兄弟具來。蔦與女蘿，施于松上。未見君子，憂心怲怲。既見君子，庶幾有臧。有頍者弁，實維在首。爾酒既旨，爾殽既阜，豈伊異人，兄弟甥舅。如彼雨雪，先集維霰。死喪無日，無幾相見。樂酒今夕，君子維宴。

言霰集則將雪之候，以比老至則將死之候也。故卒章言死喪無日，無幾相見矣，但當樂飲以盡今夕之歡，篤親親之義也。（段解）

車舝

大夫刺幽王也。褒姒嫉妬，無道並進，讒巧敗國，德澤不加於民，周人思得賢女以配君子，故作是詩也。

間關車之舝兮，思孌季女逝兮。匪饑匪渴，德音來括。雖無好友，式燕且喜。

間關，設舝聲也。（吕記，段解）

匪饑也，匪渴也，望其德音來會，而心如饑渴耳。（吕記，段解）

依彼平林，有集維鷮。辰彼碩女，令德來教。式燕且譽，好爾無射。

以令德來配君子而教誨之，是以式燕且譽，而悦慕之無厭也。（吕記，段解）

雖無旨酒，式飲庶幾。雖無佳殽，式食庶幾。雖無德與女，式歌且舞。

旨、嘉，皆美也。言得賢女以配君子，則其喜如此，雖無旨酒佳殽美德以及賓客，然飲食歌舞有所不能自已。（吕記，段解）

陟彼高岡，析其柞薪。析其柞薪，其葉湑兮。鮮我覯爾，我心寫兮。

高山仰止，景行行止。四牡騑騑，六轡如琴。覯爾新昏，以慰我心。

景行，大道也。（吕記，段解）

青蠅

大夫刺幽王也。

營營青蠅，止于樊。豈弟君子，無信讒言。

營營青蠅，止于棘。讒人罔極，交亂四國。

營營青蠅，止于榛。讒人罔極，構我二人。

己與聽者爲二人。（吕記，段解）

賓之初筵

衛武公刺時也。幽王荒廢，媟近小人，飲酒無度，天下化之，君臣上下沈湎淫液。

武公既入，而作是詩也。

賓之初筵，左右秩秩。籩豆有楚，殽核維旅。酒既和旨，飲酒孔偕。鍾鼓既設，舉醻逸逸。大侯既抗，弓矢斯張。射夫既同，獻爾發功。發彼有的，以祈爾爵。

舉醻，舉所奠之醻爵也。按儀禮：主人酌賓，曰獻；賓既酢主人，主人又自飲而酌賓，曰醻。賓受之，奠於席前而不舉。至旅，而遂舉所奠之爵，交錯以徧也。（呂記，嚴緝，段解）

射夫既同，比其耦也。（呂記，嚴緝，段解）

爵射不中者，飲豐上之觶也。射者與其耦十發，發矢之時，各心競云：我以此求爵女也。（呂記，段解）

籥舞笙鼓，樂既和奏。烝衎烈祖，以洽百禮。百禮既至，有壬有林。錫爾純嘏，子孫其湛。其湛曰樂，各奏爾能。賓載手仇，室人入又。酌彼康爵，以奏爾時。

錫，神錫之也。（呂記，段解）

嘏，福也。（呂記，段解）

或曰：康，讀曰抗，記曰：「崇坫康圭。」謂坫上之爵也。（呂記，段解）

百禮，禮之備也，言其禮之盛大也。既錫爾福，及爾子孫，皆獲湛樂也。（呂記，段解）

賓之初筵，温温其恭。其未醉止，威儀反反。曰既醉止，威儀幡幡。舍其坐遷，屢舞僊僊。其未醉止，威儀抑抑。曰既醉止，威儀怭怭。是曰既醉，不知其秩。

賓既醉止，載號載呶。亂我籩豆，屢舞僛僛。是曰既醉，不知其郵。側弁之俄，屢舞傞

傞。既醉而出，並受其福。醉而不出，是謂伐德。飲酒孔嘉，維其令儀。

郵，與尤同。（呂記，嚴緝）

飲酒之所以甚美者，以其有令儀爾，今若此，則無復有儀矣。（呂記，段解）

凡此飲酒，或醉或否。既立之監，或佐之史。彼醉不臧，不醉反耻。式勿從謂，無俾大

怠。匪言勿言，匪由勿語。由醉之言，俾出童羖。三爵不識，矧敢多又。

監史司正之屬，燕禮鄉射恐有解倦失禮者，立司正以監之，察儀法也。（呂記）

式，謂告也。（呂記，嚴緝，段解）

安得從而告之，使勿至於大怠乎。告之若曰：所不當言者勿言，所不當從者勿語，醉而妄言，則當罰汝，使出童羖矣，設言必無之物以恐之也。女飲至三爵，已昏然無所識矣，況敢又多飲乎，又丁寧以戒之也。（呂記，段解）

魚藻

刺幽王也。言萬物失其性，王居鎬京，將不能以自樂，故君子思古之武王焉。

魚在在藻，有頒其首。王在在鎬，豈樂飲酒。

魚在在藻，有莘其尾。王在在鎬，飲酒樂豈。

興也。（呂記）

魚在在藻，依于其蒲。王在在鎬，有那其居。

采菽

刺幽王也。侮慢諸侯，諸侯來朝，不能錫命以禮，數徵會之而無信，君子見微而思古焉。

采菽采菽，筐之莒之。君子來朝，何錫予之？雖無予之，路車乘馬。又何予之？玄衮及黼。

黼，如斧形，刺之於裳也。（呂記，嚴緝）

觱沸檻泉，言采其芹。君子來朝，言觀其旂。其旂淠淠，鸞聲嘒嘒。載驂載駟，君子所届。

興也。（呂記）

觱沸檻泉，則采其芹，諸侯來朝，則觀其旂。見其旂，聞其鸞聲，又見其馬，則知君子之至於是

也。（呂記）

赤芾在股，邪幅在下。彼交匪紓，天子所予。樂只君子，天子命之。樂只君子，福禄申之。

興也。（呂記）

交，際也。（呂記，嚴緝）

言諸侯見於天子，恭敬齋遬，不敢紓緩也。蓋因其服以起興，曰：赤芾在股，則邪幅在下矣。彼交匪紓，則天子所予矣，是以錫之命，而申之以福禄也。（呂記）

維柞之枝，其葉蓬蓬。樂只君子，殿天子之邦。樂只君子，萬福攸同。平平左右，亦是率從。

左右，諸侯之臣也。（呂記，嚴緝）

又言其左右之臣，亦從之而至此也。（呂記）

汎汎楊舟，紼纚維之。樂只君子，天子葵之。樂只君子，福禄膍之。優哉游哉，亦是戾矣。

興也。（呂記）

於是又歎諸侯優游，而至於此也。（呂記）

角弓

父兄刺幽王也。不親九族，而好讒佞，骨肉相怨，故作是詩也。

騂騂角弓，翩其反矣。兄弟昏姻，無胥遠矣。

角弓，以角飾弓。（呂記）

翩，反貌。（呂記，嚴緝）

爾之遠矣，民胥然矣。爾之教矣，民胥傚矣。

此令兄弟，綽綽有裕。不令兄弟，交相爲瘉。

言王化之不善，此善兄弟則綽綽有餘而不變，彼不善之兄弟，則由此而交相病矣。（呂記）

民之無良，相怨一方。受爵不讓，至于己斯亡。

一方，彼一方也。（呂記，嚴緝）

相怨者各據其一方耳。若以責人之心責己，愛己之心愛人，使彼己之間交見而無蔽，則豈有相怨者哉！（呂記）

老馬反爲駒，不顧其後。如食宜饇，如酌孔取。

已多而宜飽矣，其酌之所取，亦已甚矣。（呂記）

毋教猱升木，如塗塗附。君子有徽猷，小人與屬。
雨雪瀌瀌，見晛曰消。莫肯下遺，式居婁驕。
雨雪浮浮，見晛曰流。如蠻如髦，我是用憂。

菀柳

刺幽王也。暴虐無親，而刑罰不中，諸侯皆不欲朝，言王者之不可朝事也。

有菀者柳，不尚息焉。上帝甚蹈，無自暱焉。俾予靖之，後予極焉。
有菀者柳，不尚愒焉。上帝甚蹈，無自瘵焉。俾予靖之，後予邁焉。
有鳥高飛，亦傅于天。彼人之心，于何其臻。曷予靖之，居以凶矜。

詩卷第十五

都人士之什二之八

都人士

周人刺衣服無常也。古者長民，衣服不貳，從容有常，以齊其民，则民德歸壹，傷今不復見古人也。

彼都人士，狐裘黄黄。其容不改，出言有章。行歸于周，萬民所望。

都，王都也。（吕記，嚴緝）

黄黄，狐裘色也。不改，有常也。章，文章也。（吕記，嚴緝）

彼都人士，臺笠緇撮。彼君子女，綢直如髮。我不見兮，我心不説。

緇撮，其制小，僅可撮其髻也。（吕記）

彼都人士，充耳琇實。彼君子女，謂之尹吉。我不見兮，我心苑結。

尹吉，未詳。（吕記）

彼都人士，垂帶而厲。彼君子女，卷髮如蠆。我不見兮，言從之邁。

言從之邁，思之甚也。（呂記）

匪伊垂之，帶則有餘。匪伊卷之，髮則有旟。我不見兮，云何盱矣。

盱，望也。（呂記）

言其自然閑美，不假修飾也。（呂記）

采緑

刺怨曠也。幽王之時，多怨曠者也。

終朝采緑，不盈一匊。予髮曲局，薄言歸沐。

沐，蓋以待君子之歸也。（呂記）

終朝采藍，不盈一襜。五日爲期，六日不詹。

詹，與瞻同。五日爲期，去時之約也。六日不詹，過期而不見也。（呂記，嚴緝）

之子于狩，言韔其弓。之子于釣，言綸之繩。

望之切，愛之之深也。（呂記）

其釣維何？維魴及鱮。維魴及鱮，薄言觀者。

黍苗

刺幽王也。不能膏潤天下，卿士不能行召伯之職焉。

芃芃黍苗，陰雨膏之。悠悠南行，召伯勞之。

悠悠，遠行之意。（嚴緝）

我任我輦，我車我牛，我行既集，蓋云歸哉。

我徒我御，我師我旅，我行既集，蓋云歸處。

肅肅謝功，召伯營之。烈烈征師，召伯成之。

謝功，謝邑之事也。（吕記，嚴緝）

原隰既平，泉流既清。召伯有成，王心則寧。

隰桑

刺幽王也。小人在位，君子在野，思見君子，盡心以事之。

隰桑有阿，其葉有難。既見君子，其樂如何。

隰桑有阿，則其葉有難矣。既見君子，則其樂如何哉。（吕記）

隰桑有阿，其葉有沃。既見君子，云何不樂。

隰桑有阿，其葉有幽。既見君子，德音孔膠。

心乎愛矣，遐不謂矣。中心藏之，何日忘之。

遐，與何同，表記作瑕。（呂記）

謂，猶告也。（呂記）

白華

周人刺幽后也。幽王取申女以爲后，又得褒姒，而黜申后。故下國化之，以妾爲妻，以孽代宗，而王弗能治，周人爲之作是詩也。

白華菅兮，白茅束兮。之子之遠，俾我獨兮。

英英白雲，露彼菅茅。天步艱難，之子不猶。

滮池北流，浸彼稻田。嘯歌傷懷，念彼碩人。

樵彼桑薪，卬烘于煁。維彼碩人，實勞我心。

鼓鍾于宫，聲聞于外。念子懆懆，視我邁邁。

懆懆，憂貌。（呂記）

鼓鍾於宫，聲聞於外矣。念子懆懆，而反視我邁邁，何哉。（呂記）

有鶖在梁，有鶴在林。維彼碩人，實勞我心。

鴛鴦在梁，戢其左翼。之子無良，二三其德。

有扁斯石，履之卑兮。之子之遠，俾我疷兮。

縣蠻

微臣刺亂也。大臣不用仁心，遺忘微賤，不肯飲食教載之，故作是詩也。

縣蠻黄鳥，止于丘阿。道之云遠，我勞如何。飲之食之，教之誨之。命彼後車，謂之載之。

後車，副車也。（呂記）

縣蠻黄鳥，止于丘隅。豈敢憚行，畏不能趨。飲之食之，教之誨之。命彼後車，謂之載之。

縣蠻黄鳥，止于丘側。豈敢憚行，畏不能極。飲之食之，教之誨之。命彼後車，謂之載之。

瓠葉

大夫刺幽王也。上棄禮而不能行，雖有牲牢饔餼，不肯用也，故思古之人，不以微薄廢禮焉。

幡幡瓠葉，采之亨之。君子有酒，酌言嘗之。

有兔斯首，炮之燔之。君子有酒，酌言獻之。

有兔斯首，燔之炙之。君子有酒，酌言酢之。

有兔斯首，燔之炮之。君子有酒，酌言醻之。

漸漸之石

下國刺幽王也。戎狄叛之，荆舒不至，乃命將率東征，役久病於外，故作是詩也。

漸漸之石，維其高矣。山川悠遠，維其勞矣。武人東征，不皇朝矣。

皇，暇也。（吕記）

漸漸之石，維其卒矣。山川悠遠，曷其没矣。武人東征，不皇出矣。

有豕白蹢，烝涉波矣。月離于畢，俾滂沱矣。武人東征，不皇他矣。

畢，星名。（呂記）

苕之華

大夫閔時也。幽王之時，西戎、東夷交侵中國，師旅並起，因之以饑饉。君子閔周室之將亡，傷己逢之，故作是詩也。

苕之華，芸其黄矣。心之憂矣，維其傷矣。

苕之華，其葉青青。知我如此，不如無生。

牂羊墳首，三星在罶。人可以食，鮮可以飽。罶中無魚而水静，但見三星之光而已。言既饉之餘，百物彫耗如此，苟且得食足矣，豈可以望其飽哉。（呂記）

何草不黄

下國刺幽王也。四夷交侵，中國背叛，用兵不息，視民如禽獸，君子憂之，故作是詩也。

何草不黄，何日不行，何人不將，經營四方。

何草不玄，何人不矜。哀我征夫，獨爲匪民。

言從役過時，而不得歸，失其室家之樂也。哀我征夫，豈獨爲非民哉。（呂記）

匪兕匪虎，率彼曠野。哀我征夫，朝夕不暇。

言征夫非兕非虎，何爲使之循曠野，而朝夕不得閑暇也。（呂記）

有芃者狐，率彼幽草。有棧之車，行彼周道。

詩卷第十六

大雅三

文王之什三之一

文王

文王受命作周也。

文王之德業固美矣，詩人所以稱述之者，又極形容之妙，是以其辭尤粹。學者於此而盡心焉，則凡其德性之藴，皆可見矣。（呂記）

文王在上，於昭于天。周雖舊邦，其命維新。有周不顯，帝命不時。文王陟降，在帝左右。

文王在上，尊仰之辭也。於昭于天，歎其德之昭明，上徹於天也。言文王與天同德也。（呂記）

不顯、不時，猶言豈不顯、豈不時也。蓋古語聲急而然。（呂記）

夫文王在上，而於昭于天，則有周之德，豈不顯乎。周雖舊邦，而其命維新，則上帝之命，豈不時乎。德顯命時，間不容息。蓋以文王德合乎天，一陟一降，常若在上帝之左右，與之同運而無違也。（呂記）

亹亹文王，令聞不已。陳錫哉周，侯文王孫子。文王孫子，本支百世。凡周之士，不顯亦世。

所謂亹亹文王，文王非有所勉也，蓋其純一不已，而人見其亹亹也。其德不已，則令聞亦不已。德盛如是，故上帝敷錫於周。維以文王孫子觀之，則可見矣。蓋其本宗，則百世爲天子；支庶，則百世爲諸侯，皆天命也。不惟如此而已，而又及其臣子，使凡周之士，亦世世修德而與周匹休焉。不顯亦世，猶曰豈不顯乎，其亦世也。蓋言其傳世永久，而以不顯二字歎之，以足其辭也。（呂記，嚴緝）

世之不顯，厥猶翼翼。思皇多士，生此王國。王國克生，維周之楨。濟濟多士，文王以寧。

文王之國，能生此衆多之士，則可以爲國之幹，而文王亦賴以爲安矣。（呂記）

穆穆文王，於緝熙敬止。假哉天命，有商孫子。商之孫子，其麗不億。上帝既命，侯于周服。

穆穆，深遠之意。（呂記）

緝熙，繼續光明，亦不已之意。（呂記，嚴緝）

穆穆然文王之德不已，其敬如此。是以大命集焉，以有商孫子觀之，則可見矣。（呂記）

此詩之首言文王之昭於天，而不言其所以昭。次章言其令聞不已，而不言其所以聞。至於四章，然後所以昭明不已者，乃可得而見焉。然亦多詠歎之言，而語其所以爲德之實，則不越乎敬之一字而已。然則後章所謂修厥德而儀刑之者，豈可以他求哉。（嚴緝）

侯服于周，天命靡常。殷士膚敏，祼將于京。厥作祼將，常服黼冔。王之藎臣，無念爾祖。

殷士，商孫子之臣屬也。（呂記）

京，周之京師也。（呂記，嚴緝）

無念，猶豈得無念也。猶不顯之義。（呂記）

先代之後，統承先王，修其禮物，作賓於王家。時王不敢變，而亦所以爲戒也。於是呼王之藎臣而告之曰：得無念爾祖文王之德乎。蓋以戒王而不敢斥言，猶所謂敢告僕夫云爾。（呂記，嚴緝）

無念爾祖，聿修厥德。永言配命，自求多福。殷之未喪師，克配上帝。宜鑒于殷，駿命不易。

聿，發語辭也。（呂記，嚴緝）

殷未失天下之時，蓋常配上帝矣。今其子孫乃如此，宜以爲監而自省焉，則知天命之難保矣。（呂記）

命之不易，無遏爾躬。宣昭義問，有虞殷自天。上天之載，無聲無臭。儀刑文王，萬邦作孚。

遏，絶也。（呂記，嚴緝）

儀，象也。（呂記，嚴緝）

言天命之不宜保，故告之使無自絶其身。武王數紂之惡曰：自絶於天。（呂記）

當布明善問，而度殷之所以興廢，由於天命者如此。（呂記）

子思子曰：「惟天之命，於穆不已。」蓋曰：天之所以爲天也，於乎不顯；文王之德之純，蓋曰：文王之所以爲文也，純亦不已。夫知天之所以爲天，文王之所以爲文，則夫與天同德者，可得而言矣。是詩首言文王在上，於昭于天，文王陟降，在帝左右，而終之以此，其旨深矣。（呂記）

大明

文王有明德，故天復命武王也。

此亦周公戒成王之詩。（嚴緝）

明明在下，赫赫在上。天難忱斯，不易維王。天位殷適，使不挾四方。

挾，謂挾而有之。言在下者有明明之德，則在上者有赫赫之命矣。達於上下，去就無常，此天之所以難忱，而爲君之所以不易也。（吕記，嚴緝）

摯仲氏任，自彼殷商，來嫁于周，曰嬪于京。乃及王季，維德之行。大任有身，生此文王。

殷商，殷商之諸侯也。自周而言，則諸侯皆商也。（吕記，嚴緝）

京，周京也。（吕記，嚴緝）

嬪于京，疊言以釋上句之意，猶曰釐降二女于嬀汭，嬪于虞也。（吕記）

將言文王之聖，而追本所從來者如此，蓋曰：自其父母而已然矣。（嚴緝）

維此文王，小心翼翼，昭事上帝，聿懷多福。厥德不回，以受方國。

小心翼翼，即前篇之所謂敬也。（嚴緝）

回，邪也。（嚴緝）

天鑒在下，有命既集。文王初載，天作之合。在洽之陽，在渭之涘。文王嘉止，大邦有子。

載，年也。（呂記，嚴緝）

洽水，本在今同州郃陽夏陽縣，今流已絶，故去水而加邑。渭水亦逕此而入河也。（嚴緝）

嘉，昏禮也。天之監照，實在於下，其命既集於周矣，故於文王之初年，而默定其配。（呂記）

大邦，莘國也。子，大姒也。大姒之大，音泰。（嚴緝）

洽陽渭涘，當文王將昏之期，而大邦有子，蓋曰非人之所能爲矣。（呂記）

將言武王伐商之事，故此又推其本而言之。（嚴緝）

大邦有子，俔天之妹。文定厥祥，親迎于渭。造舟爲梁，不顯其光。

文，禮也。祥，吉也。（呂記，嚴緝）

有命自天，命此文王。于周于京，纘女維莘。長子維行，篤生武王。保右命爾，燮伐大商。

行，嫁也。（呂記）

天既命文王於周之京矣，而克纘大任之女事者，惟此莘國以其長女來嫁於我也。天又篤厚之，使生武王，保之助之命之，而使之順天命，以伐商也。（呂紀）

殷商之旅，其會如林。矢于牧野，維予侯興。上帝臨女，無貳爾心。

予侯，猶云我后也，商人之稱武王也。（嚴緝）

武王非必有所疑也，設言以見衆心之同，非武王之得已耳。（嚴緝）

牧野洋洋，檀車煌煌。駟騵彭彭，維師尚父，時維鷹揚。涼彼武王，肆伐大商，會朝清明。

洋洋，廣大之貌。（呂記）

師尚父，太公望爲太師，而號尚父也。（呂記，嚴緝）

肆，遂也。（呂記，嚴緝）

縣

文王之興，本由大王也。

緜緜瓜瓞，民之初生。自土沮漆，古公亶父。陶復陶穴，未有家室。

瓜之近本初生者常小，至末而後大。（嚴緝）

自，從也。土，地也。言周人始生在此沮漆之地也。（呂記，嚴緝）

古公亶父，來朝走馬。率西水滸，至于岐下。爰及姜女，聿來胥宇。

周原膴膴，堇荼如飴。爰始爰謀，爰契我龜。曰止曰時，築室于兹。

迺慰迺止，迺左迺右，迺疆迺理，迺宣迺畝。自西徂東，周爰執事。

周，徧也，言靡事不爲也。（呂記，嚴緝）

乃召司空，乃召司徒，俾立室家。其繩則直，縮版以載，作廟翼翼。捄之陾陾，度之薨薨，築之登登，削屢馮馮。百堵皆興，鼛鼓弗勝。迺立皋門，皋門有伉。迺立應門，應門將將。迺立冢土，戎醜攸行。

書：「天子有應門。」春秋書：「魯有雉門。」禮記云：「魯有庫門。」家語云：「衛有庫門。」皆無云諸侯有皋、應者，則皋、應爲天子之門明矣。意者大王之時，未有制度，特作二門，其名如此。及周有天下，遂尊以爲天子之門，而諸侯不得立也。（呂記，嚴緝）

肆不殄厥愠，亦不隕厥問。柞棫拔矣，行道兑矣，混夷駾矣，唯其喙矣。

肆，猶言遂也，承上起下之辭。（呂記，嚴緝）

大王所愠，謂昆夷也。言大王雖不能殄絶昆夷。（呂記）

混夷畏之而奔突竄伏，維其喙息而已。言德盛而混夷自服也。（呂記）

虞芮質厥成，文王蹶厥生。予曰有疏附，予曰有先後，予曰有奔奏，予曰有禦侮。

棫樸

文王能官人也。

自此以下至假樂，皆不知何人所作，疑多出於周公也。（嚴緝）

芃芃棫樸，薪之槱之。濟濟辟王，左右趣之。

濟濟辟王，左右奉璋。奉璋峨峨，髦士攸宜。

左右奉之，亦有趣向辟王之意。（呂記）

淠彼涇舟，烝徒楫之。周王于邁，六師及之。

六師，六軍也。（呂記）

倬彼雲漢，爲章于天。周王壽考，遐不作人。

作人，謂變化鼓舞之也。（呂記，嚴緝）

追琢其章，金玉其相。勉勉我王，綱紀四方。

追之琢之。（嚴緝）

金之玉之。（嚴緝）

旱麓

受祖也。周之先祖，世修后稷公劉之業，大王王季，申以百福干禄焉。

瞻彼旱麓，榛楛濟濟。豈弟君子，干禄豈弟。

興也。（呂記）

君子，指文王也。（嚴緝）

豈弟君子，則其干禄也豈弟矣，猶曰：其争也君子云爾。（呂記）

瑟彼玉瓚，黄流在中。豈弟君子，福禄攸降。

明寶器不薦於褻味而黄流不酌於瓦缶，則如盛德必享於禄壽，而福澤不降於淫人矣。（呂記，嚴緝）

鳶飛戾天，魚躍于淵。豈弟君子，遐不作人。

興也。（呂記）

子思云：「言其上下察也。」借此以形容道體周流，充塞天地，其大無外，其小無内，動静之間，無往不造其極，無有毫髮凝滯倚著之意，其旨深矣。（嚴緝）

清酒既載，騂牡既備，以享以祀，以介景福。

備，全具也。（呂記）

瑟彼柞棫，民所燎矣。豈弟君子，神所勞矣。

莫莫葛藟，施于條枚。豈弟君子，求福不回。

興也。（呂記）

思齊

文王所以聖也。

思齊大任，文王之母。思媚周姜，京室之婦。大姒嗣徽音，則百斯男。

思，語辭也。（呂記，嚴緝）

周姜，大王之妃大姜也。（呂記，嚴緝）

京，周也。（呂記，嚴緝）

百男，舉成數而言其多也。春秋傳曰：「管、蔡、郕、霍，魯、衛、毛、聃，畢、原、豐、郇，文之昭也。」並伯邑考、武王爲十八人。然此特其見於書傳者也，亦可以見其多也。（呂記，嚴緝）

言此莊敬之大任，乃文王之母，實能媚於周姜，而稱其爲周室之婦。

惠于宗公，神罔時怨，神罔時恫。刑于寡妻，至于兄弟，以御于家邦。

言文王上有聖母，所以成之者遠；内有賢妃，所以助之者深。故能順於先公，而鬼神歆之，無怨恫者。其儀法内施於閨門，而至於兄弟，以御於家邦也。（呂記）

家齊而後國治。（嚴緝）

雝雝在宫，肅肅在廟。不顯亦臨，無射亦保。

不顯，幽隱之處也。（呂記，嚴緝）
雖居幽隱，亦常若有臨之者。雖無厭射，亦常有所守焉。言其純而不已如是。（呂記）
肆戎疾不殄，烈假不瑕。不聞亦式，不諫亦入。
雖事之無所前聞者，而亦無不合於法度。雖無諫諍之者，而亦未嘗不入於善。（呂記）
肆成人有德，小子有造。古之人無斁，譽髦斯士。
冠以上爲成人。小子，童子也。（呂記，嚴緝）
凡所以致是者，蓋由文王之德純而不已，無有厭斁。（呂記）

皇矣

美周也。天監代殷莫若周，周世世修德，莫若文王。

皇矣上帝，臨下有赫。監觀四方，求民之莫。維此二國，其政不獲。維彼四國，爰究爰度。上帝耆之，憎其式廓，乃眷西顧，此維與宅。
此謂岐周之地也。天以岐周與大王，爲居宅也。（嚴緝）
作之屏之，其菑其翳。修之平之，其灌其栵。啟之辟之，其檉其椐。攘之剔之，其檿其柘。帝遷明德，串夷載路。天立厥配，受命既固。

作，拔起也。（吕記）

翳，或云：小木蒙密蔽翳者也。（吕記）

檿與柘，皆美材，可爲弓幹，又可蠶也。（吕記）

帝遷明德，謂遷此明德之君於岐周也。（吕記）

天以其德可配天，而立之於此，則其受命堅固而不易矣。（吕記）

帝省其山，柞棫斯拔，松柏斯兑。帝作邦作對，自大伯王季。維此王季，因心則友，則友其兄，則篤其慶。載錫之光，受禄無喪，奄有四方。

兄，謂太伯。（吕記，嚴緝）

王季所以友其兄者，因其心之自然。既受太伯之讓，則益修其德，以厚周家之慶，而與其兄以讓德之光，猶曰彰其知人之明，不爲徒讓耳。其德如是，故能受天禄而不失，至于文武，而奄有四方也。（吕記）

維此王季，帝度其心。貊其德音，其德克明。克明克類，克長克君。王此大邦，克順克比。比于文王，其德靡悔。既受帝祉，施于孫子。

不僭，故人慶其賞；不濫，故人畏其刑。（吕記）

帝度其心，猶言天誘其衷，使能制義也。（吕記）

帝謂文王，無然畔援，無然歆羨，誕先登于岸。密人不恭，敢距大邦，侵阮徂共。王赫斯怒，爰整其旅，以按徂旅，以篤于周祜，以對于天下。

上旅，周師也。下旅，密人也。（呂記，嚴緝）

依其在京，侵自阮疆。陟我高岡，無矢我陵，我陵我阿。無飲我泉，我泉我池。度其鮮原，居岐之陽，在渭之將。萬邦之方，下民之王。

文王在周之京，所整之兵，既按密人，遂從阮疆而出以侵密，所陟之岡，即爲我岡。（呂記，嚴緝）

居岐之陽，在渭之將，今在京兆府咸陽縣。（嚴緝）

帝謂文王，予懷明德，不大聲以色，不長夏以革，不識不知，順帝之則。帝謂文王，詢爾仇方，同爾兄弟，以爾鉤援，與爾臨衝，以伐崇墉。

懷，眷念也。（嚴緝）

不長夏以革，未詳其義。或曰：長，尊尚也。革，兵也。不尊尚强大兵革，而人自服也。（呂記）

此皆文王之明德，上帝之所懷也。（呂記）

仇方，仇國也。兄弟，與國也。（嚴緝）

按史記：崇侯虎譖西伯於紂，紂囚西伯於羑里。紂赦西伯，賜之弓矢鈇鉞，得專征伐。曰：譖西伯者，崇侯虎也。西伯歸，三年，伐崇侯虎，而作豐邑。（呂記，嚴緝）

崇，國名，在今京兆府鄠縣。鄠，音户。（嚴緝）

臨衝閑閑，崇墉言言，執訊連連，攸馘安安。是類是禡，是致是附，四方以無侮。臨衝茀茀，崇墉仡仡，是伐是肆，是絶是忽，四方以無拂。

拂，戾也。（吕記）

臨衝閑閑，崇墉言言，執訊連連，攸馘安安，皆城下之戰也。（吕記）

言文王緩攻徐戰，告祀群神，以致附來者，而威德被於四方也。（吕記）

春秋傳曰：「文王伐崇，三旬不降。退修教而復伐之，因壘而降。」夫始攻之緩戰之徐也，非力不足也，非示之弱也，將以致附而全之也。及其終不下而肆之也，則天誅不可以留，而罪人不可以不得故也。此所謂文王之師也。（吕記，嚴緝）

靈臺

民始附也。文王受命，而民樂其有靈德，以及鳥獸昆蟲焉。

經始靈臺，經之營之。庶民攻之，不日成之。

靈，言其如神靈之所爲也。（吕記）

不日，不終日也。（吕記）

經始勿亟，庶民子來。王在靈囿，麀鹿攸伏。

經始勿亟，文王恐煩民，令勿亟作也。庶民子来，如子趨父事，不召而自來也。（吕記）

麀鹿濯濯，白鳥翯翯。王在靈沼，於牣魚躍。

翯翯，潔白貌。（嚴緝）

虡業維樅，賁鼓維鏞。於論鼓鍾，於樂辟廱。

樅，崇牙之樅。樅，峻峙貌也。（吕記）

王制論學曰：「天子曰辟廱，諸侯曰泮宫。」説者以爲，辟廱，大射行禮之處也，水旋丘如壁，以節觀者。泮宫，諸侯鄉射之宫也，其水半之，蓋東西門以南通水，北無也。故振鷺之詩曰：「振鷺于飛，于彼西廱。」説者以廱爲澤，蓋即旋丘之水，而其學即所謂澤宫也。蓋古人之學，與今不同，孟子所謂「序者射也」，則學蓋有以射爲主者矣。蘇氏引莊周言「文王有辟廱之樂」，遂以辟廱亦爲樂名，而曰：「古人以樂教胄子，則未知學以樂而得名歟？樂以學而得名歟？」則是又以爲習樂之所也。張子亦曰：「辟廱，古無此名，其制蓋始於此。及周有天下，遂以名天子之學，而諸侯不得立焉。」記所謂「魯人將有事於上帝，必先有事於泮宫」者，蓋射以擇士云爾。（吕記）

於論鼓鍾，於樂辟廱。鼉鼓逢逢，矇瞍奏公。

下武

繼文也。武王有聖德，復受天命，能昭先人之功焉。

下武維周，世有哲王。三后在天，王配于京。

在天，既殁而其神在天也。（吕記，嚴緝）

王配于京，世德作求。永言配命，成王之孚。

成王之孚，下土之式。永言孝思，孝思維則。

武王既成王業，天下咸法則之，亦法其孝思而已。蓋求其世德而成王之孚，孝思之至，孰大於是。（吕記）

媚兹一人，應侯順德。永言孝思，昭哉嗣服。

昭兹來許，繩其祖武。於萬斯年，受天之祜。

受天之祜，四方來賀。於萬斯年，不遐有佐。

賀，朝賀也。周末秦强，天子致胙，諸侯皆賀。（吕記，嚴緝）

文王有聲

繼伐也。武王能廣文王之聲，卒其伐功也。

文王有聲，遹駿有聲。遹求厥寧，遹觀厥成。文王烝哉。

文王受命，有此武功。既伐于崇，作邑于豐。文王烝哉。

酆，即崇國之地，在京兆鄠縣杜陵西南。鄠，音户。（嚴緝）

築城伊淢，作豐伊匹。匪棘其欲，遹追來孝。王后烝哉。

文王作豐邑之城，因舊淢爲限而築之。（呂記）

非欲亟成己之所欲也，述追先人之志，而來致其孝耳。王后，亦指文王也。（呂記）

王公伊濯，維豐之垣。四方攸同，王后維翰。王后烝哉。

四方於是來歸，而以文王爲禎幹也。（呂記）

豐水東注，維禹之績。四方攸同，皇王維辟。皇王烝哉。

皇王，有天下之號，指武王也。（呂記，嚴緝）

鎬京辟廱，自西自東，自南自北，無思不服。皇王烝哉。

無思不服，心服也。孟子曰：「天下不心服而王者，未之有也。」（呂記）

考卜維王，宅是鎬京。維龜正之，武王成之。武王烝哉。

豐水有芑，武王豈不仕。詒厥孫謀，以燕翼子。武王烝哉。

武王豈無所事乎，詒厥孫謀，以燕翼子，則武王之事也。（吕記）

詩卷第十七

生民之什三之二

生民

尊祖也。后稷生於姜嫄，文武之功起於后稷，故推以配天焉。

此詩未詳所用，豈郊祀之後，亦有受釐頒胙之禮也歟？（段解）

厥初生民，時維姜嫄。生民如何？克禋克祀，以弗無子。履帝武敏歆，攸介攸止，載震載夙，載生載育，時維后稷。

民，人也，謂周人也。（呂記，段解）

克禋克祀，蓋祭天於郊，而以先禖配也。（段解）

以敏字繫於履帝武之下，則歆字加於攸介攸止全句之上，皆不成文也。（呂記，段解）

毛氏謂后稷爲帝嚳之子，與史記等書合。鄭謂帝嚳之孫之子，則據緯書運曆序言高辛傳十世四百年爲說。（段解）

推本其始生之祥，明其受命於天，固有以異於常人也。然巨蹟之説，先儒或頗疑之，而張子曰：「天地之始，固未嘗先有人也。則人固有化而生者矣，蓋天地之氣生之也。」蘇氏亦曰：「凡物之異於常物者，其取天地之氣弘多，故其生或異。麒麟之生異於犬羊，蛟龍之生異於魚鱉，物固有然者矣。神人之生而有以異於人，何足怪哉。學者以耳目之陋，而不信萬物之變。聖人則不然，河圖洛書，契之生見於詩、易，不以爲怪。」其説蓋廣如此。（段解）

毛公説姜嫄出祀郊禖，履帝嚳之迹而行，將事齊敏。鄭氏説姜嫄見大人迹，而履其拇。二家之説不同，古今諸儒多是毛而非鄭。然按史記亦云：「姜嫄見大人迹，心忻然欲踐之。踐之而身動如孕。」則亦非鄭之臆説矣。（呂記，嚴緝）

誕彌厥月，先生如達。不坼不副，無菑無害。以赫厥靈，上帝不寧，不康禋祀，居然生子。

此篇多誕字，皆訓爲大，後有不甚通者，疑但發語辭耳。（呂記，段解）

先生，首生也。（呂記，嚴緝）

居然，猶徒然也。（呂記，段解）

上帝豈不寧、不康我之禋祀乎，而使我無人道，而徒然生是子也。（呂記，段解）

誕寘之隘巷，牛羊腓字之。誕寘之平林，會伐平林。誕寘之寒冰，鳥覆翼之。鳥乃去矣，后稷呱矣。

會，值也。（呂記，嚴緝，段解）

無人道而生子，或者以爲不祥，故棄之。（呂記，段解）

泣，則不死也。（嚴緝）

有此異也，故收而養之。（段解）

實覃實訏，厥聲載路。誕實匍匐，克岐克嶷，以就口食。蓺之荏菽。荏菽旆旆，禾役穟穟，麻麥幪幪，瓜瓞唪唪。

口食，自能食也，蓋六七歲時也。（呂記，嚴緝）

旆旆，揚起也。（嚴緝）

滿路，言其聲之大。（段解）

誕后稷之穡，有相之道。茀厥豐草，種之黃茂。實方實苞，實種實褎，實發實秀，實堅實好，實穎實栗。即有邰家室。

苞，甲而未坼也。實方實苞，此漬其種也。種，布種也。褎，漸長也。（呂記）

后稷之穡如此，堯以其有成功於民，封於邰，使即其母家而居之，以主姜嫄之祀，故周人亦世祀姜嫄焉。（呂記，段解）

誕降嘉種，維秬維秠，維穈維芑。恒之秬秠，是穫是畝。恒之穈芑，是任是負。以歸肇祀。

降，言教民稼穡，是降於民也。書云「稷降播種」是也。（嚴緝）

秬、秠言穫、畝，穈、芑言任、負，互文耳。（呂記，段解）

誕我祀如何？或舂或揄，或簸或蹂。釋之叟叟，烝之浮浮。載謀載惟，取蕭祭脂，取羝以軷。載燔載烈，以興嗣歲。

我祀，承上章而言后稷之祀也。（嚴緝，段解）

取蕭祭脂，宗廟之祭。（嚴緝）

或蹂禾取穀以繼之。（呂記，段解）

謀、惟，戒祭祀之事也。於是或取蕭以祭脂，或取羝以犯軷，或燔之，或烈之，四者皆祭祀之事。（呂記，段解）

卬盛于豆，于豆于登。其香始升，上帝居歆。胡臭亶時，后稷肇始。庶無罪悔，以迄于今。

臭，香也。（呂記，段解）

其香始升，而上帝已安饗之，言應之疾也。（呂記）

此何但芳臭之薦，信得其時哉。蓋自后稷之肇祀，則庶無罪悔，以得至於今。（段解）

此章言尊祖配天之祭。（嚴緝）

行葦

忠厚也。周家忠厚，仁及草木，故能内睦九族，外尊事黄耇，養老乞言，以成其福禄焉。

序以詩有「勿踐行葦」，而曰「仁及草木」；有「以祈黄耇」，而曰「尊事黄耇」。養老乞言，則誤也。（吕記，段解）

敦彼行葦，牛羊勿踐履。方苞方體，維葉泥泥。戚戚兄弟，莫遠具爾。

興也。（吕記，段解）

敦，勾萌之時。（段解）

勿，戒止之辭也。（吕記，段解，嚴緝）

泥泥，柔澤貌。（吕記，段解）

莫，猶勿也。（吕記，嚴緝，段解）

此方其開宴設席之初，而慇懃篤厚之意藹然，已見於言語之外矣。（段解）

或肆之筵，或授之几。肆筵設席，授几有緝御。或獻或酢，洗爵奠斝。醓醢以薦，或燔或炙。嘉殽脾臄，或歌或咢。

敦弓既堅，四鍭既鈞。舍矢既均，序賓以賢。

既燕，而射以爲樂也。（呂記，段解）

敦弓既句，既挾四鍭。四鍭如樹，序賓以不侮。

如樹，言其貫革而堅正也。（呂記）

不侮，不以中病不中者也。射以中多爲雋，以不侮爲德。（呂記，嚴緝，段解）

不侮，敬也。令弟子辭，所謂無憮、無傲、無偝立、無踰言者也。（段解）

曾孫維主，酒醴維醹。酌以大斗，以祈黄耇。

此詩作於成王之時，則蓋謂成王也。而説者於他詩所謂曾孫，皆以爲成王，則誤矣。（呂記，段解）

祈黄耇，頌禱之辭。按古器物款識多此語，如云「用蘄萬壽」、「用蘄眉壽，永命多福」、「用蘄眉壽，萬年無疆」，皆此類也。（呂記，段解）

黄耇台背，以引以翼。壽考維祺，以介景福。

既醉

大平也。醉酒飽德，人有士君子之行焉。

序亦與詩不協，疑此詩乃族人相宴答行葦之詩，若小雅之天保云耳。族人親親，故所以視王皆室家子孫之事。（段解）

既醉以酒，既飽以德。君子萬年，介爾景福。

德，王之德也。（呂記，嚴緝，段解）

爾，亦指王也。（呂記，段解）

既醉以酒，爾殽既將。君子萬年，介爾昭明。

將，亦奉持而進之意。（呂記，嚴緝，段解）

昭明有融，高朗令終。令終有俶，公尸嘉告。

融，明之盛也。春秋傳曰：「明而未融。」（呂記，嚴緝）

朗，虛明也。（呂記，嚴緝，段解）

令終，善終也。古器物銘云：「令終令命。」（呂記，嚴緝）

高朗而又令終，所謂攸好德、考終命也。（呂記，段解）

欲善其終者，必善其始。今固未終也，而既有其始矣，於是公尸又嘉告之。（呂記，段解）

其告維何？籩豆静嘉。朋友攸攝，攝以威儀。

朋友，指助祭者。（呂記，嚴緝，段解）

威儀孔時，君子有孝子。孝子不匱，永錫爾類。

孝子，主人之嗣子也。儀禮：「祭祀之終，有嗣舉奠。」（呂記，段解）

其類維何？室家之壼。君子萬年，永錫祚胤。

祚，福也。胤，子孫也。錫之以善，孰大於此。（呂記，段解）

其胤維何？天被爾禄。君子萬年，景命有僕。

言將使爾有子孫者，先當使爾被天禄，而爲天命之所附屬。下章乃言子孫之事。（段解，呂記）

其僕維何？釐爾女士。釐爾女士，從以孫子。

鳧鷖

守成也。大平之君子，能持盈守成，神祇祖考安樂之也。

鳧鷖在涇，公尸來燕來寧。爾酒既清，爾殽既馨。公尸燕飲，福禄來成。

興也。（呂記，段解）

鳧鷖在沙，公尸來燕來宜。爾酒既多，爾殽既嘉。公尸燕飲，福禄來爲。

鳧鷖在渚，公尸來燕來處。爾酒既湑，爾殽伊脯。公尸燕飲，福禄來下。

鳧鷖在潨，公尸來燕來宗。既燕于宗，福禄攸降。公尸燕飲，福禄來崇。

鳧鷖在亹，公尸來止熏熏。旨酒欣欣，燔炙芬芳。公尸燕飲，無有後艱。

假樂

嘉成王也。

假樂君子，顯顯令德。宜民宜人，受禄于天。保右命之，自天申之。

假，中庸、春秋傳皆作嘉。（段解）

天之於成王，反覆眷顧之不厭，既保之右之命之，而又申重之也。（吕記，段解）

干禄百福，子孫千億。穆穆皇皇，宜君宜王。不愆不忘，率由舊章。

威儀抑抑，德音秩秩。無怨無惡，率由群匹。受福無疆，四方之綱。

群匹，群臣也。（吕記，段解）

之綱之紀，燕及朋友。百辟卿士，媚于天子。不解於位，民之攸塈。

燕，安也。言人君能綱紀四方，而臣下賴之以安。（嚴緝）

百辟卿士，媚而愛之，維欲其不解於位，而爲民所安息也。（呂記，段解）

公劉

召康公戒成王也。成王將涖政，戒以民事，美公劉之厚于民，而獻是詩也。

篤公劉，匪居匪康。迺場迺疆，迺積迺倉。迺裹餱糧，于橐于囊。思輯用光，弓矢斯張，干戈戚揚，爰方啟行。

積，露積也。（呂記，嚴緝，段解）

方，猶始也。（呂記，嚴緝，段解）

言厚哉公劉之於民也，其在西戎，不敢寧居，以治其田疇，實其倉廩，既富且强，迺裹其餱糧，思以輯和其人民，而光顯其國家，於是以其弓矢斧鉞之備，爰始啟行，而遷國於豳焉。（呂記，段解）

篤公劉，于胥斯原。既庶既繁，既順迺宣，而無永歎。陟則在巘，復降在原。何以舟之？維玉及瑶，鞞琫容刀。

順，猶安也。宣，居之徧也。維玉及瑶，鞞琫容刀，言公劉帶此佩而上下山原，而相邑居之所也。（呂記，段解）

容刀，容飾之刀也。或曰：容刀如言容受，謂鞞琫之中容此刀也。（段解）

容刀，其中容刀也。（嚴緝）

此章言至豳而相土也。（呂記，段解）

篤公劉，逝彼百泉，瞻彼溥原。迺陟南岡，乃覯于京。京師之野，于時處處，于時廬旅，于時言言，于時語語。

京師，高丘而衆居之也。董氏：「所謂京師者起於此。其後世因以所都爲京師。曰『嬪于京』，『依其在京』，則岐周之京也。『王配于京』，則鎬京也。春秋所書京師，則洛邑也。皆仍其本號而稱之，猶晉之云新絳、故絳也。」愚按：洛邑亦謂之洛師，正京師之意也。於是言其所言，於是語其所語，無不於斯焉。（呂記）

篤公劉，于京斯依。蹌蹌濟濟，俾筵俾几。既登乃依，乃造其曹。執豕于牢。酌之用匏。食之飲之，君之宗之。

登，登筵。依，依几。（段解）

飲食其群臣，而群君之宗之也。（段解）

宗，主也。嫡子孫主祭祀，而族人尊之以爲主焉。（段解）

篤公劉，既溥既長，既景迺岡。相其陰陽，觀其流泉，其軍三單。度其隰原，徹田爲糧。度其夕陽，豳居允荒。

溥，廣也。言其芟夷墾闢土地既廣而且長也。景，考日景以正四方也。岡，登高以望也。相，視也。陰陽，向背寒暖之宜也。流泉，水泉灌溉之利也。（段解）徹，通也。一井之田九百畝，八家皆私百畝，同養公田，耕則通力而作，收則計畝而分也。周之徹法自此始，其後周公蓋因而修之耳。（段解）民至此始受田有常産矣。（吕記，段解）

篤公劉，于豳斯館，涉渭爲亂，取厲取鍛。止基迺理，爰衆爰有。夾其皇澗，遡其過澗。止旅迺密，芮鞫之即。

館，客舍也。（嚴緝）此章總叙其所始終也。亂，舟之截流横渡者，涉渭取材而爲之，以往來取厲取鍛也。厲，砥石也。鍛，鐵也。此言其始來居時，以此成民居及宫室也。既止基於此矣，乃疆理其田野，則日益繁庶富足。其居有夾澗者，有遡澗者。其止居之衆，日以益密，乃復即芮鞫而居之，豳地日以廣矣。（吕記）

泂酌

召康公戒成王也。言皇天親有德，饗有道也。

泂酌彼行潦，挹彼注兹，可以餴饎。豈弟君子，民之父母。

餴，蒸米一熟，而以水沃之，乃再蒸也。（吕記，段解）

遠酌彼行潦，挹之於彼，而注之於此，尚可以餴饎。豈弟君子，豈不爲民之父母乎。民歸之如父母，則皇天親之饗之矣。（吕記，段解）

洞酌彼行潦，挹彼注兹，可以濯罍。豈弟君子，民之攸歸。

洞酌彼行潦，挹彼注兹，可以濯溉。豈弟君子，民之攸墍。

卷阿

召康公戒成王也。言求賢用吉士也。

有卷者阿，飄風自南。豈弟君子，來游來歌，以矢其音。

豈弟君子，指王也。矢，陳也。疑召公從成王遊於卷阿之上，而賦其事，因遂歌以爲戒也。（吕記，段解）

伴奂爾游矣，優游爾休矣。豈弟君子，俾爾彌爾性，似先公酋矣。

伴奂、優游，閑暇之意。爾，皆指王也。（吕記，段解）

自此至第四章，皆極言壽考福禄之盛，以廣王心而歆動之。五章以後，乃告以所以致此之由也。（段解）

爾土宇昄章，亦孔之厚矣。豈弟君子，俾爾彌爾性，百神爾主矣。

或曰：昄，當作版。版章，猶版圖也。（段解）

百神爾主矣，爲天地山川鬼神之主也。（呂記）

爾受命長矣，茀禄爾康矣。豈弟君子，俾爾彌爾性，純嘏爾常矣。

有馮有翼，有孝有德，以引以翼。豈弟君子，四方爲則。

孝，謂能事親者。德，謂得於己者。引，導其前也。翼，相其左右也。（段解）

顒顒卬卬，如圭如璋，令聞令望。豈弟君子，四方爲綱。

如圭如璋，純潔也。令聞，善譽也。令望，威儀可觀法也。（段解）

鳳皇于飛，翽翽其羽，亦集爰止。藹藹王多吉士，維君子使，媚于天子。

鳳皇于飛，則翽翽其羽，而集於所止矣。藹藹王多吉士，則維王之所使，而皆媚於天子矣。媚，

媚愛也，非邪媚之謂也。（呂記，段解）

既曰君子，又曰天子，猶曰「王于出征，以佐天子」云爾。（段解）

鳳皇于飛，翽翽其羽，亦傅于天。藹藹王多吉人，維君子命，媚于庶人。

鳳皇鳴矣，于彼高岡。梧桐生矣，于彼朝陽。菶菶萋萋，雝雝喈喈。

興下章之事也。（呂記，段解）

朝陽，明顯之處也。（呂記）

君子之車，既庶且多。君子之馬，既閑且馳。矢詩不多，維以遂歌。

承上章之興也。菶菶萋萋，則雝雝喈喈矣。君子之車馬衆多，則亦足以待賢者矣。（呂記）

遂歌，蓋繼王之聲而遂歌，猶書所謂「賡載歌」也。（段解）

民勞

召穆公刺厲王也。

召穆公，康公之後，名虎。（呂記）

厲王，名胡，成王七世孫。（嚴緝）

民亦勞止，汔可小康。惠此中國，以綏四方。無縱詭隨，以謹無良。式遏寇虐，憯不畏明。柔遠能邇，以定我王。

賦也。（段解）

詭隨，不顧是非而妄隨人也。（呂記，段解）

謹，斂束之意。（段解）

能，順習也。（呂記，段解）

民亦勞止，汔可小休。惠此中國，以爲民逑。無縱詭隨，以謹惛怓。式遏寇虐，無俾民憂。無棄爾勞，以爲王休。

民亦勞止，汔可小息。惠此京師，以綏四國。無縱詭隨，以謹罔極。式遏寇虐，無俾作慝。敬慎威儀，以近有德。

民亦勞止，汔可小愒。惠此中國，俾民憂泄。無縱詭隨，以謹醜厲。式遏寇虐，無俾正敗。戎雖小子，而式弘大。

民亦勞止，汔可小安。惠此中國，國無有殘。無縱詭隨，以謹繾綣。式遏寇虐，無俾正反。王欲玉女，是用大諫。

正反，反於正也。（段解）

板

凡伯刺厲王也。

此詩切責其寮友用事之人，而義歸於刺王也。（段解）

上帝板板，下民卒癉。出話不然，爲猶不遠。靡聖管管，不實於亶。猶之未遠，是用大諫。

世亂乃人所爲，而曰上帝板板者，無所歸咎之辭耳。（段解）不然，不合理也。（嚴緝）其心以爲不復有聖人，恣己妄行，無所依據，又不實之於誠信。（呂記，段解）

天使下民皆病，則反其常道矣。天降禍如此，可不慎哉。吾出話以誥之，厲王不以爲然，而且肆於民上，其所謀皆不遠，惟耽樂於目前，不知禍之將至也。人苟知聖人之法度，則必戰戰兢兢，不敢苟作。其心既無聖人矣，則矯誣詐僞，何所不至哉。惟其謀猷如此不遠，我是用大諫也。（呂記）

天之方難，無然憲憲。天之方蹶，無然泄泄。辭之輯矣，民之洽矣。辭之懌矣，民之莫矣。

我雖異事，及爾同寮。我即爾謀，聽我囂囂。我言維服，勿以爲笑。先民有言，詢于芻蕘。

天之方虐，無然謔謔。老夫灌灌，小子蹻蹻。匪我言耄，爾用憂謔。多將熇熇，不可救藥。

天之方懠，無爲夸毗。威儀卒迷，善人載尸。民之方殿屎，則莫我敢葵。喪亂蔑資，曾莫惠我師。

夸，大也。毗，附也。小人之於人，不以大言夸之，則以諛言毗之。（嚴緝）

莫我敢葵，莫敢揆度其所以然。（段解）

天之牖民，如壎如篪，如璋如圭，如取如携。携無曰益，牖民孔易。民之多辟，無自立辟。

牖，開明也。猶言天啟其心也。（段解）

壎唱而篪和，璋判而圭合，取求相得而無所費，皆言其易然也。（段解）

辟，邪僻也。（段解）

言天之開民，其易如此，以明上之化下，其易如此也。（段解）

民既多邪僻矣，豈可又自立邪僻以導之耶。（段解）

价人維藩，大師維垣，大邦維屏，大宗維翰。懷德維寧，宗子維城。無俾城壞，無獨斯畏。

大邦，强國也。屏，樹也，所以爲蔽也。（段解）

懷德維寧，則德是五者之助。不然，則乖離而城壞，城壞則藩垣屏翰皆壞而獨居，獨居而所可畏者至矣。（呂記，段解）

敬天之怒，無敢戲豫。敬天之渝，無敢馳驅。昊天曰明，及爾出王。昊天曰旦，及爾游衍。

王、往通，言出而有所往也。（段解）

衍，寬縱之意。（段解）

言天之聰明，無所不及，不可以不敬也。板板也，難也，蹶也，虐也，懠也，其怒而變也甚矣，而王之君臣不知敬也，亦知其有日監在茲者乎。（吕記，段解）

詩卷第十八

蕩之什三之三

蕩

召穆公傷周室大壞也。厲王無道，天下蕩蕩，無綱紀文章，故作是詩也。

蕩蕩上帝，下民之辟。疾威上帝，其命多辟。天生烝民，其命匪諶。靡不有初，鮮克有終。

疾威，猶暴虐也。（嚴緝）

諶，信也。天生衆民，其命有不可信者，其降命之初無不善者，而人少能以善道自終。是以致此大亂。蓋始爲無所歸咎之辭，而卒自解之如此。（吕記，段解，嚴緝）

文王曰咨，咨女殷商，曾是彊禦，曾是掊克，曾是在位，曾是在服。天降滔德，女興是力。

文王曰咨，咨女殷商，而秉義類，彊禦多懟。流言以對，寇攘式内。侯作侯祝，靡届靡究。

而，亦女也。義類，猶善道也。懟，怨也。（呂記，嚴緝，段解）

作，讀爲詛。詛祝，怨謗也。（段解）

文王曰咨，咨女殷商，女炰烋于中國，斂怨以爲德。不明爾德，時無背無側。爾德不明，以無陪無卿。

斂怨以爲德，多爲可怨之事而力行之也。（呂記，段解）

文王曰咨，咨女殷商，天不湎爾以酒，不義從式。既愆爾止，靡明靡晦。式號式呼，俾晝作夜。

天不使爾沉湎於酒，而惟不義之從也。式，用也，法也。（呂記，段解，嚴緝）

文王曰咨，咨女殷商，如蜩如螗，如沸如羹。小大近喪，人尚由乎行。内奰于中國，覃及鬼方。

文王曰咨，咨女殷商，匪上帝不時，殷不用舊。雖無老成人，尚有典刑。曾是莫聽，大命以傾。

不時，不善之時也。（嚴緝）非上帝爲此不善之時，但以殷不用舊，致此禍爾。老成人，舊臣。典刑，舊法也。（呂記，段解）

文王曰咨，咨女殷商，人亦有言，顛沛之揭。枝葉未有害，本實先撥。殷鑒不遠，在夏后之世。

抑

衛武公刺厲王，亦以自警也。

楚語：「左史倚相曰：『昔衛武公年數九十有五矣，猶箴儆於國曰：「自卿以下，至於師長士，苟在朝者，無謂我老耄而舍我，必恭恪於朝夕以交戒我。在輿有旅賁之規，位寧有官師之典，倚几有誦訓之諫，居寢有褻御之箴，臨事有瞽史之導，宴居有師工之誦。史不失書，矇不失誦，以訓御之。」於是作懿戒以自儆。及其没也，謂之睿聖武公。』」然以年考之，武公即位於宣王之三十六年，不逮事厲王明甚。此云刺厲王者，蓋傷厲王之事，因自警省，而作此詩，使人誦之以自戒云爾。詩之所謂爾汝小子者，從誦者而指武公也。左史所云箴諫之辭，或即誦此詩耳。（段解）

抑抑威儀，維德之隅。人亦有言，靡哲不愚。庶人之愚，亦職維疾。哲人之愚，亦維斯戾。

無競維人，四方其訓之。有覺德行，四國順之。訏謨定命，遠猶辰告。敬慎威儀，維民之則。

訏謨，大謀，謂不爲一身之謀，而有天下之慮也。定，審定不改易也。命，號令也。遠圖，謂不爲

一時之計，而爲長久之規也。（嚴緝）

告，戒也。辰告，謂以時播告也。（段解）

其在于今，興迷亂于政。顛覆厥德，荒湛于酒。女雖湛樂從，弗念厥紹。罔敷求先王，克共明刑。

紹，謂所繼之緒。（段解）

敷求先王，廣求先王所行之道也。（段解）

肆皇天弗尚，如彼泉流，無淪胥以亡。夙興夜寐，洒埽廷內，維民之章。修爾車馬，弓矢戎兵。用戒戎作，用逷蠻方。

弗尚，厭棄之也。天所不尚，則淪胥以亡，如泉流之易矣。言無者，戒之欲其不至是也。（呂記，段解）

戒，備戎兵。作，起。逷，遠也。（段解）

內自廷除之近，外及蠻方之遠，細而寢興洒埽之常，大而車馬戎兵之變，慮無不周，備無不飭也。（段解）

質爾人民，謹爾侯度，用戒不虞。慎爾出話，敬爾威儀，無不柔嘉。白圭之玷，尚可磨也。斯言之玷，不可爲也。

不虞，不億度而至之禍也。（嚴緝，段解）

話，言也。（呂記，段解）

玉玷尚可磨，言語一失，莫能救之，其戒深切矣。（呂記，段解）

無易由言，無曰苟矣。莫捫朕舌，言不可逝矣。無言不讎，無德不報。惠于朋友，庶民小子。子孫繩繩，萬民靡不承。

易，輕易。（段解）

讎，答也。（呂記，嚴緝，段解）

承，奉也。（段解）

言語由己，易出而難反，常當執守，不可放去也。（段解）

若爾能惠於朋友，庶民小子，則子孫繩繩，而萬民靡不承而奉之矣。皆謹言之效也。（段解）

視爾友君子，輯柔爾顏，不遐有愆。相在爾室，尚不媿于屋漏，無曰不顯，莫予云覯。神之格思，不可度思，矧可射思。

愆，過。尚，庶幾也。（段解）

相，視也。（嚴緝）

度，測。（段解）

言視爾友於君子之時，和樂爾之顔色，其戒懼之意常若自省曰：豈不至於有過乎。此言其修於顯也。然視爾獨居於室中之時，亦當庶幾不愧於屋漏，然後可爾，無曰：此非顯之處，而莫予見也。當知鬼神之妙，無物不體，其至於是，有不可得而測者，不顯亦臨，猶懼有失，況可厭射而不敬乎。此言不但修之於外，又當戒謹乎其所不睹，恐懼乎其所不聞，而謹其獨也，是則修之至也。（段解，呂記）

辟爾爲德，俾臧俾嘉。淑慎爾止，不愆于儀。不僭不賊，鮮不爲則。投我以桃，報之以李。彼童而角，實虹小子。

荏染柔木，言緡之絲。温温恭人，維德之基。其維哲人，告之話言，順德之行。其維愚人，覆謂我僭，民各有心。

荏染，柔貌。（段解）

基，本也。（段解）

於乎小子，未知臧否。匪手攜之，言示之事。匪面命之，言提其耳。借曰未知，亦既抱子。民之靡盈，誰夙知而莫成？

人若不自盈滿，能受教戒，則豈有早知而反晚成者乎。（呂記，段解）

昊天孔昭，我生靡樂。視爾夢夢，我心慘慘。誨爾諄諄，聽我藐藐。匪用爲教，覆用爲虐。借曰未知，亦聿既耄。

夢夢，不明，亂意也。（段解）

諄諄，詳熟也。（段解）

於乎小子，告爾舊止。聽用我謀，庶無大悔。天方艱難，曰喪厥國。取譬不遠，昊天不忒。回遹其德，俾民大棘。

庶，幸。悔，恨。（段解）

遹，僻。（段解）

我之取譬，夫豈遠哉，觀天道禍福之不差，則知之矣。（段解）

桑柔

芮伯刺厲王也。

菀彼桑柔，其下侯旬。捋采其劉，瘼此下民。不殄心憂，倉兄填兮。倬彼昊天，寧不我矜？

倉兄，與愴怳同，悲憫之意。（段解）

填，病也。（段解）

四牡騤騤，旟旐有翩。亂生不夷，靡國不泯。民靡有黎，具禍以燼。於乎有哀，國步斯頻。

步，猶運也。頻，急蹙。（段解）

國步蔑資，天不我將。靡所止疑，云徂何往？君子實維，秉心無競。誰生厲階，至今爲梗。

蔑，滅。（段解）

資與咨同，嗟嘆聲。（段解）

疑，讀如儀禮「疑立」之疑，定也。此本毛音。（段解）

疑，音屹，魚乞反。（嚴緝）

徂，亦往也。云徂耳，而果何所往也。（呂記，段解）

憂心慇慇，念我土宇。我生不辰，逢天僤怒。自西徂東，靡所定處。多我覯痻，孔棘我圉。

土，鄉。宇，居。（段解）

覯，見。（段解）

棘，急。（段解）

爲謀爲毖，亂况斯削。告爾憂恤，誨爾序爵。誰能執熱，逝不以濯。其何能淑，載胥及溺。

序爵，辨别賢否之道也。（呂記，段解）

如彼遡風，亦孔之僾。民有肅心，荓云不逮。好是稼穡，力民代食。稼穡維寶，代食維好。

天降喪亂，滅我立王。降此蟊賊，稼穡卒痒。哀恫中國，具贅卒荒。靡有旅力，以念穹蒼。

滅我立王，滅我所立之王。（呂記）

贅，言危也。春秋傳曰：「君若贅旒然。」與此贅同。（呂記，嚴緝，段解）

旅，與膂同。（呂記，段解）

言天降喪亂，固以滅我所立之王矣；又降此蟊賊，則我之稼穡又病矣。哀此中國皆危盡荒，是以圍困之極，無力以念天禍也。（段解，呂記）

維此惠君，民人所瞻。秉心宣猶，考慎其相。維彼不順，自獨俾臧。自有肺腸，俾民卒狂。

相，輔也。（段解）

狂，惑也。（呂記，段解）

順者，順於義理也。夫心之所同然者，理也，義也。合乎此，則天下莫不以爲善，而豈一己獨見之私哉。（段解）

自獨俾臧，自以爲善也。自有肺腸，自有意見也。（呂記，段解）

瞻彼中林，甡甡其鹿。朋友已譖，不胥以穀。人亦有言，進退維谷。

興也。甡甡，衆多并行之貌。譖，不信。（段解）

維此聖人，瞻言百里。維彼愚人，覆狂以喜。匪言不能，胡斯畏忌？

賦也。下同。（段解）

我非不能言也，如此畏忌何，言王暴虐，人不敢諫也。（呂記，段解）

維此良人，弗求弗迪。維彼忍心，是顧是復。民之貪亂，寧爲荼毒。

忍，殘忍。顧，念。復，重。（段解）

荼，苦菜。味苦，氣辛，能殺物，故謂之荼毒也。（段解）

大風有隧，有空大谷。維此良人，作爲式穀。維彼不順，征以中垢。

穀，善也。（段解）

中，隱暗。垢，污穢也。（段解）

以興下文。君子小人所行，亦各有道。（段解）

大風有隧，貪人敗類。聽言則對，誦言如醉。匪用其良，覆俾我悖。

悖，眊也。（段解）

由王不用善人，而反使我悖眊也。厲王説榮夷公，芮良夫曰：「王室其將卑乎？」夫榮公好專利，而不備大難。夫利，百物之所生也，天地之所載也，而或專之，其害多矣。此詩所謂貪人，其榮公也歟？芮伯之憂，非一日矣。（段解，嚴緝）

嗟爾朋友，予豈不知而作？如彼飛蟲，時亦弋獲。既之陰女，反予來赫。

朋友，寮友也。（嚴緝）

時亦一獲，言彼之所言，亦必有中也。（呂記）

赫，威怒之貌。（段解）

我以此言告女，是往陰覆於女，女反來加赫然之怒於己也。（段解）

民之罔極，職涼善背。爲民不利，如云不克。民之回遹，職競用力。

民之罔極，民之貪亂，而不知所止。（嚴緝）

職，專也。（呂記）

善背，工爲反覆。（嚴緝，段解）

回遹，邪僻也。民之所以貪亂不知止者，由此善背之人爲民所不利之事，如恐不勝而力爲之也。民之所以邪僻者，由此輩競用力而然也。反覆其言，所以深惡之也。（段解，吕記）

民之未戾，職盜爲寇。涼曰不可，覆背善詈。雖曰匪予，既作爾歌。

雖汝能自文飾，言此亂非我所致，然我已作爾歌矣。言已得其情，其事已著明，不可掩覆也。（吕記，段解）

雲漢

仍叔美宣王也。宣王承厲王之烈，内有撥亂之志，遇烖而懼，側身修行，欲銷去之。天下喜於王化復行，百姓見憂，故作是詩也。

烈，暴虐也。（吕記，段解）

百姓見憂，恤於王也。（段解）

倬彼雲漢，昭回于天。王曰於乎，何辜今之人，天降喪亂，饑饉薦臻。靡神不舉，靡愛斯牲，圭璧既卒，寧莫我聽？

夜晴則天河明。（吕記）

昭回于天，言其光隨天而轉也。薦，讀曰荐，重也。（段解）

圭璧，禮神之玉也。（段解）

靡神不舉，所謂國有凶荒，則索鬼神而祭之也。（段解）

旱既大甚，蘊隆蟲蟲。不殄禋祀，自郊徂宮。上下奠瘞，靡神不宗。后稷不克，上帝不臨。耗斁下土，寧丁我躬？

蘊，蓄。隆，盛。（段解）

殄，絶。郊，祀天地。宮，宗廟也。（段解）

克，勝也。言稷欲救此旱災，而不能勝也。臨，享也。（段解）

稷，以親言；帝，以尊言。（段解）

旱既大甚，則不可推。兢兢業業，如霆如雷。周餘黎民，靡有孑遺。昊天上帝，則不我遺。胡不相畏，先祖于摧。

如霆如雷，言畏之甚也。（段解）

遺，餘也。摧，滅也。（段解）

孑然，盡貌。言大亂之後，周之餘民，僅有遺者。而上天又降旱災，使孑然而無復有遺。（呂記，段解）

旱既大甚，則不可沮。赫赫炎炎，云我無所。大命近止，靡瞻靡顧。群公先正，則不我助。父母先祖，胡寧忍予？

無所，無所容也。大命近止，死將至也。瞻，仰。顧，望也。（段解）

於群公先正，但言其不見助。至父母先祖，則以恩望之矣，所謂垂涕泣而道之也。（段解）

旱既大甚，滌滌山川。旱魃爲虐，如惔如焚。我心憚暑，憂心如熏。群公先正，則不我聞。昊天上帝，寧俾我遯？

憚，勞也，畏也。（段解）

遯，逃也。（段解）

旱既大甚，黽勉畏去。胡寧瘨我以旱，憯不知其故。祈年孔夙，方社不莫。昊天上帝，則不我虞。敬恭明神，宜無悔怒。

天以己無德而下旱災，何若使我遯去而雨此下民乎。（段解）

黽勉畏去，出無所至也。（段解）

旱既大甚，散無友紀。鞫哉庶正，疚哉冢宰。趣馬師氏，膳夫左右，靡人不周，無不能止。瞻卬昊天，云如何里。

憯，曾也。（段解）

友紀，猶言綱紀。（段解）

冢宰，又衆長之長也。趣馬，掌馬之官。師氏，掌以兵守王門者。膳夫，掌食之官也。周，救也。里，與漢書季布傳「無俚」之俚同，當爲無聊賴之義。（呂記，段解）（段解）

瞻卬昊天，有嘒其星。大夫君子，昭假無贏。大命近止，無棄爾成。何求爲我，以戾庶正。瞻卬昊天，曷惠其寧？

嘒，明貌。（段解）

大夫君子所以竭其精誠，而助王昭假于天者，已無餘矣。雖今死亡將近，然不可以棄其前功，當益求其所以昭假于上者而修之。若此者，非求爲我之一身爾，乃所以定衆正也。瞻卬昊天，果何時而惠我以安寧乎。（呂記，段解）

崧高

尹吉甫美宣王也。天下復平，能建國親諸侯，褒賞申伯焉。

申，國名。（嚴緝）

申伯出封於謝，尹吉甫送其行之詩也。（段解）

崧高維嶽，駿極于天。維嶽降神，生甫及申。維申及甫，維周之翰。四國于蕃，四方于宣。

甫，甫侯也，即穆王時作吕刑者。或曰：此是宣王時人，而作吕刑者之子孫也。申，申伯也。皆姜姓之國也。（段解）

嶽山高大，而降其神靈和氣，以生甫侯、申伯，實能爲周家楨幹屏蔽，而宣其德澤於天下也。蓋申伯之先，神農之後，爲唐虞四嶽，總領方嶽諸侯，而奉嶽神之祭，能修其職，嶽神享之。故此詩推本申伯之所以生，以爲嶽降神而爲之也。（段解）

亹亹申伯，王纘之事。于邑于謝，南國是式。王命召伯，定申伯之宅。登是南邦，世執其功。

邑，國都之處也。（段解）

謝，在今鄧州南陽縣，是在洛邑之南也。作邑於謝，蓋申伯本國近謝。（段解）

召伯，穆公虎也。（段解）

世執其功，言使申伯後世常守其功也。（段解）

王命申伯，式是南邦。因是謝人，以作爾庸。王命召伯，徹申伯土田。王命傅御，遷其私人。

傅御，申伯家臣之長。私人，家臣。漢明帝送侯印與東王蒼諸子，而以手詔賜其國中傅。蓋古

制如此。（段解）

申伯之功，召伯是營。有俶其城，寢廟既成。既成藐藐，王錫申伯。四牡蹻蹻，鉤膺濯濯。

王遣申伯，路車乘馬。我圖爾居，莫如南土。錫爾介圭，以作爾寶。往近王舅，南土是保。

申伯信邁，王餞于郿。申伯還南，謝于誠歸。王命召伯，徹申伯土疆。以峙其粻，式遄其行。

郿，在鎬京之西，岐周之東。（呂記）

郿，在今鳳翔府郿縣。（段解）

峙，積也。（段解）

申伯番番，既入于謝。徒御嘽嘽，周邦咸喜，戎有良翰。不顯申伯，王之元舅，文武是憲。

嘽嘽者，衆盛也。（呂記，嚴緝，段解）

元，長。憲，法也。（段解）

申伯之德，柔惠且直。揉此萬邦，聞于四國。吉甫作誦，其詩孔碩，其風肆好，以贈申伯。

揉，治也。（段解）

烝民

尹吉甫美宣王也。任賢使能，周室中興焉。

仲山甫奉使築城於齊，尹吉甫送其行，而作是詩也。（段解）

天生烝民，有物有則。民之秉彝，好是懿德。天監有周，昭假于下。保茲天子，生仲山甫。

秉，執也。昭，明也。保，祐也。（段解）

昭假于下，言周能以明德感格于天而在下也。（呂記）

是乃民所執之常性，故其情無不好此美德者。而況天之監視有周，能以昭明之德感格于下，故保祐之而爲之生此賢佐，曰仲山甫焉。則所以鍾其秀氣而全其英德者，又非特如凡民而已也。（段解）

仲山甫之德，柔嘉維則。令儀令色，小心翼翼。古訓是式，威儀是力。天子是若，明命使賦。

王命仲山甫，式是百辟。纘戎祖考，王躬是保。出納王命，王之喉舌。賦政于外，四方爰發。

出，承而布之也；納，行而復之也。喉舌，所以出言也。（呂記，段解，嚴緝）

王躬是保，謂保其身體者也。然則仲山甫蓋以冢宰兼太保，而太保亦其世官也歟？（段解）

肅肅王命，仲山甫將之。邦國若否，仲山甫明之。既明且哲，以保其身。夙夜匪解，以事一人。

肅肅，嚴也。（段解）

明，謂明於理。哲，謂察於事。保身，蓋順理以守身，非趨利避害而偷以全軀之謂也。（段解，嚴緝）

解，怠也。一人，天子也。（段解）

人亦有言，柔則茹之，剛則吐之。維仲山甫，柔亦不茹，剛亦不吐。不侮矜寡，不畏彊禦。

人亦有言，世俗之言也。茹，納也。（段解）

不茹柔，故不侮矜寡；不吐剛，故不畏彊禦。以此觀之，則仲山甫之柔嘉，非軟美之謂，而其保身未嘗枉道以狥人可知矣。（段解）

人亦有言，德輶如毛，民鮮克舉之。我儀圖之，維仲山甫舉之，愛莫助之。衮職有闕，維仲山甫補之。

儀，度也。我於是而謀度其能，舉之者惟仲山甫而已。（呂記，段解）

言人皆言德甚輕而易舉，然人莫能舉也。我於是謀度其能舉之者，則維仲山甫而已。然以我之不能舉也，故雖愛之，而不能有以助之。（段解）

爲德在己舉之，則是人雖愛之，而曷由助之乎。（段解）

其德如是，故能補衮職之闕。孟子曰：「惟大人爲能格君心之非。」仲山甫有焉。（呂記）

仲山甫出祖，四牡業業，征夫捷捷，每懷靡及。四牡彭彭，八鸞鏘鏘。王命仲山甫，城彼東方。

業業，健貌。捷捷，疾貌。（段解）

四牡騤騤，八鸞喈喈。仲山甫徂齊，式遄其歸。吉甫作誦，穆如清風。仲山甫永懷，以慰其心。

式遄其歸，不欲其久於外也。穆，深長也。永懷，既行而有所懷思也。（呂記）

韓奕

尹吉甫美宣王也。能錫命諸侯。

奕奕梁山，維禹甸之，有倬其道。韓侯受命，王親命之。纘戎祖考，無廢朕命。夙夜匪解，虔共爾位，朕命不易。榦不庭方，以佐戎辟。

梁山，韓之鎮也。韓，國名。侯爵受命，蓋即位除喪，以士服入見天子，而聽命也。纘，繼也。（段解）

虔，敬也。易，改也。朕命不易，猶所謂朕言不再也。榦，正也。不庭方，不來庭之方也。（段解）

韓侯初立，來朝始受王命而歸，詩人作此詩以送之。（段解）

此又戒之以修其職業之辭。（段解）

四牡奕奕，孔修且張。韓侯入覲，以其介圭，入覲于王。王錫韓侯，淑旂綏章，簟茀錯衡，玄衮赤舄，鉤膺鏤鍚，鞹鞃淺幭，鞗革金厄。

覲禮執圭贄，所以合瑞也。（呂記，段解）

介圭，封介也，執之以爲贄，以合瑞於王也。（段解）

韓侯出祖，出宿于屠。顯父餞之，清酒百壺。其殽維何？炰鱉鮮魚。其蔌維何？維筍及蒲。其贈維何？乘馬路車。籩豆有且，侯氏燕胥。

胥，辭也。（呂記）

韓侯取妻，汾王之甥，蹶父之子。韓侯迎止，于蹶之里。百兩彭彭，八鸞鏘鏘，不顯其光。諸娣從之，祁祁如雲。韓侯顧之，爛其盈門。

如雲，衆而美也。言韓侯既覲而還，遂以迎親也。（段解，呂記）

蹶父孔武，靡國不到。爲韓姞相攸，莫如韓樂。孔樂韓土，川澤訏訏，魴鱮甫甫，麀鹿噳噳，有熊有羆，有貓有虎。慶既令居，韓姞燕譽。

韓姞，蹶父之子，韓侯妻也。（段解）

相攸，擇可嫁之所也。（段解）

慶，喜。令，善。喜其有此善居也。（呂記，段解）

燕，安；譽，樂也。（段解）

溥彼韓城，燕師所完。以先祖受命，因時百蠻。王錫韓侯，其追其貊。奄受北國，因以其伯。實墉實壑，實畝實籍。獻其貔皮，赤豹黃羆。

董氏曰：「燕，召公之國也。」疑韓初封時，王命以其衆爲築此城也。（呂記）

燕，召公之國也。韓初封時，召公爲司空，王命以其衆爲築此城，如召伯營謝、山甫城齊、春秋諸侯城邢、城楚丘、城緣陵、城杞之類皆合。諸侯爲之霸，令尚如此，則周之盛時命燕城韓，固常政也。（嚴緝，段解）

江漢

尹吉甫美宣王也。能興衰撥亂，命召公平淮夷。

江漢浮浮，武夫滔滔。匪安匪遊，淮夷來求。既出我車，既設我旟。匪安匪舒，淮夷來鋪。

浮浮，水盛貌。滔滔，順流貌。淮夷，夷之在淮上者也。（段解）鋪，陳師以伐之也。（呂記，段解，嚴緝）

江漢湯湯，武夫洸洸。經營四方，告成于王。四方既平，王國庶定。時靡有爭，王心載寧。

此章言既伐而成功也。（段解）

江漢之滸，王命召虎，式辟四方，徹我疆土。匪疚匪棘，王國來極。于疆于理，至于南海。

極，中之表也。居中而爲四方所取正也。（段解）

此下四章，皆述王册命召穆公與公復於王之辭，首尾大抵類今人所藏古器物銘識。蓋古人文字之常體也。再言江漢之滸者，繫上事起下事也。（呂記，段解）

但使其來取正于王國而已。（段解）

爾祉。

王命召虎，來旬來宣。文武受命，召公維翰。無曰予小子，召公是似。肇敏戎公，用錫

自江漢之滸言之，故曰來。言王命召虎來此江漢之滸，徧治其事以布王命。（呂記，段解）

翰，幹。予小子，王自稱也。（段解）

但自以爲似女召公之事耳。（段解）

公，功也。我是以嘉女之功，而錫女以福。（段解）

釐爾圭瓚，秬鬯一卣。告于文人，錫山土田。于周受命，自召祖命。虎拜稽首，天子

古者爵人，必於祖廟，示不敢專也。又使往受命於岐周，從其祖康公受命於文王之所，以寵異之。（段解）

萬年。

先祖之有文德者，謂文王也。又告於文人而錫之。（嚴緝）

虎拜稽首，對揚王休。作召公考，天子萬壽。明明天子，令聞不已。矢其文德，洽此四國。

作召公考，當闕之以俟智者。（吕記）

言穆公既受賜，遂答稱天子之美命，作康公之廟器，而勒王册命之辭，以考其成，且祝天子以萬壽也。古器物銘云：「郏拜稽首，敢對揚天子休命，用作朕王考。龔伯尊敦，郏其眉壽，萬年無疆。」語正相類。但彼自祝其壽，而此祝君壽耳。（段解）

既又美其君之令聞而進之以不已，勸其君以文德，而不欲其極意於武功。古人愛君之心，於此可見矣。（段解）

明明天子，令聞不已。矢其文德，洽此四國。此召虎所以稱願其君之辭，言武功之不可恃，亦所以戒之也。（吕記，段解）

常武

召穆公美宣王也。有常德以立武事，因以爲戒然。

詩中無常武字，召穆公特名其篇。蓋有二義：有常德以立武，則可；以武爲常，則不可。此所以有美而有戒也。（吕記，嚴緝，段解）

赫赫明明，王命卿士，南仲大祖。大師皇父，整我六師，以修我戎。既敬既戒，惠此南國。

卿士，即皇甫之官也。（段解）

大祖，始祖也。大師，皇父之兼官也。（段解）

戎，兵器也。（段解）

王謂尹氏，命程伯休父，左右陳行，戒我師旅。率彼淮浦，省此徐土。不留不處，三事就緒。

鄭氏曰：「三農之事，皆就其業。」三農，上中下農夫也。（呂記，嚴緝，段解）

徐土，徐州之土，淮北之夷也。下章所謂徐方、徐國，亦即此爾。上章既命皇父，而此章又命程伯休父者，蓋王親命太師，以三公出將，而謂内史命司馬以六卿副之耳。（呂記，段解）

赫赫業業，有嚴天子。王舒保作，匪紹匪遊。徐方繹騷，震驚徐方。如雷如霆，徐方震驚。

嚴，威也。（段解）

王舒保作，言王師舒徐而安行也。（段解）

繹，連絡也。（呂記，嚴緝，段解）

騷，擾動也。（嚴緝）

王奮厥武，如震如怒。進厥虎臣，闞如虓虎。鋪敦淮濆，仍執醜虜。截彼淮浦，王師之所。

進，鼓而進之也。（呂記，嚴緝，段解）

闞，奮怒之貌。虓，虎之自怒也。鋪，布其師旅也。敦，厚，集其陳也。（段解）

仍，就也。老子曰：「攘臂而仍之。」截彼淮浦，王師之所，截然不可犯之貌。（呂記，段解）

王旅嘽嘽，如飛如翰，如江如漢。如山之苞，如川之流。緜緜翼翼，不測不克，濯征徐國。

嘽嘽，衆盛貌。（嚴緝）

翰，羽也。（段解）

不測，不可知也。不克，不可勝也。（呂記）

王猶允塞，徐方既來。徐方既同，天子之功。四方既平，徐方來庭。徐方不回，王曰還歸。

塞，充塞也。（呂記，嚴緝，段解）

還歸，班師而歸也。（段解）

於是王命班師矣。言王道甚大，而遠方懷之，非獨兵威然也。所謂「有常德以立武事，因以爲戒」者此也。（呂記，段解）

瞻卬

凡伯刺幽王大壞也。

瞻卬昊天，則不我惠。孔填不寧，降此大厲。邦靡有定，士民其瘵。蟊賊蟊疾，靡有夷屆。罪罟不收，靡有夷瘳。

厲，亂也。（呂記，段解）

人有土田，女反有之。人有民人，女覆奪之。此宜無罪，女反收之。彼宜有罪，女覆說之。

哲夫成城，哲婦傾城。懿厥哲婦，爲梟爲鴟。婦有長舌，維厲之階。亂匪降自天，生自婦人。匪教匪誨，時維婦寺。

傾，覆也。（呂記，段解）

鞫人忮忒，譖始竟背。豈曰不極，伊胡爲慝？如賈三倍，君子是識。婦無公事，休其蠶織。

貫，居貨者也。三倍，獲利之多也。（段解）

天何以刺？何神不富？舍爾介狄，維予胥忌。不弔不祥，威儀不類。人之云亡，邦國殄瘁。

今王遇烖而不弔，不慎其威儀，又無善人以輔之，則國之殄瘁宜矣。（吕記，段解）

天之降罔，維其優矣。人之云亡，心之憂矣。天之降罔，維其幾矣。人之云亡，心之悲矣。

觱沸檻泉，維其深矣。心之憂矣，寧自今矣？不自我先，不自我後，藐藐昊天，無不克鞏。無忝皇祖，式救爾後。

藐藐，高遠貌。鞏，固也。言天雖高遠，然仁愛人君，無不鞏固其命。（吕記，嚴緝）

召旻

凡伯刺幽王大壞也。「旻」，閔也，閔天下無如召公之臣也。

此刺幽王任用小人，以致饑饉侵削之詩也。（段解）

因其首章稱旻天，卒章稱召公，故謂之「召旻」，以别「小旻」而已。序云：「旻，閔也，閔天下無如召公之臣。」蓋以衍説矣。（嚴緝）

旻天疾威，天篤降喪。瘨我饑饉，民卒流亡，我居圉卒荒。

居，國中也。（呂記）

天降罪罟，蟊賊内訌。昏椓靡共，潰潰回遹，實靖夷我邦。

昏椓，昏亂椓喪之人也。（呂記，段解）

靡共，無肯共敬於職事。（段解）

靖，治。夷，平也。此言蟊賊昏椓者，皆潰亂邪僻之人，而王乃使之治平我邦，所以致亂也。（段解）

皋皋訿訿，曾不知其玷。兢兢業業，孔填不寧，我位孔貶。

皋皋，頑慢之意。玷，闕也。填，病也。（段解）

小人在位，自不知其缺也。（呂記）

言小人在位，所爲如此，而王不知其闕，至於戒謹恐懼，甚病而不寧者，其位乃更貶黜。其顛倒錯亂之甚如此。（段解）

如彼歲旱，草不潰茂。如彼棲苴，我相此邦，無不潰止。

相，視。水中浮草，棲於木上者，言枯槁無潤澤也。（段解）

維昔之富，不如時；維今之疚，不如兹。彼疏斯粺，胡不自替，職兄斯引。

時，是也。（段解）

昔之富，未嘗若今之疚也；今之疚，未有若此之甚也。（呂記，段解）

疏，糲也。粺，則精矣。（段解）

曷不自替，以避君子乎，而使我心專爲此故，至於愴怳引長，而不能自已也。（段解）

池之竭矣，不云自頻？泉之竭矣？不云自中？溥斯害矣，職兄斯弘。不烖我躬？

弘，大也。言禍亂有所從起，而今不云然也。此其爲害亦已廣矣，是使我心專爲此故，至於愴怳日益弘大，而早夜憂之曰：是豈不烖及我躬也乎。（段解）

小人猶復專益大之，是豈不烖及我躬乎。（呂記）

昔先生受命，有如召公。日辟國百里，今也日蹙國百里。於乎哀哉，維今之人，不尚有舊？

今，謂幽王之時。蹙國，蓋犬戎内侵，諸侯外叛也。又歎息哀痛而言：今世雖亂，豈不猶有舊德之人可用哉。言有之而不用耳。（段解）

詩卷第十九

頌四

周頌清廟之什四之一

周頌三十一篇，多周公所定。周頌多不協韻，未詳其論。（嚴緝）

清廟

祀文王也。周公既成洛邑，朝諸侯，率以祀文王焉。

王在新邑，祭烝歲，文王騂牛一，武王騂牛一，實周公攝政之七年，而此其升歌之辭也。（嚴緝）

書大傳曰：「周公升歌清廟。苟在廟中，嘗見文王者，愀然如復見文王焉。」（呂記）

於穆清廟，肅雝顯相。濟濟多士，秉文之德。對越在天，駿奔走在廟。不顯不承，無射於人斯。

穆，又有深遠之意。（呂記）

駿，大而疾也。（呂記）

洋洋乎，如在其上，如在其左右，是對越其在天者。（呂記）

承，謂見尊奉也。斯，語辭也。（呂記，嚴緝）

維天之命

太平告文王也。

維天之命，於穆不已。於乎不顯，文王之德之純。假以溢我，我其收之。駿惠我文王，曾孫篤之。

溢，盈而被於物也。收，受也。言文王之德大而被及於我，我既受之矣。（呂記，嚴緝）

曾孫篤之，後王又當篤厚之而不忘也。（呂記）

維清

奏象舞也。

祭統曰：「下而管象。」豈所謂南籥者歟？（呂記）

維清緝熙，文王之典。肇禋，迄用有成，維周之禎。

清，清明也。（嚴緝）

此清明而緝熙者，文王之典也。（呂記）

烈文

成王即政，諸侯助祭也。

烈文辟公，錫兹祉福。惠我無疆，子孫保之。無封靡于爾邦，維王其崇之。念兹戎功，繼序其皇之。無競維人，四方其訓之。不顯維德，百辟其刑之。於乎前王不忘。

諸侯賜此福祉。（嚴緝）

封，專利以自封殖。靡，侈也。（嚴緝）

崇，尊尚也。（呂記）

皇，大也。（呂記，嚴緝）

天作

祀先王先公也。

天作高山，大王荒之。彼作矣，文王康之。彼徂矣，岐有夷之行，子孫保之。

昊天有成命

郊祀天地也。

昊天有成命，二后受之。成王不敢康，夙夜基命宥密。於緝熙，單厥心，肆其靖之。

宥，宏深也。密，静密也。天將祚周以天下，既有成命矣，文武受之，將成其王業，不敢康寧，夙夜積德，以爲受命之基者，至深遠矣，又續而廣之，盡其心以定天命也。（吕記）

我將

祀文王於明堂也。

程子曰：「萬物本乎天，人本乎祖，故冬至祭天，而祖配之，以冬至氣之始也。萬物成形於帝，而人成形於父，故季秋享帝，而以父配之，以季秋物成之時也。」（吕記）

我將我享，維羊維牛，維天其右之。儀式刑文王之典，日靖四方。伊嘏文王，既右饗之。

我其夙夜，畏天之威，于時保之。

夙夜畏天之威，然後天命可以長保矣。（吕記）

時邁

巡守告祭柴望也。

國語云：「金奏肆夏、樊遏、渠，天子以饗元侯也。」即春官鍾師九夏之三也。吕叔玉云：「肆夏，時邁也。樊遏，執競也。渠，思文也。」（嚴緝）

時邁其邦，昊天其子之，實右序有周。薄言震之，莫不震疊。懷柔百神，及河喬嶽。允王維后，明昭有周，式序在位。載戢干戈，載櫜弓矢。我求懿德，肆于時夏，允王保之。

天其子我乎哉，蓋不敢必也。（嚴緝）

則又曰：明昭乎有周也，其巡守則以慶讓黜陟之典，式序諸侯之在位者。斂其甲兵而收藏之，與爲休息。又益求懿德之行而修之，使廣被乎中國，則信乎能保天下矣。（吕記）

執競

祀武王也。

執競武王，無競維烈。不顯成康，上帝是皇。自彼成康，奄有四方，斤斤其明。鍾鼓喤喤，磬筦將將，降福穰穰。降福簡簡，威儀反反。既醉既飽，福禄來反。

武王持其自强不息之心，故其功烈之盛，天下莫得而競，此其所以成大功而安之。（吕記）

思文

后稷配天也。

思文后稷，克配彼天。立我烝民，莫匪爾極。貽我來牟，帝命率育。無此疆爾界，陳常于時夏。

思，語辭也。文，文德也。（嚴緝）

克配彼天，言其播種之功可以配天也。（吕記）

后稷貽我民以來牟之種。（吕記）

陳其君臣父子之常道。（嚴緝）

周頌臣工之什四之二

臣工

諸侯助祭，遣于廟也。

嗟嗟臣工，敬爾在公。王釐爾成，來咨來茹。嗟嗟保介，維莫之春，亦又何求，如何新畬？於皇來牟，將受厥明。明昭上帝，迄用康年。命我衆人，庤乃錢鎛，奄觀銍艾。

臣工，諸侯之羣臣百工也。（嚴緝）

在公，凡公家之事也。（呂記）

保介者，蓋保其君而戒之也。鄭氏據月令「天子親載耒耜，措之於參保介之御閒。」以爲車右衣甲持兵，故曰保介。按呂氏春秋亦有此文，高誘注云：「保介，副也。」鄭氏之説迂晦，不若高誘之明白。暮春，在夏正爲建辰之月，在周正爲建寅之月。然先儒謂商周雖改正朔，特以是月爲歲首，至於朝聘烝享，猶用夏正。祭用仲月，則春祠，宜在建卯之月，祭畢遣之，時春已向暮，農事不可緩也。（呂記，嚴緝）

保介，見月令、呂覽，其説不同，然皆爲耤田而言。（嚴緝）

既又問之曰：今既暮春矣，爾之田事如何哉。（呂記，嚴緝）

來牟，當夏而熟，且將受上帝之明賜也。（嚴緝，呂記）

艾、刈同，穫也。（呂記）

噫嘻

春夏祈穀于上帝也。

噫嘻成王，既昭假爾。率時農夫，播厥百穀。駿發爾私，終三十里。亦服爾耕，十千維耦。

既昭假爾，昭格上帝。（嚴緝）

言我之成其王業，既昭假于爾上帝矣。我今率是農夫，播其百穀，曰：爾其大發爾之私田，終三十里。而民亦皆服其耕事，萬人畢出，而並耕也。二人並耕爲耦。（呂記）

本以二人並耕爲耦，今乃萬人畢出而耕也。（嚴緝）

振鷺

二王之後來助祭也。

振鷺于飛，于彼西雝。我客戾止，亦有斯容。在彼無惡，在此無斁。庶幾夙夜，以永終譽。

先儒多謂辟廱在西郊，故曰西廱。（呂記，嚴緝）

在彼，知天命無常，惟德是興，其心服也；在我，不以彼墜其命，而有厭於彼。崇德象賢，統承先王，厚之至也。（呂記）

陳氏云：「在彼，不以我革其命，而有惡於我，知天命無常，惟德是與，其心服也；在我，不以彼墜

其命，而有厥於彼。崇德象賢，統承先王，忠厚之至也。」（嚴緝）

豐年

秋冬報也。

豐年多黍多稌，亦有高廩。萬億及秭。爲酒爲醴，烝畀祖妣。以洽百禮，降福孔皆。

亦，助語辭也。（呂記）

洽，猶備也。（呂記）

有瞽

始作樂而合乎祖也。

通言先祖也。（呂記）

有瞽有瞽，在周之庭。設業設虡，崇牙樹羽。應田縣鼓，鞉磬柷圉。既備乃奏，簫管備舉。喤喤厥聲，肅雝和鳴，先祖是聽。我客戾止，永觀厥成。

磬，石磬也。（呂記，嚴緝）

柷，所以起樂也。圉，所以止樂也。（呂記）

我客戾止，夔述舜樂，亦曰「虞賓在位」，蓋以此爲盛耳。（呂記）

觀，視也。成，成功也。（呂記）

成，樂闋也，如「簫韶九成」之成。（嚴緝）

潛

季冬薦魚，春獻鮪也。

猗與漆沮，潛有多魚。有鱣有鮪，鰷鱨鰋鯉。以享以祀，以介景福。

雝

禘大祖也。

祭法：「周人禘嚳。」又曰：「天子七廟，三昭三穆，與太祖之廟而七。」周之太祖，即后稷也。禘嚳於其廟，以后稷配，所謂「禘其祖之自出，以其祖配之」是也。（呂記，嚴緝）

有來雝雝，至止肅肅。相維辟公，天子穆穆。於薦廣牡，相予肆祀。假哉皇考，綏予孝子。宣哲維人，文武維后。燕及皇天，克昌厥後。綏我眉壽，介以繁祉。既右烈考，亦右文母。

於，歎辭也。（呂記）

其來也和，其至也敬，其助祭者公侯，其主祭者天子也。言諸侯助祭，薦大牡以相予之祀也。（呂記）

肆，陳也。宣，通也。哲，知也。（嚴緝）

燕及皇天，安人以及於天。（嚴緝）

載見

諸侯始見乎武王廟也。

載見辟王，曰求厥章。龍旂陽陽，和鈴央央。鞗革有鶬，休有烈光。率見昭考，以孝以享，以介眉壽。永言保之，思皇多祜。烈文辟公，綏以多福，俾緝熙于純嘏。

載，發語辭也。（呂記）

鶬，按商頌「鶬鶬」，鄭云：「聲和也。」（呂記）

休，美也。（呂記）

廟制，太祖居中，左昭右穆。周廟文王當穆，武王當昭。故康誥稱「穆考文王」，而比詩及訪落皆謂武王爲昭考也。（呂記，嚴緝）

諸侯始來見王，禀受法度，其車服之盛如此。而率之以祭武王之廟，受此眉壽之福，以多福綏諸侯，使之緝熙於純嘏，蓋均福於諸侯之辭。（吕記）

有客

微子來見祖廟也。

有客有客，亦白其馬。有萋有且，敦琢其旅。有客宿宿，有客信信。言授之縶，以縶其馬。薄言追之，左右綏之。既有淫威，降福孔夷。

追之，恐其已去也。（吕記）

武

奏大武也。

春秋傳以此爲大武之首章也。（嚴緝）

於皇武王，無競維烈。允文文王，克開厥後。嗣武受之，勝殷遏劉，耆定爾功。

文王既開之矣，武王嗣而受之，勝殷止殺，以致定其大功也。（吕記）

周頌閔予小子之什四之三

閔予小子

嗣王朝於廟也。

成王免武王之喪，而朝於廟。玩其辭，知其哀未忘也。（呂記）

閔予小子，遭家不造，嬛嬛在疚。於乎皇考，永世克孝。念茲皇祖，陟降庭止。維予小子，夙夜敬止。於乎皇王，繼序思不忘。

陟降庭止，言文王一陟一降，直而無私也。（呂記）

今我夙夜敬止者，思繼此而不忘也。（呂記）

訪落

嗣王謀於廟也。

訪予落止，率時昭考。於乎悠哉，朕未有艾。將予就之，繼猶判涣。維予小子，未堪家多難。紹庭上下，陟降厥家。休矣皇考，以保明其身。

訪，問也。（嚴緝）

家，猶言國也。（呂記，嚴緝）

保，安也。明，顯也。（嚴緝）

敬之

群臣進戒嗣王也。

敬之敬之，天維顯思，命不易哉。無曰高高在上，陟降厥士，日監在兹。維予小子，不聰敬止。日就月將，學有緝熙于光明。佛時仔肩，示我顯德行。

思，語辭也。（呂記，嚴緝）

將，進也。（呂記，嚴緝）

群臣進戒於王曰：敬之哉，敬之哉，天道甚明，其命不易保也。無謂其高而不吾察，王之一陟一降於其事，天無日不臨監於此者，王不可不敬也。（呂記）

我不聰而未能敬，然願學焉，庶幾日有所就，月有所進。（呂記）

小毖

嗣王求助也。

予其懲，而毖後患。莫予荓蜂，自求辛螫。肇允彼桃蟲，拚飛維鳥。未堪家多難，予又集于蓼。

蓼，辛苦之物也。（呂記，嚴緝）

既而悟其姦，故曰：予其懲於此，而慎後患，蜂不可使而使之，則是自求辛螫矣。（呂記）

載芟

春籍田而祈社稷也。

載芟載柞，其耕澤澤。千耦其耘，徂隰徂畛。侯主侯伯，侯亞侯旅，侯彊侯以。有嗿其饁，思媚其婦。有依其士，有略其耜。俶載南畝，播厥百穀。實函斯活，驛驛其達，有厭其傑。厭厭其苗，緜緜其麃。載穫濟濟，有實其積，萬億及秭。爲酒爲醴，烝畀祖妣，以洽百禮。有飶其香，邦家之光。有椒其馨，胡考之寧。匪且有且，匪今斯今，振古如兹。

或曰：畛，田畔也。畛之外則隰也。（呂記）

以，傭力之人，隨主人所左右。（呂記）

濟濟，人衆也。（嚴緝）

積，露積也。（呂記）

以燕饗賓客，則邦家之所以光也。以養耆老，則胡考之所安也。（呂記）

振古如茲，猶言自古有年也。（嚴緝）

良耜

秋報社稷也。

畟畟良耜，俶載南畝，播厥百穀，實函斯活。或來瞻女，載筐及筥。其饟伊黍，其笠伊糾。其鎛斯趙，以薅荼蓼。荼蓼朽止，黍稷茂止。穫之挃挃，積之栗栗。其崇如墉，其比如櫛。以開百室，百室盈止，婦子寧止。殺時犉牡，有捄其角。以似以續，續古之人。

先儒說荼，但云苦菜，莫詳其爲何物。案此詩，則蓼屬也，但水陸之別耳。味苦，氣辛，能殺物。今人用以藥溪取魚，故又曰荼毒。今南方人猶謂之辣荼，亦一驗也。（呂記）

櫛，理髮器，言密也。（嚴緝）

絲衣

繹賓尸也。高子曰：「靈星之尸也。」

絲衣其紑，載弁俅俅。自堂徂基，自羊徂牛，鼐鼎及鼒，兕觵其觩。旨酒思柔，不吳不敖，胡考之休。

思，語辭。柔，和也。（呂記，嚴緝）

酌

告成大武也。言能酌先祖之道，以養天下也。

内則曰：「十三舞勺，」即此詩也。然此詩與賚、般皆不用詩中字名篇，疑皆樂章之名爾。（呂記）

桓、賚二篇，皆大武篇中之一章。（嚴緝）

酌及賚、般皆不用詩中字名篇，疑取樂節之名，如曰武宿夜云耳。（嚴緝）

於鑠王師，遵養時晦。時純熙矣，是用大介。我龍受之，蹻蹻王之造。載用有嗣，實維爾公允師。

鑠，盛也。（呂記，嚴緝）

言武王之初，有於鑠之師而不用。（呂記，嚴緝）

桓

講武類禡也。桓，武志也。

案左氏傳：「楚莊王曰：『武王克商，作頌曰：「載戢干戈，載櫜弓矢。我求懿德，肆于時夏，允王保之。」又作武，其卒章曰：「耆定爾功。」其三曰：「敷時繹思，我徂維求定。」其六曰：「綏萬邦，屢豐年。」』」然則桓、賚兩篇，皆大武樂中一章也，與此序不同。（呂記）

綏萬邦，婁豐年。天命匪解。桓桓武王，保有厥士。于以四方，克定厥家。於昭于天，皇以間之。

左傳以此爲大武之六章。（嚴緝）

賚

大封于廟也。賚，予也，言所以錫予善人也。

左傳以此爲大武之三章。（嚴緝）

文王既勤止，我應受之。敷時繹思，我徂維求定。時周之命，於繹思。

敷，布也。時，是也。繹，尋繹也。（呂記）

繹，習也。（嚴緝）

布此以賚有功，皆文王之功德在人而可尋繹者，所以求天下之安定而已。（呂記）

此周之命也，又歎使諸臣受封賞者，繹思文王之德，以戒之也。（呂記）

般

巡守而祀四嶽河海也。

鄭氏曰：「般，樂也。」蘇氏曰：「遊，般也。」今考詩中無此意，當闕之。孔氏以「般，樂也」爲序文，曰：「定本『般樂』爲鄭注。」未知孰是。（呂記）

於皇是周，陟其高山。嶞山喬嶽，允猶翕河。敷天之下，裒時之對，時周之命。

詩卷第二十

魯頌四之四

魯，今襲慶、東平府、沂、密、海等州，即其地也。夫子云：「魯之郊祀，非禮也，周公其衰矣。」而程子亦云：「成王之賜，伯禽之受，皆非也。」蓋不與其僭也。然則刪詩之際，何取乎此而著於篇乎？曰：著之所以見其僭也。春秋書「郊禘，大雩雉門兩觀」，猶是意也，削之，則没其實矣。抑魯於天子禮樂有得用之文，而是頌之作又嘗請命於天子而爲之。其辭特以贊美當時之事，其體猶列國之風，非若商周天子之頌用於祭祀以詠歌先祖之功烈也。聖人於此以爲其文若可以無嫌者，故其文予之，而實則不予也。況夫子魯人，亦安得而削之哉！或曰：魯之無風，何也？先儒以爲時王褒周之後，比於先代，故巡守不陳其詩，而其篇第不列於太師之職，是以宋魯無風，其或然歟？或謂夫子有所諱而削之，則當時列國大夫賦詩相屬，及吴季子觀周樂於魯，皆無曰魯風者，其説不通矣。（嚴緝）

駉

頌僖公也。僖公能遵伯禽之法，儉以足用，寬以愛民，務農重穀，牧于坰野，魯人尊之。于是季孫行父請命於周，而史克作是頌。

請命之事，不見於春秋，豈行父使人請之歟？（嚴緝）

駉駉牡馬，在坰之野。薄言駉者，有驈有皇，有驪有黃，以車彭彭。思無疆，思馬斯臧。

思無疆，言其思之深廣無窮也。（呂記）

駉駉牡馬，在坰之野。薄言駉者，有騅有駓，有騂有騏，以車伾伾。思無期，思馬斯才。

才，材力也。（嚴緝）

駉駉牡馬，在坰之野。薄言駉者，有驒有駱，有駵有雒，以車繹繹。思無斁，思馬斯作。

繹繹，不絕貌。（呂記）

駉駉牡馬，在坰之野。薄言駉者，有駰有騢，有驔有魚，以車祛祛。思無邪，思馬斯徂。

「詩三百，一言以蔽之，曰：思無邪。」蓋取諸此。（嚴緝）

有駜

頌僖公君臣之有道也。

有駜有駜，駜彼乘黃。夙夜在公，在公明明。振振鷺，鷺於下。鼓咽咽，醉言舞。于胥樂兮。

興也。（呂記）

鷺，鷺羽之翿舞者所持也。下，如飛而下也。（呂記）

咽咽，鼓聲之深長也。（嚴緝）

有駜有駜，駜彼乘牡。夙夜在公，在公飲酒。振振鷺，鷺于飛。鼓咽咽，醉言歸，于胥樂兮。

有駜有駜，駜彼乘駽。夙夜在公，在公載燕。自今以始，歲其有。君子有穀，詒孫子。于胥樂兮。

頌禱之辭也。（呂記）

泮水

頌僖公能修泮宫也。

思樂泮水，薄采其芹。魯侯戾止，言觀其旂。其旂茷茷，鸞聲噦噦。無小無大，從公于邁。

說文謂：「泮者，諸侯鄉射之宫也。西南爲水，東北爲牆。」康成以爲東西門，說文以爲東西牆，其說不同。（呂記）

噦，和也。（嚴緝）

思樂泮水，薄采其藻。魯侯戾止，其馬蹻蹻。其馬蹻蹻，其音昭昭。載色載笑，匪怒伊教。

思樂泮水，薄采其茆。魯侯戾止，在泮飲酒。既飲旨酒，永錫難老。順彼長道，屈此群醜。

此章以下，皆頌禱之辭也。（呂記）

穆穆魯侯，敬明其德。敬慎威儀，維民之則。允文允武，昭假烈祖。靡有不孝，自求伊祜。

假，感格也。（呂記，嚴緝）

祖，周公、魯公也。靡有不孝，信僖公之孝也，無所不至也。（呂記）

明明魯侯，克明其德。既作泮宮，淮夷攸服。矯矯虎臣，在泮獻馘。淑問如皋陶，在泮獻囚。

或謂僖公未嘗有淮夷之功，而疑此詩之妄。蓋未嘗深考此詩，乃頌禱之辭，冀其有是功耳。下章倣此。（呂記）

濟濟多士，克廣德心。桓桓于征，狄彼東南。烝烝皇皇，不吴不揚。不告于訩，在泮獻功。

烝烝皇皇，成也。不旲不揚，肅也。（呂記）

角弓其觩，束矢其搜。戎車孔博，徒御無斁。既克淮夷，孔淑不逆。式固爾猶，淮夷卒獲。

博，廣大也。（呂記，嚴緝）

翩彼飛鴞，集于泮林。食我桑黮，懷我好音。憬彼淮夷，來獻其琛，元龜象齒，大賂南金。

閟宫

頌僖公能復周公之宇也。

閟宫有侐，實實枚枚。赫赫姜嫄，其德不回。上帝是依，無災無害。彌月不遲，是生后稷，降之百福。黍稷重穋，稙稺菽麥。奄有下國，俾民稼穡。有稷有黍，有稻有秬。奄有下土，纘禹之緒。

閟宫者，魯之群廟也。閟，深閉也。（呂記，嚴緝）

后稷生而享有百福，播種五穀，猶天所降也。奄有下國，堯封之邰也。（呂記，嚴緝）

后稷之孫，實維大王。居岐之陽，實始翦商。至于文武，纘大王之緒，致天之届，于牧之野。無貳無虞，上帝臨女。敦商之旅，克咸厥功。

無貳無虞，上帝臨女，猶大明云「上帝臨女，無貳爾心」也。（呂記）敦治而勝之也。咸厥功，輔佐之臣咸有功，而周公亦與焉。故下章言封伯禽之事。（呂記）

王曰叔父，建爾元子，俾侯于魯。大啓爾宇，爲周室輔。乃命魯公，俾侯于東。錫之山川，土田附庸。周公之孫，莊公之子，龍旂承祀，六轡耳耳。春秋匪解，享祀不忒。皇皇后帝，皇祖后稷，享以騂犧，是饗是宜。降福既多，周公皇祖，亦其福女。秋而載嘗，夏而楅衡，白牡騂剛。犧尊將將，毛炰胾羹，籩豆大房。萬舞洋洋，孝孫有慶。俾爾熾而昌，俾爾壽而臧。保彼東方，魯邦是常。不虧不崩，不震不騰。三壽作朋，如岡如陵。

犧尊，畫牛於尊腹也。或曰：尊作牛形，鑿其背以受酒。（嚴緝）

震、騰，驚動也，皆不安之意。（呂記，嚴緝）

三壽，未詳。或曰：願公壽與岡陵等爲三也。（呂記）

此言僖公致敬郊廟，而神降之福，人稱願之如是也。（呂記）

公車千乘，朱英緑縢，二矛重弓。公徒三萬，貝冑朱綅，烝徒增增。戎狄是膺，荆舒是懲。則莫我敢承，俾爾昌而熾，俾爾壽而富。黄髮台背，壽胥與試。俾爾昌而大，俾爾耆而艾。萬有千歲，眉壽無有害。

英，矛飾也。縢，繩也。（呂記）

泰山巖巖，魯邦所詹。奄有龜蒙，遂荒大東。至於海邦，淮夷來同。莫不率從，魯侯之功。

詹，與瞻同。（呂記）

願其有功如此。（呂記）

保有鳧繹，遂荒徐宅。至于海邦，淮夷蠻貊。及彼南夷，莫不率從。莫敢不諾，魯侯是若。

徐宅，謂徐國也。（呂記）

天錫公純嘏，眉壽保魯。居常與許，復周公之宇。魯侯燕喜，令妻壽母。宜大夫庶士，邦國是有。既多受祉，黄髮兒齒。

常、許，皆魯之故地，見侵於諸侯而未復者，故魯人以是願僖公也。（嚴緝）

令妻，令善之妻也。壽母，壽考之母也。僖公娶於齊，曰聲姜，母曰成風。（呂記）

徂來之松，新甫之柏，是斷是度，是尋是尺。松桷有舄，路寢孔碩，新廟奕奕。奚斯所作，孔曼且碩，萬民是若。

新廟，僖公所修之廟。（吕記，嚴緝）

萬民是若，順萬民之望也。（吕記）

商頌四之五

太史公云：「宋襄修仁行義，欲爲盟主，其大夫正考父美之，故追道契湯高宗之所以興，作商頌。」蓋本韓詩之説，諸儒多惑之者。今考此頌皆天子之事，非宋所有，且其辭古奥，亦不類周世之文，而國語閔馬父之言亦與今序合，韓詩、太史公之説謬矣。張子云：「商頌之辭粹。」（嚴緝）

那

祀成湯也。微子至于戴公，其間禮樂廢壞，有正考甫者，得商頌十二篇於周之大師，以那爲首。

猗與那與，置我鞉鼓。奏鼓簡簡，衎我烈祖。湯孫奏假，綏我思成。鞉鼓淵淵，嘒嘒管聲。既和且平，依我磬聲。於赫湯孫，穆穆厥聲。庸鼓有斁，萬舞有奕。我有嘉客，亦不夷懌？自古在昔，先民有作。温恭朝夕，執事有恪。顧予烝嘗，湯孫之將。

置，讀如置器之置。（吕記）

置，陳也。商人尚聲，臭味未成，滌蕩其聲，樂三闋然後迎牲，即此是也。（嚴緝）

假，感格也。（嚴緝）

奏假，奏樂以感格于祖考也。（呂記）

思成，未詳。或曰：思，辭也，安我以成也。或曰：安我所思，無不成也。按：此句與下篇「綏我眉壽」之語相似，莫知何者爲是。（呂記）

嘒嘒，清亮也。（嚴緝）

玉磬，堂上升歌之樂也。張子云：「玉磬，聲之最和平者，可以養心也。」其聲一定，始終如一，無隆殺也。蓋鞉鼓管籥作於堂下，其聲依堂上玉磬之聲。（嚴緝）

庸，鏞通。（呂記）

自古在昔，先民有作，温恭朝夕，執事有恪，言恭敬之道，古人所行，不可忘也。閔馬父曰：「先聖王之傳恭猶不敢專，稱曰『自古』。古曰『在昔』，昔曰『先民。』」（呂記）

烈祖

祀中宗也。

嗟嗟烈祖，有秩斯祜。申錫無疆，及爾斯所。既載清酤，賚我思成。亦有和羹，既戒既平。鬷假無言，時靡有争。綏我眉壽，黄耇無疆。約軝錯衡，八鸞鶬鶬。以假以享，我受命溥將。自天降康，豐年穰穰。來假來饗，降福無疆。顧予烝嘗，湯孫之將。

斯所，猶言此處也。（嚴緝）

戒，夙戒也。平，平和也。（吕記，嚴緝）

言我受命廣大，而天降以豐年黍稷之多，使得以祭也。（吕記，嚴緝）

玄鳥

祀高宗也。

天命玄鳥，降而生商，宅殷土芒芒。古帝命武湯，正域彼四方。方命厥后，奄有九有。商之先後，受命不殆，在武丁孫子。武丁孫子，武王靡不勝。龍旂十乘，大糦是承。邦畿千里，維民所止，肇域彼四海。四海來假，來告祁祁。景員維河，殷受命咸宜，百禄是何。

方命后後，四方諸侯無不受命也。（嚴緝）

商世諸侯多矣，而止十乘者，疑諸侯當朝者歲以服數爲節，又使分助四方之祭故與？（吕記）

言王畿之内，民之所止，不過千里，而其封域，則極乎四海之廣也。（嚴緝）。

景員維河之義未詳。（吕記）

河，商所都，如盤庚「民不肯涉河以遷」，即此河也。景員維河，則以諸侯輻輳而至於河也。（嚴緝）

咸宜，無不宜也。何、荷通。（呂記）

長發

大禘也。

濬哲維商，長發其祥。洪水芒芒，禹敷下土方。外大國是疆，幅隕既長。有娀方將，帝立子生商。

有娀氏始大，故帝立其女之子而造商室也。（呂記）

玄王桓撥，受小國是達，受大國是達。率履不越，遂視既發。相土烈烈，海外有截。

或曰：以玄鳥降而生，故曰玄王。（呂記）

達，通達也。受小國大國無所不達，言其無所不宜也。

言契能率不越，遂視其民，則既發以應之矣。（呂記）

其後湯以七十里起，豈相土之後，嘗中衰歟？（呂記）

帝命不違，至于湯齊。湯降不遲，聖敬日躋。昭假遲遲，上帝是祗，帝命式于九圍。

降，猶生也。（呂記）

湯生也，應期而降，適當其時，其聖敬又日躋升，以至昭假于天。遲遲，久也，言其純一不已也。（呂記）

受小球大球，爲下國綴旒，何天之休。不競不絿，不剛不柔。敷政優優，百禄是遒。

受小共大共，爲下國駿厖，何天之龍。敷奏其勇，不震不動，不戁不竦，百禄是總。

駿厖之義未詳。（呂記）

武王載旆，有虔秉鉞。如火烈烈，則莫我敢曷。苞有三蘖，莫遂莫達，九原有截。韋顧既伐，昆吾夏桀。

蘖，旁生萌蘖也。言一本生三蘖也。本則夏桀，蘖則韋也，顧也，昆吾也，皆桀之黨也。湯既受命征不義，桀與三蘖皆不能遂其惡，而天下截然歸商矣。韋顧既伐，而昆吾夏桀次之，此紀當時用師之序也。（呂記，嚴緝）

昔在中葉，有震且業。允也天子，降予卿士。實維阿衡，實左右商王。

承上文而言「昔在」，則前此矣。豈謂湯之前世中衰時與？允也天子，則湯也。降，猶「維嶽降神」之降，言天賜之也。卿士，則伊尹也。言至於湯，得伊尹而有天下也。（呂記）

殷武

祀高宗也。

撻彼殷武，奮伐荆楚。罙入其阻，裒荆之旅。有截其所，湯孫之緒。

殷武，殷王之武也。湯孫，謂高宗也。（嚴緝）

湯孫之緒業，皆高宗之功。（呂記）

維女荆楚，居國南鄉。昔有成湯，自彼氐羌，莫敢不來享，莫敢不來王，曰商是常。

此商之常禮也。（嚴緝）

天命多辟，設都于禹之績。歲事來辟，勿予禍適，稼穡匪解。

天命降監，下民有嚴。不僭不濫，不敢怠遑。命于下國，封建厥福。

天視自我民視，天聽自我民聽，天命之降監，皆在下民，則下民有嚴矣。惟不僭不濫，不敢怠遑，則天命之於下國，而封建厥福。此高宗所以受命中興也。（呂記）

商邑翼翼，四方之極。赫赫厥聲，濯濯厥靈。壽考且寧，以保我後生。

赫赫厥聲，濯濯厥靈，言高宗中興之盛如此。壽考且寧云者，蓋高宗之享國五十有九年。我後生，謂後嗣子孫也。（呂記）

陟彼景山，松柏丸丸。是斷是遷，方斲是虔。松桷有梴，旅楹有閑，寢成孔安。

春秋傳云：「商湯有景亳之命。」而此言「陟彼景山」，蓋商所都之山名。衛詩亦言「景山」，乃商舊都也。（呂記）

寢，廟中之寢也。（呂記）

虔，亦斷截。（呂記）

安，所以安高宗之神也。此蓋廟成始祔而祭之之詩也。（呂記）

語録抄存

目録

師友問答

劉剛中

晦翁居，先生侍。晦翁語先生曰：「子來從吾遊也，誰使之？」先生避席前跽曰：「曾王父河南開封府君使之也。府君官開封府尹，南渡，力阻講和不得，每恨不能雪耻報仇，歸隱墨田雪峰山下。易簀，屬後人曰：『閩自楊龜山倡道東南，進而益上，超群儒而集大成，其在朱韋齋公子沈郎乎！爾輩可往就學。』」先生爲誦府君述懷詩曰：「撫心有恨辜君國，學道無成愧子孫。」晦翁嗟歎不已。

李方子、黄直卿與先生侍。晦翁左顧右盼，已而徐徐語先生曰：「爾輩用功夫，不要把合底事看得驚惶，只當做日用飲食，人生本應如此，元初離不得。有事勿正，略著一形象，生一計較，不急遽即惰慢，忘助兩病徵一時俱到矣。」

問：「程伊川粹然大儒，何故使蘇東坡竟疑其奸？」朱子答曰：「伊川繩趨矩步，子瞻脱岸破崖。氣盛心粗，知德者鮮矣，夫子所以致歎夫由也。」

問：「東坡何如人？」朱子曰：「天情放逸，全不從心體上打點，氣象上理會，喜怒哀樂發之以嬉笑怒駡，要不至悍然無忌，其大體段尚自好耳。『放飯流歠而問無齒決』，吾於東坡，宜若無罪焉。」

問：「張子西銘與墨子『兼愛』，何以異？」朱子曰：「異以理一分殊。一者，一本；殊者，萬殊。脈絡流通，真從乾坤父母源頭上聯貫出來，其後支分派別，井井有條，隱然子思『盡其性』、『盡人性』、『盡物性』，孟子『親親而仁民，仁民而愛物』微旨，非如夷之『愛無差等』。且理一，體也；分殊，用也。墨子兼愛，只在用上施行。如後之釋氏人我平等，親疏平等，一味慈悲。彼不知分之殊，又烏知理之一哉！」

問：「黄魯直如何人？」朱子曰：「孝友行，瓌瑋文，篤謹人也。觀其贊周茂叔『光風霽月』，非殺有學問，不能見此四字；非殺有功夫，亦不能説出此四字。」

剛中問先生曰：「義利之辨，爲吾儒第一關頭，學者講求有素，所見非不分明，及處事却又模糊，何也？」先生曰：「祇緣見不分明耳。若分明，如薰蕕觸鼻即聞，旨否入口即覺。」曰：「然則嚮所見爲義者非義，見爲利者非利乎？」曰：「此又何嘗不是。只見其大略，曰此是義，此是利，究竟幾微分際，尚未甚黑白。」剛中曰：「幾微分際何在？」先生曰：「在公私間。以公心出之，利亦是義；以私心出之，義亦是利。」剛中曰：「若是公私在心，義利在事，心不應事，事不應心，奈何？」先生曰：「大學戒自欺，求自慊，知之真，行之力，不待處分其事，一動念，早自義利判然。至若舍利取義，已屬事後應迹。」剛中心喜，稱快而退。

問：「爲學功夫，須是有起端處。人心之五常，猶天運之五行，迭相爲明，循環無端，初學復性，從那一端下手？」先生曰：「始條理者，智之事也。人而智，則見理明，恁地欲爲仁，便認真有箇仁；欲爲義，便認真有箇義；欲爲禮，便認真有箇禮；欲爲信，便認真有箇信。因物索照，審端用力，知得去向，自不迷於所往。易文言曰：『體仁足以長人，利物足以和義，嘉會足以合禮，貞固足以幹事。』仁義禮信而不及智者，智居乎其先也。」

問：「大學一書，包孕聖功王道，何以云初學入德之門？」先生曰：「凡人居處，有門必先有路，識得路，方到得門，到得門，方升得堂，入得室。大學綱領條目是門也，本末先後是路也，格、致、誠、正、修、齊、治、平是堂也，明、新、至善是室也。初學便學論語，望洋向若，無有涯涘，何如循途歷級，從容馴至？扶進高深，若不得其門而入，將倀倀乎其何之！」

問：「人不學，不知道。學在讀書上見，道在行事上見，必讀書然後可行事與？」先生曰：「固也。然學即學其道，非作兩截。無論讀書，無論行事，恁地皆是道，恁地皆是學。果於經史典籍，潛心玩索，日用云爲，細意體察，自能窮天下之理，致吾心之知。豈談空説玄之謂道，鉤深索隱之謂學哉！」

問：「大學八功夫必先致知，致知在格物，敢請物恁底格？」先生曰：「此説程伊川言之甚善。所謂格物者，窮經應事，尚論古人之屬，無非用力之地。若捨此平易顯明之功，而必搜索於無形無迹之境，當前物理，反不能靡所遺矣。」

問：「伊川涵養，須是主敬，進學則在致知，主敬、致知殆非兩截事與？」先生曰：「主敬則心静，致知則理明，心静理明，知以涵養而益深沈。然敬，非終日危坐，游心淡泊，必有事焉。神不外馳，而説心研慮，時時有新得也。」

剛中每見善人，縱極愛敬，不過當面則然；見不善人，雖其人久不在，猶作十日惡。自知性情之偏，不知何以克治，使嫉惡之嚴，移而之好善之篤。先生曰：「人心本自有善，故投之以善則順；人心本自無惡，故投之以惡則逆。順受易忘，逆受難制，其勢然也。要惟是爾學問功夫未到，率其本然，未免過於忿激。若能以冲和者養成氣質，漸漸消融結習，自然寬厚平夷，好善惡惡，各適如其分量而止，而偏私悉化，德器亦自此深醇。」

問：「周子主静，程子主敬，二説各愿聞其大概。」先生曰：「屏思慮，絶紛擾，静也。正衣冠，尊瞻視，敬也。致静以虚，致敬以實，然此中皆有誠實功夫，豈摸形捉影而得。周子静則禮先樂後，程子敬則自然和樂。和樂禮樂，非爾所及，但時時收斂，將身心攝入静敬中，正心誠意，久之自有進步處。」

剛中出，思尊聞行知。奈一日之間，聞而知之者分數多，尊而行之者分數少。因想「子路有聞，未之能行，唯恐有聞」，直是學不得底。先生曰：「天下事理，有爲吾所合知合行者，

『聞斯行諸』可也。如此事知其當如此行，值事不我屬，如何拏定要行？若遇行事時，苦於窒礙，則又不可無知妄作，或商以師友，或證以古今，又何嘗不是尊所聞，行所知？」

「敢告先生，某向年於衆情酬酢之地，口雖不言，私下一一對勘，常覺得自家儘有好處，别人儘有不好處。今雖漸減，亦時或微微有此意思。」先生厲聲曰：「是慝也，是最不好，如何反説自家儘有好處！」剛中憮然爲間，曰：「先生何以教之？」先生曰：「攻其惡，無攻人之惡，非『修慝』歟！」

問：「讀其書，想見其爲人。不敏讀書時，亦嘗掩卷沈吟思慕，愛悦其人，時時髣髴欲得見古人情狀，究不我與，何也？」先生莞爾而笑曰：「所謂想見者，想見其爲人，非想見其人也。我不在古人地位，亦不能到古人地位，要其所以爲人處，皆可師法。從容久坐，如對古人，須從古人行事上著意。彈琴見文王，十日得進，實實地有神相契合，奈何虚空摹擬，將千年已朽之骨，作栴檀佛像觀邪！」

問：「太極，極字不訓中，當作何解？」先生曰：「原極之所以得名，蓋取諸樞極、根極之義。今天樞、天根號北極，義可通也。太極者，陰陽之樞紐，萬物之根柢也。蓋極也，而太矣。」

問：「程子言仁曰心。譬如穀種，生之性便是仁，陽氣發處乃情也？」先生曰：「豈惟穀種，凡果實核内，其中心皆曰仁。」

問：「醫家謂手足痺痿曰不仁，其形象不與穀種、果實反對？」先生曰：「仁是性之生發流通者，穀種、果核能生發也，手足痺痿不流通也。」

問：「聖人垂訓教人，務須委備詳盡。先生獨不喜人繁瑣，豈謂語言文字太多，必至纏繞支離？」先生曰：「辭達而已矣。即不纏繞支離，苟不達，累千萬句奚爲？程夫子亦謂立言宜蘊藉含蓄，毋使知德者厭，無德者惑。」

劉剛中問黄直卿曰：「先生學有淵源，群弟子皆知之矣，比以古昔聖賢，未識到得何人地位？」直卿曰：「自洙泗以還，博文約禮兩極其至者，先生一人而已。」「然則先生之學，其踵孔顔乎？」直卿曰：「然。」

剛中退見李方子，問曰：「先生作綱目，愈於涑水通鑒，殆法春秋以立綱，法傳文以著目歟？」方子曰：「宏綱細目實本大學三綱領八條目，所以規制盡善，前此未有也。」（宋元學案卷六十九滄洲諸儒學案。王梓材按云：「學案原本所録師友問答二十三條，今移爲附録者二條，又移入伊川學案一條，移入横渠學案一條，移入范吕諸儒一條，移入晦翁學案二條，移入蜀學略一條。」）

師訓拾遺

陳文蔚

余正叔論志士仁人，無求生以害仁，有殺身以成仁，殺身者只是要成這個仁。先生曰：「若説要成這個仁，却不是，只是行所當行而已。」

余正叔問：「子路問成人，孔子對以臧武仲之智，公綽之不欲，卞莊子之勇，冉求之藝。只此四者，如何便做得成人？」先生曰：「備此四者，文之以禮樂，豈不是成人？」

忠恕是學者事，故子思言忠恕違道不遠，曾子借學者以形容聖人，若論聖人，只可謂之誠與仁。

（陳克齋集卷三）

嶽麓問答

黎舜臣

紫陽先生帥長沙時，僕辱知遇甚厚，綴職嶽麓。未幾，象山陸先生道過長沙，先生以禮請書院講書，以啟迪諸生。於是徜徉累日，因得侍教且款。一日，先生步至書房，偶置玉髓經在案，先生取而閱之，因告曰：「近世地理之學，惟此書爲得其正。然猶大醇而小疵，是知吾道之傳不雜者鮮矣。」僕因問先生曰：「亦常留意於地理乎？」先生曰：「通天地人曰儒。地理之學雖一藝，然上以盡送終之孝，下以爲啟後之謀，其爲事亦重矣。親之生身體髮膚，皆當寶愛，况親之没也？奉親之體厝諸地，固乃付之庸師俗巫，使父母體魄不得其安，則孝安在哉！故古聖垂訓，卜其宅兆而安厝之。卜之而求安，聖人之意深遠如此，而爲人子者，目不閲地理之書，心不念父母之體，苟然窀穸，則與委而棄諸溝壑何以異？故爲人子者，醫藥地理之書不可不知也，然不必泥鬼怪巇險之説。」曰：「然則先生所謂小疵者何在？」曰：「五星之論正也，穿落傳變，術家之説，然論龍法者當準乎此，第生克吉凶，難於細論。勾藤反戟，不待智者知其凶，若玄之又玄，恐流弊至於没身而不葬其親。但山必來，水必回，土必厚，砂必繞，草木必暢茂，人煙必翕集，神殺必藏没，是爲山水交會大融，結成就之所；若土薄而瘠，水散而急，草木枯瘁，人煙稀少，神殺不藏，如是即是凶地，何泥之有？第張子微亦是一家之説，泥則有弊，如破五姓，闢天星宗廟，皆合正理。」問：「二十八宿配名之説何如？」先生曰：「子微之説正。」又問：「郭景純所謂『朱雀源於生氣，派於已盛，朝於大旺，澤於將衰，流於囚謝』，世以爲即宗廟來生旺、去死絶之説，而張子微乃所不取。」曰：「郭景純之説是也，張子微之説亦是也。郭氏之論水，來去之常理，子微拆而辯之，尤有意味，宗廟之説非矣。」又問：「玉髓經拆水之法如何？」先生曰：「以陰陽比和不比和論之，若有此理，但若拘三合，恐執泥山家五行之説。」「玉髓與衆逈别，恐難信用。」先生曰：「今世山家五行，誠爲誤人。子微之説本正，但劉氏注釋以五星樂旺宫定之，雖年月家間有用此，但子微初意未必如是。郭氏以寅卯木、巳午火、申酉金、亥子水，辰寄寅卯、未寄巳午、戌寄申酉、丑寄亥子，此確然之論。以十干配之，則甲乙爲木、丙丁爲火、庚辛爲金、壬癸爲水，是爲八干。但前此人不論四柱，而子微以巽隸火，以乾隸金，而艮、坤則以屬土，而界西北東南之分，其説亦當。蓋諸家以土居中央，故二十四向皆無土。今以二土界之，亦如五行相配，不可缺一。由是而觀，劉之注誠未得子微之深趣也。」先生因論劉注，謂：「如經中云『月自西生東岸白，雲從上起下方陰』，此一聯凡數出，字雖異而意則一，蓋言天地融會處，四山衆水有情，正穴既立，朝應及左右亦可作穴。如月生於西，而白乃在東方，不知者以白處爲月，則非矣；雲起於上，而陰乃在下方，不知者以陰處爲雲，則非矣。猶言穴在於西面，有情之應在東，不知者求穴於有情之處，則非矣。其顯然可見，而劉注乃不出此。又云『葫蘆八個通神術，木杓三枝測妙真』，蓋葫蘆形有八等，有云是樂葫蘆者，主出人賣藥；有云在水口爲下水葫蘆者，主人溺水死，即此可以類推。木杓三枝，言杓有三等，或主孕婦不利，或主富貴，皆可觸類而通之也。棺材六路，車乘三輪，蓋有上水棺、下水棺、停棺、改棺、積買棺，各有吉凶；後御輪、姬輪、輜車輪，各有貴賤。笠子五形，如方山岸幘、乞丐笠、鐃鈸形、僧子笠、車蓋之類皆是也。旂兒四個，如門旗、令旗、將軍旗、賊旗之類，總曰旂也。下文如十樣槍刀，數般針筆，劉氏能釋其文，如此乃獨闕疑，何也？吾嘗以爲劉注此經，本以明玉髓，如今反以病玉髓者多矣。」又問：「龍頭必向雲中見，何也？」先生曰：「陶公賦云：『真龍所住，去而復留，盤旋屈曲，穴占雲頭，萬雲拱挹，富貴千秋。』釋者以爲如雲頭之四顧，是不必謂高出雲中也，取其在卷雲之中矣。」又問：「此經龍與穴名處何如？」曰：「此經大率因形以立名，因名而寓理，雖只是術家之説話，多有妙處。如梧桐枝、楊柳枝，只觀其名，未問其妙；及觀後卷，『梧桐葉上生偏子，楊柳枝頭出正心』，却見精微之奥，確乎其不可易，非深於地理者，不能也。」又問：「此經推胎息説，與諸家異，如何？」先生曰：「明於理者，不必泥子微之説爲優矣。然術家各宗其一，吾黨論地理，惟當理中求之，此等不足致辯。」又問：「五星更立異名，曰秀、曰禄、曰文、曰武、曰福，可乎？」先生曰：「此名無害是理。五星者，定名也；福、禄、文、武、秀，志其變也。不過自立名號，記其吉凶之應，非如諸家怪異之説。」又問：「貴賤背面，巧穴拙穴，大小之説，如何？」先生曰：「以理而論，一言可判；以術而論，萬語莫窮。吾之所論者，理也；子微之所論者，術也。以理而論，此經大醇而小疵；以術而論，近世無出此言之右者。論精粗兼該，洪纖畢具，自成一家之學，求之於此是矣。」僕又問：「玉髓經之説，既得聞命矣，敢問赤霆經果出於子房否？」「此固難辯真僞，然上、中二卷非子房不能道，下卷本有三式，今只有其一，然文理俚近，恐後人依放而托之，或元有此卷而失其真本，後人從而爲之辭耳。上卷專論地理，後來狐首經、郭書，恐皆出於此。此書論水，不過『無來無去』四字，後人演而伸之曰：『悠悠洋洋，顧我欲留，其來無源，其去無流。』即此意也。此書論山，不過『律崒岐嶷』，後人别而名之曰『天孤天角』，即此是也。中卷則皆遁甲之説，葬家及剋擇而用之，至末後談兵機所遁處，其説未竟，恐有闕義。下卷任術也，術雖是而不全，决非出於一人之手，學者不可不辨。」因問：「子午針法如何？」先生曰：「子微之論甚正，但今人承襲，不能改矣。針指子午，理不容易，故古人以針定之，方知向首去着，若又從而爲之説，則聖人創製之文，遂廢而不足憑據。故智者從其正，愚者惑於俗，此確然不易之論。」

予嘗酷愛玉髓經，而疑劉注未盡其奥。晚得黎公舜臣（問？）答於其孫黄州倅車之家，公蓋舉於寓録中耳，乃取而附諸經之卷尾，庶有補於將來。時慶元元禩仲春月望日，長沙張榗謹跋。

（嘉靖刊本玉髓真經後卷卷十八）

周僩記語録

陶安國問「降衷」與「受中」字義同異，先生曰：「左氏云『始終』，衷皆舉之，又云『衷甲以見』，看此衷字義，本是衷甲以見之義，爲其在衷而當中也。然中字大概因無過不及而立名，如六藝折衷於夫子，蓋是折兩頭而取其中之義。後人以衷爲善，却説得未親切。」又曰：「此蓋指大本之中也，此處中庸説得甚明，他日考之自見。自天而言，則謂之降衷；自人受此中而言，則謂之性，猷及道也。道者，性之發用處；能安其道者，惟后也。」（書傳輯録纂注卷三湯誥）

問：「休徵、咎徵，諸家多以義推説。時舉竊以爲此猶易中取象相似，但可以仿佛看，而不可以十分親切求也。庶徵雖有五者，大抵不出陰陽二端：雨、寒，陰也；暘、燠、風，陽也。肅、謀，深而屬静，陰類也，故時雨、時寒應之；乂、哲、聖，發見而屬動，陽類也，故時暘、時燠、時風應之。狂反於肅，急失於謀，故恒雨、恒寒應之；僭則不乂，豫則不哲，蒙則不聖，故恒暘、恒燠、恒風應之。未知如此看得否？」答曰：「大概如此。然舊以雨屬木，暘屬金，燠屬火，寒屬水；而或者又以雨屬水，暘屬火，燠屬木，寒屬金，其説孰是，可試思之。」

「可久」，則賢人之德；「可大」，則賢人之業。而今功夫易得間斷，便是不能久；見道理偏滯不展開，便是不能大。須是兩頭功夫齊着同，乃得也。（朱文公易説卷九繫辭上）

黄有開記語録

又云：「看來詩序當時只是個山東學究等人做，不是老師宿儒之言，故所言都無一是當處。如行葦之序，皆是詩人之言，而不知詩人之意：『周家忠厚，仁及草木，故能内睦九族，外尊事黄耇，養老乞言，以成其福禄焉。』他見詩中言『敦彼行葦，羊牛勿踐履』，則謂之『仁及草木』。見『戚戚兄弟，莫遠具爾』，則謂之『故能内睦九族』。見有『以祈黄耇』之語，便謂之『養老乞言』。不知而今做人到這處，將如何做，於理決不順。」（詩傳遺説卷二）

又云：「周比二字，於易中所言，又以比字爲美，如『九五，顯比，王用三驅，失前禽』之義，皆美也。」（朱文公易説卷三比卦）

黄顯子記語録

五四爲奇，各是一個四也；九八爲耦，各是兩個四也。因一二三四便見六七八九在裏面，老陽占了第一位，便含個九，少陰占了第二位，便含個八。少陽、老陰亦如此數，不過十。惟此一義，先儒未曾發，先儒但只説得他中間進退也。

沈存中欲以節氣定晦朔，不知交節之時在亥，此日當如何分？太元紀日而不紀月，無弦望晦朔。

蔡元定問：「先生言帝終始萬物，文王言艮終始萬物，是差了一位，是文王自寅起，先生自子起。」曰：「也不是自子，是漸漸生來。」（以上二條，朱文公易説卷二兩儀）

因言「大明終始」，有終而後有始，有貞而後有元，請問：「『雲行雨施，品物流行』，言元亨矣，此未言利貞，却提起終始爲説，何也？」曰：「此終始説元亨之所來。自『大哉乾元』至『品物流行』，説天之元亨；自『大明終始』至『六龍御天』，説人之元亨；自『乾道變化』至『乃利貞』，説天之利貞；自『首出庶物』至『萬國咸寧』，説人之利貞。」（朱文公易説卷七彖上傳）

「蔡丈説，江德功説易象如譬喻，詩之比興同。熹謂不然，往復數書辨此。『潛龍勿用』，陽在下也，陽謂九，下謂潛。『陰疑於陽必戰』，謂其嫌於無陽也，故稱龍焉。易象説得如此分明。又易二體，初四、二五等爻相應，二五中正不中正，此是易中分明説了。惟互體之説，易中不言，今諸儒必附會爲之説。」方曰：「『頤中有物，曰噬嗑』，此豈非互體之驗？」曰：「頤中有一物在内，非謂互體，且别無例。」蔡又謂：「人舉二四同功，三五同功。」先生曰：「如此舉證又疏。」又引某卦自泰來，某卦自某來，先生曰：「此王輔嗣謂之。」蔡曰：「王輔嗣説彖，某却不是。」

天惟健，故不息，不可把不息做健。使天有一頃之息，則地必陷入，必跌死。惟其不息，故局得地在中間。（以上二條，朱文公易説卷八象上傳）

次夜，味道問：「天下萬事，不離陰陽。」答曰：「泛觀天地，近觀人情，物理皆然。如一剛一柔，通書説剛善剛惡，柔善柔惡，便是剛柔各生一剛一柔而爲四也。」又曰：「只是一陰一陽上又生一陰一陽，一陽上亦有一陰一陽。自此凡三四，加之即成六十四卦，萬事備足。如乾道成男，坤道成女，且道男子身上豈不具陰陽？若不是陰陽者，便不成此身也。」

凡物各有四：處之如吉凶者，得失之象；悔吝者，憂虞之象；變化者，進退之象；剛柔者，晝夜之象。吉凶，善惡之著；悔吝，善惡之微；剛柔爲之著；變化爲之微。凡皆如此則成四。（以上二條，朱文公易説卷九繫辭上）

仰觀天，俯察地，只有一個陰陽。聖人看這般許多般物事，都不出陰陽兩字，便做河圖洛書也。只是陰陽，粗説時只是奇耦。

「『一陰一陽之謂道』，道謂太極；『繼之者善』，是太極之流行。」曰：「太極何嘗不流行，運動不已，見其動便謂始於静，見其静又謂始於動，故謂如循環之無端，詳推此義於天地間。」又問：「『一陰一陽』，是渾然全體之太極；『成之者性』，是分裂無限底太極。」曰：「然。乾道變化，各正性命。」又記前夜語太極，云：「『繼之者善』，天地如大洪爐，善如金在熔，寫出在模範中，各鑄成物事出來。」

顥子問：「惟是此性之理本於五行，所以問答中語中間元有界限甚分明。」曰：「然。」又問：「理氣先後。」曰：「理在先。」又曰：「才有理，便有氣，二者更不可分先後。一陰一陽流行，賦予在人，既有形質，便與之性，故曰『成之者性』，其初未成形質，只謂之善，不可名之以性也。」顥子問：「『繼之者』，繼，則是此理之流行未賦予在萬物。」曰：「如兩個輪，只管流動不已，萬化皆從此出來。某嘗喻之如兩片磨，中間一個磨心，只管推轉不已，穀米四散殺出來，所以爲『繼之者善』。」問：「一陰一陽，太極安在？」曰：「一陰一陽，便是太極在陰陽之中，觀『繼之者善』乃可見。所以易之書上本陰陽太極，推之一事一物之微，吉凶悔吝，此理無不在。此個意思，盡可玩索。」（以上三條，朱文公易説卷十繫辭上）

「禮卑」，是從貼底謹細處做去，所以能廣。（朱文公易説卷十一繫辭上）

「吉凶者，貞勝者也。」這兩個物事常相勝，一個吉，便有一個凶在後面。天地間一陰一陽如環無端，便是相勝道理。（朱文公易説卷十三繫辭下）

程德夫説：「徐彦章説先生易只説得個占。」「其説不然。説象牽合坤爲牛，遍求於諸卦，必要尋個牛，或以一體取，或以一爻取。如坤牛不可見，便於離一畫是牛。頤之龜，又虎視更説不得。」因曰：「易，象也，須是有此理。但恁底零零碎碎去牽合附合得來，不濟事，須是見他一個大原，許多名物件數皆貫通在裏面方是。以離爲雉，又著了討許多來。」程又謂：「渠謂占只是火珠林一法。」曰：「只自火珠林始。」因舉洪範稽疑，舜亦□占，又左傳□，其來已久矣。（朱文公易説卷十七説卦）

「其人天且劓」，天當作而。（朱文公易説卷十八序卦）

潔静精微，足不犯手。

初三日夜，問學易，曰：「恁底説也得，然聖人自説易之無窮不成，只是聖人用了他人無用處。今日易道以何爲易？只是吉凶消長天理人事是也。」

又問七十從心，學易無大過，曰：「聖人自言易之難盡，若此看，却是低小了聖人。」（以上三條，朱文公易説卷十八作易）

易道神，便如心性情。

問胡安定易，曰：「分曉正當，伊川亦多取之。」（以上二條，朱文公易説卷十九濂洛諸説）

初九夜侍坐，復舉易説云：「天下之理，只是一陰一陽，剛柔仁義皆從此出。聖人始畫爲一奇一耦，自一奇一耦錯綜爲八，爲六十四，爲三百八十四爻，天下萬事具盡於此。蓋該備於一陰一陽，而無所遺也。所謂剛柔仁義皆從此出，聖人命之以辭，而吉凶悔吝利不利皆自此而來。」遂舉乾坤一二卦爻云：「大概陽爻多吉，而陰爻多凶，又看他所處之地位如何。六經中因此事則説此理，惟易則未有此事而先有此理，聖人預言之以告人。蓋天下萬事不離於陰陽，而陰陽之理該備天下萬物之變態。聖人仰觀俯察於陰陽之理而有以見之，遂爲之説以曉諭天下來世。然事雖未形，而實然之理已昭著。世間事不出是許多，吾雖先見而預爲之説，而未知未然之理固難以家至而户曉，故假設爲卦爻之象，寓於卜筮之法。聖人又於其卦爻之下而繫之以辭，所以示人以吉凶悔吝之理；吉凶悔吝之理即陰陽之道，而又示人以利正之教。如占得乾，此卦固是吉，辭曰『元亨』，元亨，大亨也。卦固是大亨，然下即云『利正』，是雖大亨，正即利，而不正即不利也。使天下因是事而占，因占而得其吉，而至理之權輿，聖人之至教，寓於其間矣。如得乾之卦，五爻不變，而初爻變，示人以勿用之理也。得坤之卦，而初爻變，是告人以『履霜』之漸也。大概正爲吉，而不正爲不吉；正爲利，而不正爲不利，其要在使人守正而已。」又云：「易無思也，他該盡許多道理，何嘗有思有爲。寂然不動，感而遂通，才感便通。」因舉論占處。（朱文公易説卷二十一卜筮）

問貞悔之説，曰：「本卦是貞，某卦是悔，後十卦又自有貞悔。貞便是一個静之本體，悔是動用之意。」（朱文公易説卷二十二揲蓍之法）

精舍朋友雜記

因説叶韻，毛詩「下民有嚴」，字音昂見。又中庸「奏格無言」，奏音族見，族平聲，音所騣反，毛詩作鬷字。（詩傳遺説卷六）

問：「伏羲畫八卦，見一陰一陽有各生一陰一陽之象，不識何以見之？」先生曰：「今凡物皆有一陰一陽。且如人之一身有氣有血，便是一陰一陽，凡物皆然。又如晝夜，晝屬陽，午以後爲陰；夜屬陰，子以後爲陽。此類可見。此即一陰一陽有各生一陰一陽之象也。」（朱文公易説卷二兩儀）

「忠信，所以進德也。修辭立其誠，所以居業也。知至至之，可與幾也。知終終之，可與存義也。」先生曰：「忠信者，能實其善之謂。其欲善也，如好好色；其惡惡也，如惡臭。人能如此，則其德不期進而進矣。知之所至，力必至之，故曰『知至』；知之不待已知，而必知其將至，故曰『可與幾』也。」（朱文公易説卷十六文言）

呂燀記語録

問温公河圖洛書之説，答云：「温公以河圖洛書爲怪妄，未是。若説果無此，夫子何以説『河不出圖』？尚書云云，此理蓋有之。温公又以繫辭爲非聖人之書，亦緣圖書之説故也。」（朱文公易説卷一河圖洛書）

先生説易「吉無咎」云：「吉是遂其意，無咎是上不至於吉，下不至於凶，平平恰好子又合道理處。」

先生説：「『飛龍在天，利見大人』，是占得飛龍卦，便利見大德之人。」（以上二條，朱文公易説卷三乾）

問「西南得朋，東北喪朋」，答云：「占得坤卦，則從西南方則得其朋，從東北方則失其朋。西南陰方，東北陽方，坤卦比乾卦減半。」

問坤之「六二之動，直而方」，先生云：「方是一定不變之意。坤受天之氣而生物，故其直止是一定。」（以上二條，朱文公易説卷三坤）

先生説「輿説輻，夫妻反目」，因云：「被它畜止不得進，必與有争。自家必要進時如何？

須是能正室時方得。」（朱文公易説卷三小畜）

先生曰：「否之九五，若無那大人，也休那否不得。大率自泰入否易，自否入泰難。」（朱文公易説卷三否）

或問：「大過、小過，大過是陽過乎陰，小過是陰過乎陽。程先生以爲：『立非常之大事，興不世之大功，成絶俗之大德，是聖人制事以天下之正理，非有過於理也。如聖賢道德大過於人，堯舜之揖遜，湯武之征伐，皆由斯道也。道無不中，無不常，世人所不常見，故謂之大過於常也。』『小過是小過於中者，如行過乎恭，喪過乎哀，用過乎儉，蓋矯之小過而後能及於中也。』」先生曰：「程先生説此，此爲事之大過，即是事之平常，便如説權即經之意，都是多説了。蓋大過是事之大過，小過是事之小過。大過便如堯舜之揖讓，湯武之征伐，獨立不懼，遁世無悶，這都常人做不得底事，惟聖人大賢以上便做得，故謂之大過，是大過人底事。小過便如行過乎恭，喪過乎哀，用過乎儉，事之小過得些子底，常人皆能之。若當大過時做大過底事，當小過時做小過底事，當過而過理也，如此則豈可謂事之過不是事之過，只是事之平常也？大過之事，聖人極是不得已處。且如堯舜之有朱均，豈不欲多立賢輔以立其子？然理到這裏做不得，只得放、伐而後已。皆是事之不得已處，只着如此做，故雖過乎事，而不過乎理也。」（朱文公易説卷四大過）

「各正性命」，言其禀賦之初。「保合大和」，言於既得之後。天地萬物蓋莫不然，不可作兩節説也。

「保合大和」，即是保合此生理也。「天地絪緼」，乃天地保合此生物之理，造化不息；及其萬物化生之後，則萬物各自保合其生理，不保合則無物矣。

「山下有險，蒙之地也。」先生云：「山下已是窮極險處，又遇險，前後不得，故於此蒙昧也云云。蒙之意也，此是心下鶻突。」（以上三條，朱文公易説卷七彖上傳）

「小過，小者過而亨也。」不知小者是指甚物事。行過恭，用過儉，皆是宜下之意。（朱文公易説卷七彖下傳）

先生曰：「熹嘗作易象説，大率以簡治繁，不以繁御簡。」

先生曰：「人看易，若是靠定象去看，便滋味長；若只恁地懸空看，也没甚意思。」

「小畜：『密雲不雨，上往也。』」先生云：「以陰畜陽，三陽上往，而陽畜不住，所以不雨。如甑蒸飯，漏氣則不成水，無水淚下也。至於『上九，既雨既處』，蓋一陰在上，而畜住陽也。」

問：「『后以裁成天地之道，輔相天地之宜，以左右民。』若論聖人裁成輔相之功，當無時而不然，何獨於泰卦言之？」先生曰：「天地交泰，萬物各遂其理，聖人自此方能致用。若天地閉塞，萬物不生時，聖人亦無所施其巧。」（以上四條，朱文公易説卷八象上傳）

或問：「大壯卦云：『雷在天上，大壯。君子以非禮弗履。』伊川以爲『自勝者爲强，非君子之大壯，不可能也』。又引中庸四説『强哉矯』，以爲證其義，是如此否？」先生曰：「固是。雷在天上，是甚生威嚴。人之克己能如雷在天上，則威嚴果決以去其惡，而必爲於善。若半上落下，則不濟事，何以爲君子。須是如雷在天，方能去非禮。」

「君子所過者化」，伊川本處解略。易傳「大人虎變」却説得詳。荀子亦有「仁人過化存神」之語，此必古語。如「克己復禮」，亦是古語，左傳中亦引「克己復禮，仁也」。如「崇德修慝辨惑」，亦是古語，蓋是兩次人問了。（以上二條，朱文公易説卷八象下傳）

問「剛柔相磨，八卦相盪」，荅云：「磨是兩個相磨，盪是漸漸盪。磨是兩個磨做四個，四個磨做八個；盪是八個相盪做十六個，十六個相盪做三十二個，三十二個相盪做六十四個，比磨便闊了。」

問：「『乾以易知』，爲是他恁底健，所以得易而萬物生，他都不費氣力。然而他恁地健，又不是要恁地，蓋是實理自然合如此。在人則順理而行，便自容易，更不須安排人物，便自是順從他。」曰：「是如此。但順理而行，便是個底事。所謂易便只是健，健便自是易。」（以上二條，朱文公易説卷九繫辭上）

先生云：「『其利斷金』，是斷做兩斷去。」（朱文公易説卷十一繫辭上）

「夫乾，天下之至健也，德行恒易，以知險。夫坤，天下之至順也，德行恒簡，以知阻。」某前日之説差了。他雖至健，知得險了，却不下去。坤是知得阻了，更不上去。以人事言之，若健了，一向進去，做甚收殺！

問「夫乾，天下之至健也，德行恒易，以知險。夫坤，天下之至順也，德行恒簡，以知阻。」先生云：「乾剛，則看甚麼物都剌將過去。坤則有阻處，便不能進，故只是順。如上壁相似，上不得自是住了。」（以上二條，朱文公易説卷十四繫辭下）

孔子於文言只説「利者，義之和」，是掉了那利，只是義之和爲利，蓋是不去利上求利，只義之和處便是利。

「『體仁』，本義云『以仁爲體』者，猶言自家一個身體，元來都是仁。」又云：「本義説『以仁爲體』，似不甚分明，然也只得恁地説。」（以上二條，朱文公易説卷十五文言）

問：「易説『庸言之信，庸行之謹』，如此已自好，又曰『閑邪存其誠』，何也？」先生曰：「此是『無斁亦保』。」

「忠信所以進德」，忠信是實，其心之所發也。

「修辭立其誠」，「其」字當細玩。忠信所以進德，修辭立其誠所以居業，誠即指忠信也。

問：「『知至至之』，『知終終之』，恐是大略立個期限如此。」曰：「這個只是個終始。」（以

上四條，朱文公易説卷十六文言)

問「八卦相錯」，先生答云：「乾坤自是個不動底物事，動是陰陽。如一陰對一陽，一陽對一陰，六十四卦圓轉皆如此相錯。」(朱文公易説卷十七説卦傳)

先生曰：「看易，須是看他未畫卦爻以前是怎生模樣，却就這裏看他許多卦爻象數，非是杜撰，都是合如此。未畫以前，便是寂然不動，喜怒哀樂未發之中，只是個至虛至静而已。忽然在這至虛至静中有個象，方説出許多象數吉凶道理，所以禮曰：『潔静精微，易教也。』蓋易之爲書，是懸空做出來底。謂如書，便真個有這政事謀謨，方做出書來；詩，便真個有這人情風俗，方做出詩來。易却無這已往底事，只是懸空做底。未有爻畫之先，在易則渾然一理，在人則湛然一心；既有爻畫，方見得這爻是如何，這爻又是如何。然而皆是就這至虛至静中，做出許多象數道理出來，此其所以靈。若是似而今説得來恁地拖泥合水，便都没理會處了。」(朱文公易説卷十八作易)

先生因蘇丈問要看易，謂之曰：「易難看，而今道要教公依先儒解看，則非某之本心；道要教公依某底看，則又也不敢説。如某説底，也只説得三四分，有七八分理會不得。所以説易難看。聖人所謂『詩書執禮，皆雅言也』，今既看詩了，且看書或看禮。禮頭緒多，亦難看。某思得一説：欲看禮，且看温公書儀，蓋他是推古禮爲之，其中雖有得失，然於今日便可得用，如冠、昏、喪、祭之類，皆可行。若能先看此，則古禮少間亦自易理會。記曰：『不學操縵，不能按弦。不學博依，不能安詩。不學雜服，不能安禮。』此之謂也。」（朱文公易説卷十八讀易）

吕德明記語録

問：「『詩可以觀』，集注云『考見得失』，是自己得失否？」曰：「是考見事蹟之得失，因以警自己之得失。」又問：「『可以怨』，集注云『怨而不怒』，是如何？」曰：「詩人怨詞，委曲柔順，不恁地疾怒。」（詩傳遺説卷一）

問「聲成文，謂之音」，曰：「『歌永言，聲依永』，便是聲；『律和聲』，便是成文，謂之音。」（詩傳遺説卷二）

先生説「思無邪」：「集注云：『有因一事而言者，如關雎言樂而不淫，哀而不傷，葛覃言孝敬勤儉，卷耳言正静純一，皆是就一事上見思無邪。』夫子取出這一句來斷三百篇詩，唯此一句可以盡蓋三百篇之義。程子説『思無邪，誠也』，諸公皆不曾子細看。且如人或言之無邪，未見他誠在；行之無邪，亦未見得他誠在。唯出於心之所思者無邪，方始見得他真個是誠。」（詩傳遺説卷三）

問：「周南、召南，程子曰：『周南、召南如乾、坤。』詩傳注云：『乾統坤，坤承乾。』德明之意，恐是必先有周南之化，然後有召南之德。」曰：「然。但程子只説如乾坤，未知其意是與不

是，如此乃熹之意。如此説，蓋化是自上而化下，德是自下而承上。」（詩傳遺説卷四）

「南有樛木」，便有「葛藟纍之」。「樂只君子」，便有那「福履綏之」。

「公侯好逑」，注云：「好逑是善匹。」是言其才德相合處。「公侯腹心」，注云：「同心同德。」是言其才德與己無異了。（以上二條，詩傳遺説卷五）

石鼓有説成王時，又有説宣王時。然其辭有似車攻、甫田詩辭，恐是宣王時未可知。

問：「『蹶厥生』是如何？」曰：「是作他跳起來。當時虞芮質成，時一日之間來歸者四十餘國，其忽然涌盛如此，故文王作地跳起，此亦是詩人説他。」又問：「東萊説是文王自動其中，意其何以生得虞芮之感如此，遂歸功於四臣。」先生曰：「雖説得巧，只是經意不如此。熹不曾如此巧説。若要把做文王自説，須説曰：『予有疏附先後之臣。』方得跳起之説，雖小著文王，亦不奈何，是詩人恁地説着了。」

「文王蹶厥生」一節。看那緜一詩，自古公亶父積累至文王，「肆不殄厥慍，亦不殞其問」，時其勢已盛。至虞芮質成，來歸者四十餘國，其勢又盛。故詩人言文王興起之勢如此。所以興起者，予曰：文王有此四臣以輔助。但上平説，看來無甚滋味，却不是穿鑿。（以上三條，詩傳遺説卷五）

「對越在天」，便是顯處；「駿奔走在廟」，便是承處。（詩傳遺説卷六）

蔡念成記語録

徐昭然問：「先生去詩序，似使學者難曉。」曰：「正爲有序，則反糊塗。蓋小序後人揣料，有不是處多。如今之杜詩之類，本是雪，却題作月詩，後人不知，亦强要把做月詩解了，故大害事。」

「爰契我龜」，乃刀刻龜也。古人符契，亦是以刀刻木而合之，今之蠻洞猶有此俗。有警急調發，便知日期、去處遠近，亦契之意也。（以上二條，詩傳遺説卷五）

先生説：「『吉凶之道，貞勝者也。』言吉凶常相勝。如陰勝陽、陽勝陰之類，更相爲勝。」（朱文公易説卷十二繫辭下）

過庭所聞

朱在

集注於正文之下，止解説字驯文義與聖經正意，如諸家之説有切當明白者，即引用而不没其名。如學而首章，先尹氏而後程子，亦只是順正文解下來，非有高下去取也。章末用圈，而列諸家之説者，或文外之意，而於正文有所發明，不容略去；或通論一章之意，反覆其説，切要而不可不知也。（文獻通考卷一百八十四）

周標記語録

問：「『易則易知』，先生作『樂易』看，今聞先生之論，又却作『容易』説，是如何？」曰：「未曾到樂易處。」礪曰：「容易如何便易知？」曰：「不須得理會得易知，且理會得『易』字了不得如破竹。」又曰：「這便是無言可解説，只是易。」又曰：「怕不健，若健，則自易。易自是易知。這如龍興而雲從，虎嘯而風生相似。」又曰：「這如鴻毛之遇順風，巨魚之縱大海，却不費力氣。」又曰：「簡便順理而行，却有商量。」（朱文公易説卷九繫辭上）

閭丘次孟　鍾唐傑　魯可幾
李德之　周介　饒幹　記語録
黎季成　鄭仲履　周伯壽

（語録類要卷一）

太極者，不離陰陽而爲言，亦不雜陰陽而爲言。

或曰：「顔子多是静處下功夫。」文公曰：「若如此説，當不遷怒、不貳過時節，此心須别有安頓處。看公此意，只道是不應事接物，方存得此心，不知聖人教人多是於動處説。如云：『出門如見大賓，使民如承大祭。』又如告顔子『克己復禮爲仁』，正是於視聽言動處理會。公意思只是要静，將心頓在黑卒卒地，此却是佛家之説。人固有初學未有執守，應事紛雜，暫於静處少息，只是略如此。然作個人事，至須著應，如何事至，且説道：待自家去静處，當怒則怒，當喜則喜，更無定時。只當於此警省，如何是合理，如何是不合理；如何要將心頓在閑處得？」

性是天生成許多道理（下缺）心有善惡，性無不善，若論氣質之性，亦有不善。

某因將孟子反覆熟讀，每一段三五十過，方看得出。後看程子，却説：「夜氣之所存者，

良知良能也。」與臆見合。以此知觀書不可苟，熟讀深思，道理自見。這「存」字，是個保養護衛底意思。（語録類要卷二）

佛經説昆侖山頂有阿耨大池，水流四面，去東南流入中國者，爲黄河，其三方流者，爲弱水、黑水之類。（語録類要卷六）

坐間或云：「鄉間有李三者，死而爲厲。鄉曲凡有祭祀佛事，必設此人一分。或設黄籙大醮，不曾設他一分齋食，盡爲所污。後因爲人放炮仗，所依之樹，自是遂絶。」曰：「是他枉死，氣未散，被爆仗驚散了。設醮請天地山川之神，却被小鬼污却，以此見得設醮無此理也。」

康節之學似老子，只是自要尋個寬闊快活處，人皆害他不得。張子房亦是如此，方衆人紛拏擾擾時，他自在背處。（語録類要卷八）

文公母夫人忌日，着滲墨布衫，其中亦然。學者問：「今日服飾何謂？」曰：「公豈不聞禮君子有終身之喪。」（語録類要卷十）

張以道問：「向在黄巖，見顔魯公的派孫因事到官，持魯公告敕五七通來，皆魯公親書，以黄紙爲之，此義如何？」曰：「魯公以能書名，當因自取書之，只用印文，亦不足疑。本朝蔡君謨封贈其祖告敕，亦自書之，蓋其以字名，人亦樂令其自寫也。」（語録類要卷十一）

文公因問諸生庚甲，既而曰：「歲月易得，後生不覺老了。」（語錄類要卷十二）

聖賢千言萬語，只是要行得須得。

問：「格物是爲學始入道處，當如何着力？」文公曰：「遇事接物之間，須一一去理會始得，不成是精底去理會，粗底又放過了，大底去理會，小底又不問了，如此終始有欠缺。但隨事隨物，皆一一去窮理，自然分明。」（語錄類要卷十四）

楊與立記語録

致知誠意，此是大學一篇樞紐，乃生死路頭，人之所以與禽獸異處。若過得這關了，其他事皆可爲也。

太極生陰陽，理生氣也。陰陽既生，則太極在其中，理復在氣之内也。

先生曰：「有天地之性，有氣質之性。天地之性，則太極本然之妙，萬殊之一本者也；氣質之性，則二氣交運而生，一本而萬殊者也。」

王季海當國時，好出人罪，以積陰德。熹謂雖堯舜之仁，亦只是罪疑惟輕而已，豈有不疑而强欲輕之乎？

聖人與衆人做處，便是五峰所謂「天理人欲同行而異情」。聖人亦未嘗無人心，其好惡皆與人同；各當其則，是所謂道心也。

此個道理，問也問不盡，説也説不盡，頭緒盡多，須是自去看，看來看去，自然一日深似一日，一日分曉似一日，一日易簡似一日，只是要熟。

讀書須周匝遍滿，熹舊有四句云：「寧詳毋略，寧下毋高，寧拙毋巧，寧近毋遠。」

大疑則有大進。

讀書，始讀未知有疑，其次則漸漸有疑，中則節節是疑；過了這一番後，疑漸漸減，以至融會貫通，都無可疑，方始是學。（朱子語略）